Doctor Dolittle's Post Office

둘리틀
박사의
우체국
·컬러판·
휴 로프팅 | 장석봉 옮김
Doctor Dolittle's Post Office
HUGH LOFTING

궁리
KungRee

일러두기

1 · 이 책은 『Doctor Dolittle's Post Office』(J. B. Lippincott Company, 1923)을 우리말로 옮기고, 본문 그림에 색을 입힌 것입니다.

2 · 이 책을 읽다가 판티포 왕국과 그곳 사람들을 묘사하는 일부 대목에서, 그리고 아프리카에 백인이 서구의 근대 문물을 전해주는 대목에서 불편함을 느낄 독자들도 있을 것입니다. 이 책을 만든 저희도 그런 불편함을 똑같이 느꼈으며, 영미권의 다른 출판사들처럼 그런 대목을 빼고 출판하는 것도 고려해 보았습니다.

하지만 이 책은 1923년에 씌어졌습니다. 아무리 뛰어나고 훌륭한 사람이라도 자신이 살아가는 시대적 환경에서 완전히 자유로울 수는 없는 법입니다. 그 시대를 뛰어넘어 사랑받는 작품이라면 아마도 그런 결점을 뛰어넘을 무언가가 있기 때문이겠지요. 그래서 저희는 그런 대목을 마음대로 솎아내기보다는 그대로 두기로 결정했습니다.

이 책이 처음 발표되었던 시절의 독자들과는 달리 우리는 학교 교육과 독서, 뉴스 등 여러 매체를 통해 그런 묘사가 올바르지 않음을 배웠습니다. 이 책을 쓴 휴 로프팅이 살던 시절보다 우리가 사는 세상이 조금 더 나은 방향으로 변하였기 때문이겠지요.

서문

『둘리틀 박사의 우체국』은 거의 대부분 박사님이 배를 타고 서아프리카로 떠난 여행에서 돌아오는 길에 일어난 일들에 관한 이야기이다. 그러니 그가 다시 습지 옆 퍼들비로 돌아오기 위해 배를 타고 여행에 나서는 때부터 이야기를 시작할 것이다. (여기서는 그가 어떻게 여행을 떠나게 되었는지만 짧게 설명하겠다.)

고향을 떠나 잉글랜드에 온 지 오랜 시간이 흘렀기 때문에 푸시미풀류는 얼마 전부터 아프리카에 대한 그리움으로 조금씩 마음 아파지기 시작했다. 하지만 자신이 너무도 좋아하는 박사와 헤어지는 것도 싫었다. 몹시도 춥고 으스스한 어느 겨울날, 푸시미풀류는 박사에게 1~2주쯤 휴가를 내 아프리카에 갔다 오는 게 어떻겠냐고 물었다.

여행을 한 지 오래되었고 잉글랜드의 12월 날씨도 너무 추워 뭔가 변화가 필요하다고 느끼던 차에 이런 제안을 받자 박사는 선뜻 승낙했다.

이번 항해는 이렇게 시작되었다. 푸시미풀류 말고도 오리 대브대브, 개 지프, 돼지 거브거브, 올빼미 투투, 그리고 흰쥐가 동행했다. 원숭이 나라에서 모험 가득한 여행을 하고 돌아왔을 때 함께한 친구들이었다. 박사는 이번 여행을 위해 소형 범선을 한 척 구입했다. 아주 오래되고 낡은 데다 돛도 해어졌지만 궂은 날씨에도 항해가 거뜬하다는 말을 들은 배였다.

그들은 서아프리카 베냉 만의 해안을 따라 내려갔다. 그들은 여러 아프리카 왕국에 들르고 수많은 부족을 만나며 돌아다녔다. 그리고 육지에 상륙했을 때 푸시미풀류는 고향의 초원을 마음껏 돌아다니는 기회를 얻기도 했다. 푸시미풀류는 휴가를 제대로 즐겼다.

어느 날 아침, 닻을 내리고 서 있는 박사의 배에 제비들이 모여들었다. 그 제비들이 해마다 잉글랜드로 돌아가는 옛 친구들임을 알고 박사는 매우 기뻐했다. 제비들은 박사도 지금 돌아가는 길이냐고 물었다. 만약 그렇다면 지난번 졸리깅키 왕국에서 탈출했을 때 그랬듯이 이번에도 박사 일행과 함께 돌아가고 싶다고 했다.

마침 푸시미풀류도 떠날 준비가 되었던 참이라 박사는 제비들에게 고맙다며 기꺼이 같이 가겠다고 말했다. 박사 일행은 잉글랜드까지 먼 길을 가기 위해 그날 나머지 시간 동안 분주히 이것저것 준비했다.

다음 날 아침, 항해 준비가 모두 끝났다. 닻을 올리고 돛을 펴자 박사의 배는 순풍을 타고 북쪽으로 움직이기 시작했다. 이번 이야기는 바로 여기서부터 시작된다.

차례

2부

3부

4부

1부

1장

주자나

잉글랜드로 돌아오는 항해가 시작된 첫 번째 주의 어느 날, 존 둘리틀 박사와 그의 동물친구들이 선실의 크고 둥근 탁자에 모여 아침 식사를 하고 있을 때, 제비 한 마리가 날아와 박사에게 할 말이 있다고 했다.

박사가 바로 탁자에서 일어나 복도로 나가 보니 날씬한 데다 의젓하고 작은 새 한 마리가 있었는데, 긴 날개와 검고 날카로운 눈빛을 가진 대장 제비였다. 이름이 '빠르미'인 이 제비는 깃털 달린 동물들 사이에서 아주아주 유명한 새였다. 빠르미는 유럽, 아프리카, 아시아, 아메리카 대륙에서 파리 잡기와 공중 곡예로 명성을 날리고 있었다. 해마다 열리는 비행 경기에서 매년 우승을 독차지했고 작년에는 대서양을 열한 시간 반 만에 횡단해 자신의 종전

기록을 깨기도 했다. 시속 300킬로미터가 넘는 엄청난 속도였다.

"빠르미구나? 무슨 일이지?" 박사가 물었다.

빠르미가 속삭이듯이 말했다. "박사님, 배에서 동쪽으로 1킬로미터쯤 앞선 곳에서 흑인 여자 한 명이 탄 카누 한 척을 봤습니다. 여자는 노를 저을 생각도 하지 않고 슬피 울기만 했어요. 육지에서 몇 킬로미터쯤 떨어진 곳이에요. 적어도 15킬로미터는… 음. 꼭 말씀드려야겠는데 그러니까… 그때 우리는 판티포 만을 횡단하고 있었습니다. 아프리카 해안만 겨우 보일 정도로 육지에서 멀리 떨어진 곳이었습니다. 그 여자가 있는 곳은 위험한 해협입니다. 그런데도 전혀 신경 쓰지 않는 것 같아 보였습니다. 무슨 일이 일어나도 상관없다는 듯이 카누 바닥에 앉아 울기만 했습니다. 박사님이 그 여자한테 가셔서 무슨 일인지 물어봐 주셨으면 합니다. 그 여자한테 아무래도 무슨 큰일이라도 있는 것 같습니다."

박사가 말했다. "그러자꾸나. 카누가 있는 곳으로 천천히 날아가면 내가 배를 몰아 네 뒤를 따라가마."

존 둘리틀은 갑판으로 올라가 제비의 뒤를 따라 배를 몰았고, 얼마 후 파도에 흔들리는 작은 카누 한 척이 어슴푸레 보였다. 그런데 드넓은 바다 위에 떠 있는 그 카누는 정말이지 너무 작아서 마치 통나무나 지팡이처럼 보였다. 아주 가까이 다가가지 않는 한 보지도 못하고 그냥 지나칠 정도였다. 카누에는 한 여자가 무릎에 얼굴을 묻고 앉아 있었다.

"무슨 일이십니까?" 여자가 소리를 들을 수 있을 정도로 가까

존 둘리틀이 여자에게 말을 걸었다.

워지자 박사가 소리쳤다. "왜 이렇게 먼바다까지 나온 거죠? 폭풍이라도 치면 정말 위험하다는 걸 모르시나요?"

여자가 천천히 머리를 들었다.

여자가 말했다. "저리 가세요. 슬퍼 죽겠으니, 그냥 내버려두고 가세요. 날 이렇게 괴롭게 만든 건 바로 당신들 백인들이잖아요."

존 둘리틀은 배를 더 가까이 붙이고 그 여자에게 계속해서 친절하게 말을 건넸다. 하지만 여자는 백인인 그를 믿으려 하지도, 이야기를 나누려 들지도 않았다. 하지만 박사가 조금씩 조금씩 믿음을 심어 주자 여자는 마침내 슬프게 흐느끼며 자신의 사연을 들려 주었다.

여러분은 당시에는 노예제가 사라지고 없었다는 것을 알아야 한다. 실제로도 노예를 잡거나 매매하는 일은 대부분의 나라에서 엄격히 금지되어 있었다. 하지만 일부 나쁜 자들이 아프리카 서해안으로 내려와 여전히 은밀하게 노예를 잡거나 사서 다른 땅으로 데려간 다음 농장에서 면화나 담배 재배일을 시켰다. 게다가 아프리카 왕 중에는 전쟁터에서 잡은 포로를 이 나쁜 사람들에게 팔아 큰돈을 챙기는 이들도 있었다.

한편 제비들이 카누를 발견한 바닷가 근처에는 판티포라는 왕국이 있었는데, 카누를 타고 있는 이 여자는 판티포 왕과 전쟁을 하다 진 종족의 사람이었다.

이 전쟁에서 판티포 왕은 많은 포로를 잡았는데, 그들 중에는 이 여자의 남편도 있었다. 전쟁이 끝난 직후, 백인 남자 몇 명이 담배 농장에서 일할 노예를 살 수 있는지 알아보기 위해 이곳에 왔다. 그들이 흑인 노예를 사기 위해 제시한 금액을 들은 왕은 포로들을 팔면 되겠다고 생각했다.

이 여자의 이름은 주자나였고, 그 남편은 힘이 아주 세고 잘생긴 남자였다. 힘센 사람들을 왕궁에 두는 걸 좋아했던 판티포 왕은 이 남자를 팔지 않으려 했다. 하지만 노예 상인들 역시 농장일을 잘할 수 있는 힘센 자들을 원하고 있었다. 그들은 주자나 남편의 몸값으로 아주 많은 돈을 제시했다. 왕은 결국 그를 팔았다.

주자나는 직접 카누를 타고 백인들의 배를 멀리까지 쫓아가 남편을 돌려 달라 호소했다고 박사에게 말했다. 하지만 자기를 비웃기만 하고 그냥 그대로 가 버렸다고 했다. 배는 곧 보이지 않게 되었다.

주자나는 자신이 백인 남자를 증오하게 된 것, 그리고 박사가 배를 불러 세웠을 때 아무 말도 하지 않은 것도 바로 이 때문이라고 말했다.

이야기를 들은 박사는 분노로 치를 떨었다. 그리고 남편을 데리고 간 노예선이 사라진 지 얼마나 되었는지 물었다.

주자나는 30분쯤 되었다고 말했다. 주자나는 남편이 없는 삶은 자신에게 아무 의미가 없기 때문에 배가 해안을 따라 북쪽으로 사라지자 카누를 파도에 맡기고 노도 젓지 않은 채 그저 눈물만 흘리고 있었다고 했다.

박사는 그 여자에게 무슨 일이 있더라도 도와주겠다고 말했다.

일대의 만과 섬을 샅샅이 뒤졌다.

그는 즉시 배를 전속력으로 몰아 노예선을 쫓아가려 했다. 하지만 오리 대브대브는 자신들의 배가 너무 느린 데다 돛도 금방 눈에 띄기 때문에 노예선에 가까이 가기는 힘들 거라며 박사를 말렸다.

박사는 닻을 내려 배를 정박한 채 주자나가 탄 카누로 옮겨 탔다. 그런 다음 제비들을 불러 모아 앞장세운 후 해안을 따라 북쪽으로 올라가며 일대의 만과 섬을 샅샅이 뒤지면서 주자나의 남편을 데려간 노예선을 찾았다.

하지만 몇 시간이고 계속된 수색에도 아무런 성과 없이 날이 저물었다. 게다가 달도 없어 앞장선 제비들도 더 이상은 멀리 볼 수 없게 되었다.

밤에는 수색이 불가능하다는 박사의 말을 듣자 주자나는 또다시 울기 시작했다.

"날이 새면 저 사악한 노예 상인들의 배는 더 멀리 가 버릴 테고 저는 남편을 영원히 찾을 수 없을 거예요. 흑흑!" 주자나가 흐느끼며 말했다.

박사는 만약 남편을 찾지 못한다면 그만큼 좋은 남편감을 소개해 주겠다며 최선을 다해 주자나를 달랬다. 하지만 주자나는 박사의 말에도 아랑곳하지 않고 계속 울기만 했다. "흑흑!"

주자나가 흐느끼는 소리 때문에 박사는 잠을 잘 수 없었다. 하긴 이 카누에서 편안함 따위를 기대하는 것 자체가 무리이긴 했지만 말이다. 일어나 앉아서 주자나가 흐느끼는 소리를 듣고 있는 것밖에는 달리 방법이 없었다. 제비 몇 마리는 아직도 카누 가장자리에 앉아 있었다. 그 유명한 대장 제비 빠르미도 거기 있었다. 박사와 제비들은 앞으로 어떻게 해야 할지를 의논했다. 바로 그때 빠르미가 "저길 보세요!"라고 외치며 저 멀리 어두운 바다 서쪽을 가리켰다.

주자나도 울음을 멈추고 고개를 돌렸다. 어두운 바다 저편 희미한 수평선 위로 작은 불빛이 보였다.

"배다!" 박사가 외쳤다.

"맞아요, 저건 배예요. 분명합니다. 아마도 노예선일 겁니다." 빠르미가 말했다.

"글쎄. 저게 배라고 해도 우리가 찾는 그 노예선은 아닐 거야. 방향이 달라. 우리가 쫓는 배는 북쪽으로 갔잖아." 박사가 말했다.

"박사님. 제가 저기로 날아가서 어떤 배인지 보고 돌아와 말씀드리면 어떨까요? 누가 알겠습니까? 우리를 도와줄지 말입니다." 빠르미가 말했다.

"그래, 고맙구나." 박사가 말했다.

빠르미가 작은 빛이 보이는 곳을 향해 어두운 바다 위로 빠르게 날아오르자, 박사는 바닷가를 따라 남쪽으로 몇 킬로미터쯤 되는 곳에 닻을 내려 둔 자신의 배가 제대로 있는지 궁금해졌다.

20분쯤 후, 엄청난 속도를 자랑하는 빠르미가 돌아올 시간이 되었는데도 나타나지 않자 박사는 걱정되기 시작했다.

하지만 잠시 후, 저 명성 높은 대장이 날개를 가볍게 펄럭이며 공중에 원을 그리더니 박사의 무릎에 사뿐히 내려앉았다.

존 둘리틀 박사가 말했다. "어떤 배였니?"

빠르미가 숨을 헐떡이며 말했다. "커다란 배였습니다. 돛대도 높고, 제 생각에는 속도도 엄청나게 빠를 것 같습니다. 그런데 이쪽으로 오고 있습니다. 아주 조심스럽게. 얕은 여울이나 모래톱 같은 게 있을까 봐 걱정하는 모양입니다. 정말 멋진 배예요. 새로 만든 배 같습니다. 게다가 커다란 대포들도 있습니다. 배 양옆에 있는 작은 구멍 사이로 보였습니다. 배에 탄 사람들도 전부 푸른색 옷을 근사하게 차려입고 있었습니다. 선체에 글자가 적혀 있었는데… 제 생각에는 아마 배 이름인 것 같습니다. 물론 읽을 수는 없지만요. 하지만 어떻게 생겼는지는 기억해 뒀습니다. 손을 내미시면 알려 드릴겠습니다."

빠르미는 박사의 손바닥에 발톱으로 글자 몇 개를 베껴 그리기 시작했다. 글자를 다 쓰기도 전에 박사가 깜짝 놀라 일어나는 바람에 하마터면 카누가 뒤집힐 뻔했다.

박사가 소리쳤다. "H. M. S.! 그건 여왕 폐하의 배를 뜻하는 말이야. 군함, 분명 해군 함정이야. 우리가 노예 상인들을 상대할 때 꼭 필요한 바로 그런 배라고!"

2장

군함에 오른 박사

박사와 주자나는 빛이 보이는 쪽을 향해 있는 힘껏 노를 젓기 시작했다. 평온한 밤이었지만 작은 카누는 일렁이는 파도 때문에 시소처럼 아래위로 흔들렸고 주자나는 배를 똑바로 가게 하기 위해 있는 기술은 죄다 동원해야 했다.

한 시간쯤 지난 후, 박사는 자신들이 다가가려 하는 배가 더 이상 움직이지 않고 그 자리에 멈춰 서 있다는 걸 알게 되었다. 어둠 속에 우뚝 서 있는 그 배 바로 밑까지 가서야 그는 이유를 알게 되었다. 불도 켜지 않고 닻을 내려 둔 자신의 배와 군함이 부딪친 것이었다. 하지만 다행히도 군함은 아주 조심스럽게 항해하고 있었기 때문에 양쪽 배 모두 심각한 피해는 없어 보였다.

군함 옆에 내걸린 줄사다리를 발견한 존 둘리틀 박사는 주자나와 함께 함장을 만나러 배에 올랐다.

투덜거리면서 갑판을 왔다 갔다 하는 함장이 보였다.

"안녕하십니까? 날씨가 참 좋군요." 박사가 공손하게 인사했다.

함장이 그에게 다가와서 박사의 얼굴을 향해 주먹을 흔들었다.

"당신이 저 노아의 방주 주인입니까?" 함장이 박사의 배를 가리키며 호통쳤다.

박사가 대답해다. "예, 그렇습니다만… 일단 지금은요… 그런데 왜 그러시죠?"

함장은 화가 잔뜩 난 얼굴로 다그쳤다. "당신, 제정신인 거요? 이 깜깜한 밤에 불도 켜 놓지 않고 저런 낡아 빠진 배를 세워 둔다는 게 제정신인 사람이 할 일이요? 대체 배 모는 사람이 맞기나 하오? 나는 여왕 폐하의 최신식 군함을 타고 지미 본즈라는 노예 상인을 몇 주 동안이나 찾아다니고 있는데… 이 지긋지긋한 해안을 조심조심 다녔건만 불도 켜지 않고 서 있는 배에 부딪히다니. 다행히 수심을 재느라 천천히 항해했기에 망정이지 안 그랬으면 전부 물에 빠져 죽었을 거요. 당신 배에 말을 걸었는데도 아무 답도 없었소. 그래서 노예선이 우리를 놀리는 건가 해서 총을 가지고 배에 올라 보았소. 들키지 않게 기어 올라가 봤더니 사람은 코빼기도 보이지 않았소. 선실에 가 봤더니 그제야 돼지 한 마리가 있더군. 팔걸이의자에 누워 자빠져 있는 돼지 한 마리! 평소에도 돼지한테 배를 맡기고 돌아다니는 거요? 당신이 저 배 주인이라면 왜 배 안에 없었던 거요? 도대체 어디 있었던 거요?"

"이 여성 분과 함께 카누에 있었습니다." 아직 울고 있는 주자나를 가리키며 박사가 미소 띤 얼굴로 대답했다.

"여자와 카누를 탔다고!" 함장은 화가 더 치밀어 올랐다.

박사가 말했다. "예, 소개해 드리지요. 함장님, 이쪽은 주자나입니다."

하지만 함장은 박사의 말을 가로막고, 옆에 서 있던 선원을 불렀다.

"바다 한가운데에 저 빌어먹을 노아의 방주를 둬서 내 멋진 해군 함정과 부딪히게 만든 대가가 뭔지 가르쳐 주겠소. 이 바람둥이 같은 자식! 선박법은 장난으로 있는 거요?" 함장은 명령을 듣고 옆에 와 있는 선원을 돌아보며 말했다. "하사관, 이 남자를 체포하게."

"예, 함장님." 하사가 대답했다. 눈 깜짝할 사이도 없이 박사의 손목에 수갑이 단단히 채워졌다.

"하지만 이 여성 분은 곤경에 처해 있었습니다. 그래서 너무 서두르는 바람에 배에 불을 켜 두는 걸 잊어 버린 겁니다. 사실 제가 떠날 때만 해도 아직 깜깜하지 않았습니다."

함장이 성난 목소리로 소리쳤다. "아래층으로 데려가! 내가 사형시킬 때까지 아래층에 가둬 두게!"

불쌍한 박사는 하사관의 손에 끌려 아래층 갑판으로 통하는 계단 쪽으로 갔다. 계단이 시작되는 곳에서 박사는 난간을 붙잡고 함장에게 외쳤다.

"도대체 어디 있었던 거요?"

"원하신다면 지미 본즈가 어디 있는지 말해 줄 수 있습니다."

"뭐라고? 이리 다시 데리고 와 봐! 뭐라고 말한 거요?" 함장이 코를 씩씩거리며 말했다.

"원하신다면 지미 본즈가 어디 있는지 말해 줄 수 있다고 했습니다." 박사는 수갑 찬 손으로 손수건을 꺼내 코를 풀면서 말했다.

함장이 소리쳤다. "지미 본즈, 그 노예 상인 말이오? 내가 명령을 받아 찾고 있는 사람이 바로 그놈이오. 그놈 지금 어디 있소?" 선장이 소리쳤다.

"이렇게 손이 묶여 있으면 기억해 낼 수 없습니다." 박사는 수갑을 턱으로 가리키며 조용히 말했다. "이걸 풀어 주시면 아마도 생각이 날 것 같습니다만…"

"미안하오." 함장의 태도가 금세 바뀌었다. "하사관, 수갑을 풀어 주게."

"예, 함장님." 하사관은 이렇게 대답하고 박사의 손목에 채워진 수갑을 풀어 준 다음 돌아가려 했다.

이때 함장이 하사관을 다시 불러 말했다. "아, 갑판으로 의자 하나 가져오게. 손님이 꽤 피곤해 보이시는군."

존 둘리틀은 주자나의 사연을 자세히 이야기해 주었다. 장교와 병사들이 모두 갑판에 모여 박사의 이야기를 들었다.

박사는 "저는 이 부인의 남편을 데리고 간 노예상이 바로 지미 본즈, 함장님이 쫓는 바로 그자라고 확신합니다"라며 말을 마쳤다.

함장이 말했다. "그런 것 같군요. 나도 이 해안 어디엔가 있을 거라고 생각합니다. 하지만 지금 정확히 어디 있는지는 알지 못합니다. 그자를 잡는 건 아주 힘든 일입니다."

박사가 말했다. "그자는 북쪽으로 갔습니다. 함장님의 빠른 배라면 따라잡을 수 있을 겁니다. 설사 어디 구석진 곳에 숨어 있다 하더라도, 저에게는 새들이 있습니다. 날이 밝으면 새들에게 놈이 어디에 있는지 찾아 달라고 하겠습니다."

놀란 함장은 주위에 모여 있던 장교들의 얼굴을 쳐다보았다. 모두들 믿지 못하겠다는 투의 웃음기 가득한 얼굴이었다.

함장이 물었다. "새라뇨, 어떤? 비둘기? 아니면 훈련시킨 카나리아 말입니까?"

박사가 대답했다. "아니요, 여름을 나기 위해 잉글랜드로 돌아가는 제비들입니다. 우리 배를 고향까지 안내해 주겠다고 할 정도로 친절한 새들입니다. 제 친구들이죠. 이제 아시게 될 겁니다."

이 말을 듣고 박사가 미쳤다고 생각한 장교들은 이마를 두드리며 폭소를 터뜨렸다. 자기가 놀림을 받았다고 생각한 함장은 화를 벌컥 내며 박사를 다시 체포하려 했다. 하지만 부함장이 함장의 귀에 대고 속삭였다.

"이 사람 말을 믿고 하자는 대로 한번 해 보는 것도 나쁘지 않을 것 같습니다. 어차피 우리도 북쪽으로 가고 있지 않습니까. 저는 서쪽에 짐승이나 새들을 잘 부리는 신기한 능력을 가진 사람이 있다는 말을 들어 본 것도 같습니다. 제 생각에는 이자가 그 사람인 게 분명합니다. 이름이 둘리틀이라고 했습니다. 이자는 특별

새들은 해안을 따라 줄지어 퍼져 날아갔다.

히 해를 끼칠 사람으로는 보이지 않습니다. 우리에게 뭔가 도움이 될지도 모르니 기회를 줘 봤으면 합니다. 저 원주민 여자도 이 사람을 분명 신뢰하는 것 같습니다. 그렇지 않다면 따라오지 않았겠죠. 이곳 사람들이 백인을 얼마나 무서워하는지는 함장님도 잘 아시지 않습니까?"

잠시 생각하던 함장이 박사를 향해 돌아섰다.

"내게는 당신 말이 미친 말로만 들리오. 하지만 내가 지미 본즈를 잡을 수 있도록 도와준다면 당신이 무슨 방법을 쓰든 상관하지 않겠소. 날이 밝는 대로 바로 시작합시다. 하지만 당신이 지금 여왕 폐하의 해군을 갖고 노는 거라면, 당신은 평생 비참한 날들을 보내게 될 테니 각오하시오. 이제 당신 배로 가서 불부터 켜고, 돼지한테 만약 불을 끄면 대원들 식사용 베이컨 신세가 될 거라고 말해 주시오."

박사가 자신의 배로 기어 올라가 불을 켜러 간 사이 함정 대원들은 대놓고 박사를 비웃어 댔다. 하지만 다음 날 아침 박사가 천 마리도 넘는 제비들을 데리고 함정으로 돌아오자 여왕 폐하의 해군 대원들은 더 이상 그를 비웃지 못했다.

저 멀리 아프리카 해안 위로 태양이 떠오르자, 더 이상 바랄 것 없는 아름다운 아침 풍경이 펼쳐졌다.

빠르미는 밤새 박사와 함께 계획을 짰다. 덕분에 군함이 닻을 올리고 갈 길을 정하기도 전에 이미 무리들과 함께 수 킬로미터나 앞으로 날아가 노예 상인들이 숨어 있을 만한 곳을 구석구석

뒤지고 있었다.

빠르미와 박사가 밤새 고민하며 짜 낸 계획은 제비들이 넓게 퍼져서 서로 소식을 전하는 것이었다. 엄청나게 많은 작은 새들이 해안을 따라 줄지어 퍼져 날아가자 마치 하늘에 점들이 박힌 것처럼 보였다. 새들은 서로에게 휘파람을 불어 소식을 전했고, 맨 뒤쪽 새들이 전함에 있는 박사에게 앞쪽의 수색 상황을 보고했다.

정오 무렵, 길고 높은 곶 뒤쪽에서 본즈의 노예선을 찾았다는 소식이 들어왔다. 노예선은 언제든지 떠날 만반의 준비를 하고 있으니 조심해야 한다는 내용도 포함돼 있었다. 노예 상인들이 그곳에 멈춘 이유는 물을 구하기 위해서이고, 필요하면 즉시 배로 돌아갈 수 있도록 감시하는 사람들도 세워 두었다고 했다.

박사가 이 사실을 함장에게 말하자 하사관은 배의 진로를 바꿔 해안 가까이 간 후 곶의 뒤쪽으로 몰래 다가갔다. 함장은 대원들에게 조용히 움직일 것을 명령했고 덕분에 해군 함정은 노예 상인들에게 들키지 않고 접근할 수 있었다.

노예 상인들과 한바탕 전투가 벌어질 것을 예상한 함장은 대포를 준비하라는 명령도 내렸다. 하지만 긴 곶으로 돌아 들어서려는 순간, 멍청한 병사 하나가 대포를 발사하는 사고를 쳤다.

"펑!" 포탄은 마치 천둥 같은 소리를 내며 조용한 바다 위로 날아갔다.

곧이어 노예 상인들이 소리를 듣고 도망가고 있다는 소식이 전해졌다. 군함이 곶을 돌아 가 보니 정말로 노예선이 15킬로미터는 됨 직한 거리를 두고 전속력으로 도망가고 있었다.

3장

위대한 포병

이제 손에 땀을 쥐게 하는 해상 추격전이 시작되었다. 오후 2시, 해가 질 때까지 시간이 얼마 남지 않았다.

함장은 (대포를 발사한 멍청한 포수에게 욕설을 퍼부은 후) 해가 지기 전에 노예선을 따라잡지 못하면 더 이상 잡을 가능성이 없다고 생각했다. 지미 본즈는 잔머리에 능한데다 아프리카 서해안(오늘날에는 노예 해안이라고 불리기도 한다.)의 지형도 잘 알고 있었다. 덕분에 그는 어두워진 후에도 불을 켜지 않고 항해하며 구석구석 숨을 곳을 찾아낼 수 있었다.

그래서 함장은 속력을 최고로 높이라고 명령했다. 당시는 증기기관이 설치된 배가 이제 막 나오기 시작하던 때였다. 하지만 초기에는 바람의 힘을 이용하는 돛과 함께 사용되었다. 함장은 이

H. M. S. 바이올렛 호에 대단한 자부심을 가지고 있었다. 그리고 노예 상인 본즈를 잡는 영광을 자신의 바이올렛 호가 차지하기를 간절히 원하고 있었다. 금지된 노예 장사를 오랫동안 해 오면서 번번이 해군의 코를 납작하게 만들었던 그 본즈를 말이다. 함장은 바이올렛 호의 증기기관들을 모두 최대로 돌렸다. 굴뚝에서 시꺼먼 연기가 뿜어져 나와 푸른 바다를 검게 뒤덮었을 뿐만 아니라, 바람을 받아 팽팽해진 멋지고 하얀 돛들을 까맣게 그을려 놓았다.

본즈를 잡는 영광을 놓칠까 봐 안달이 난 기관사도 증기기관의 안전밸브를 꽉 묶어 속력을 더 높인 다음 갑판 위로 올라와 추격전을 구경했다. 얼마 후 바이올렛 호의 신형 보일러 중 하나가 엄청난 소리를 내며 폭발해 엔진실을 엉망진창으로 만들어 놓았다.

하지만 바이올렛 호는 장비를 잘 갖춘 군함이었기 때문에 여전히 바람을 받으며 빠른 속도로 나갈 수 있었다. 바이올렛 호는 힘차게 파도를 가르며 노예선과의 간격을 좁혀 나갔다.

하지만 간교한 데다 먼저 앞서가기까지 한 본즈를 따라잡는 것은 쉬운 일이 아니었다. 곧 해가 저물기 시작하자 함장은 얼굴을 찡그린 채 발을 굴러 댔다. 어두워지면 적에게 유리하다는 것을 알고 있었기 때문이다.

실수로 대포를 발사했던 포병은 갑판 아래서 끔찍한 시간을 보내고 있었다. 동료들이 죄다 모여 어쩌면 그렇게 멍청한 짓을 해서 본즈가 눈치채게 할 수 있냐며 다그쳤기 때문이다. 본즈는 이제 도주에 거의 성공한 거나 마찬가지였다. 노예선과의 거리는 아직도 멀었기 때문에 당시의 대포로는 무리였다. 하지만 바다에 어둠이 깔리기 시작해 적이 점점 더 멀어져 가는 것처럼 보이자 함장은 무조건 대포를 쏘라는 명령을 내렸다. 그런 거리에서는 대포를 쏴도 노예선을 맞출 가망이 거의 없다는 것을 알고 있으면서도 말이다.

빠르미는 추격전이 시작되었을 때부터 군함 위에 내려앉아 휴식을 취하고 있었다. 함장이 발포 명령을 내린 것은 빠르미가 박사와 대화를 하고 있을 때였다. 박사와 빠르미는 대포가 발사되는 걸 구경하기 위해 아래로 내려갔다.

그곳은 조용했지만 흥분과 열기로 가득했다. 포병들은 각자의 대포 옆에 서서 멀리 있는 적의 배를 조준한 채 발포 명령을 기다리고 있었다. 동료들의 비난을 받은 불쌍한 포병은 아직도 자신의 실수를 되새기며 눈물을 글썽이고 있었다.

그때 한 장교가 "발포!"라고 외쳤다. 그러자 배 전체가 흔들리더니 커다란 포탄 여덟 개가 요란한 소리를 내며 바다 위를 날아갔다.

하지만 단 한 발도 노예선을 맞히지 못했다. 철썩! 철썩! 철썩! 포탄들은 아무 성과도 없이 그냥 바닷속으로 빠져 버렸다.

"빛이 너무 부족해!" 포병들이 투덜거렸다. "이렇게 어둑한데 3킬로미터나 떨어진 목표물을 누가 맞힐 수 있겠어?"

그때 빠르미가 박사의 귀에 대고 속삭였다.

"제가 쏴도 되냐고 물어봐 주세요. 빛이 없을 때는 제 눈이 저 사람들보다 나을 거예요."

하지만 바로 그 순간, 선장이 "발포 중지!" 명령을 내렸다. 포병들은 자리를 떠났다.

포병들이 모두 뒤로 물러나자 빠르미는 대포 위로 내려앉아 짧은 두 발을 벌리고 서서 작고 검은 눈으로 날카롭게 조준했다. 그리고 뒤에 있는 박사에게 날개로 신호를 보내 포신을 자신이 원하는 방향으로 움직이게 했다.

"발포!" 빠르미가 외쳤다. 그러자 박사가 대포를 발사했다.

"이건 무슨 소리지?" 대포 소리가 들리자 윗갑판에 있던 함장이 화를 냈다. "내가 발포 중지 명령 안 내렸나?"

하지만 부함장이 함장의 소매를 잡아당기며 앞쪽 바다를 가리켰다. 빠르미가 발사한 포탄이 노예선의 주 돛대를 두 동강 내 돛들이 갑판 위로 어지럽게 나뒹굴고 있었다!

"맙소사!" 함장이 외쳤다. "명중이야! 보라구, 본즈가 항복 신호를 보내고 있어!"

명령도 없이 발포했다며 처벌하려 들던 함장은 이제 멋지게 명중시켜 노예선을 옴짝달싹 못 하게 만든 사람이 누구인지 알고 싶어 했다. 박사는 빠르미가 그랬다고 말하려 했다. 하지만 빠르미는 박사 귀에 대고 속삭였다.

"박사님, 일 크게 벌이지 마세요. 함장은 절대 믿지 않을 거예요. 우리가 쏜 대포는 마침 아까 실수했던 포병 거예요. 그러니 그

"발포!" 빠르미가 외쳤다.

포병이 쏜 걸로 해요. 그러면 훈장도 받을 테고, 그 사람 기분도 좀 나아질 거예요."

바다에서 옴짝달싹 못 하게 된 노예선에 가까이 간 바이올렛 호는 흥분으로 가득 찼다. 선장 본즈와 악당 열한 명은 모두 체포되어 군함 안 감옥에 갇혔다. 박사는 주자나, 수병 몇 명 그리고 장교 한 명과 함께 노예선 위로 올라갔다. 배 밑으로 내려가자 사슬에 묶인 노예들로 가득한 곳이 있었다. 주자나는 남편을 금방 알아보고 하염없이 기쁨의 눈물을 흘렸다.

흑인들은 모두 사슬에서 풀려나 군함으로 옮겨 탔다. 그리고 노예선은 바이올렛 호에 묶여서 끌려갔다. 이것으로 본즈의 노예매매도 끝이 났다.

군함 갑판에서는 환호와 악수와 축하 인사가 끝없이 이어졌다. 그리고 구출된 노예들을 위한 만찬이 주갑판에 준비되었다. 박사와 주자나 그리고 주자나의 남편은 특별 초대를 받아 장교들과 함께 포도주를 마셨고, 함장과 박사의 축사 자리가 마련되었다.

다음 날 날이 밝자 군함은 다시 해안을 따라 내려가며 흑인들을 각자의 고향 땅에 내려 주었다.

본즈가 사들인 노예들의 출신 부족이 아주 다양했기 때문에 이들을 내려 주는 일은 시간이 꽤 오래 걸렸다. 박사와 주자나 부부가 박사의 배로 돌아온 것은 정오가 지나서였는데, 대낮인데도 배는 불을 환하게 밝히고 있었다.

함장은 여왕 폐하의 군함을 도와준 데 대해 감사의 말을 전하며 박사와 악수를 나눴다. 함장은 자신이 이 일을 정부에 보고할 것이고 그러면 여왕 폐하가 훈장이나 상을 내리실 거라며 박사의 잉글랜드 주소를 물었다. 하지만 박사는 차 0.5킬로그램이면 충분하다며 사양했다. 박사는 자기가 몇 달째 차를 마시지 못했는데, 장교들의 차가 아주 맛이 좋았다는 말도 덧붙였다.

함장은 여왕 폐하와 정부를 대신해 감사하다는 말을 또다시 전하며 박사에게 최고급 중국 차 3킬로그램을 선물했다. 바이올렛 호는 수병들이 모두 갑판 난간으로 몰려나와 박사에게 만세 삼창을 해 대는 가운데 다시 북쪽으로 뱃머리를 돌려 잉글랜드로 항해에 나섰다.

지프, 대브대브, 거브거브, 투투 등 모든 동물이 존 둘리틀 박사의 모험담을 듣고 싶어 그의 주위에 모였다. 하지만 이야기가 채 끝나기도 전에 차를 마실 시간이 되었다. 박사는 주자나 부부에게 해안에 내리기 전에 차를 대접하고 싶다고 말했다.

부부는 흔쾌히 받아들였다. 박사가 직접 끓인 차는 아주 맛있었다. 주자나 부부(남편의 이름은 베그웨였다.)는 차를 마시면서 판티포 왕국에 관해 이야기했다.

"그곳에 꼭 돌아가야 한다고는 생각하지 않습니다." 베그웨가 말했다. "판티포의 병사가 되는 건 괜찮지만, 다른 노예 상인들이 또 올 것 같아요. 그러면 아마 왕은 나를 다시 팔 겁니다. 참, 사촌에게 편지 보냈어요?"

주자나가 대답했다. "예, 하지만 제대로 갔는지는 모르겠어요.

수병들은 모두 갑판으로 몰려나왔다.

아직 답이 안 왔거든요."

박사는 주자나에게 무슨 편지를 보냈는지 물어보았다. 본즈가 베그웨의 몸값으로 거액을 제시해 왕을 꼬드기자, 주자나는 고향에 있는 자신의 부자 친척에게 편지를 보내 소 열두 마리랑 염소 서른 마리를 부탁한 다음, 왕에게 이 가축들을 바치겠으니 조금만 기다려 달라 말했다고 했다. 소랑 염소 이야기가 나오자 판티포 왕은 매우 좋아했다. 소나 염소는 판티포 왕국에서 현금이나 마찬가지였기 때문이다. 왕은 이틀 내로 소 열두 마리와 염소 서른 마리를 가져오면 남편을 팔지 않고 풀어 주겠다고 약속했다.

그래서 주자나는 편지를 대신 써 줄 사람을 급히 수소문해(여러분도 알다시피 이들 부족민 중에는 글을 쓸 수 있는 사람이 드물었다.) 왕에게 즉시 염소와 소를 보내 달라고 간청하는 편지를 썼다. 그런 다음 그 편지를 판티포 우체국에 가져가 부쳤다.

하지만 이틀이 지나도 답장이 오지 않았다. 가축도 오지 않았다. 불쌍한 베그웨는 이렇게 해서 본즈 일당에게 팔리고 만 것이었다.

4장

판티포의 왕립 우체국

주자나가 박사에게 말해 준 판티포 우체국은 좀 특이한 곳이었다. 우선은 이 미개한 아프리카 왕국에 우체국이나 정기 우편 제도가 있다는 것 자체가 신기한 일이었다. 우체국이 생긴 연유도 특별했다.

박사가 이번 항해를 떠나기 2, 3년 전, 한 나라에서 다른 나라로 편지를 보낼 때 요금을 얼마로 해야 하는지를 두고 대부분의 나라에서 많은 논쟁이 있었다. 잉글랜드에서는 롤런드 힐이라는 사람이 '페니 우편 요금제'라는 걸 시작했다. 잉글랜드 안의 어떤 지역으로 편지를 보내건 요금은 모두 한 통당 1페니를 기준으로 한다는 합의였다. 물론 보통보다 무거운 우편물을 보낼 때는 더 많은 요금을 내야 했다. 그래서 1페니, 2페니, 2.5페니, 6페니, 1실링

(12페니)짜리 우표가 제작되었다. 이 아름다운 우표들은 제각기 다른 색깔로 인쇄되었는데 대부분 여왕의 그림이 그려져 있었다. 그중에는 왕관을 쓴 그림도 있었고, 쓰지 않은 그림도 있었다.

그리고 프랑스나 미국 등 다른 나라에서도 우편 제도를 시작했다. 물론 나라마다 자국의 화폐 단위로 값이 표시되어 있었고, 우표에 그려진 사람도 자국의 왕이나 여왕 혹은 대통령으로 모두 달랐다.

그러던 어느 날, 배 한 척이 판티포의 왕 코코에게 편지를 한 통 가지고 왔다. 코코는 그때까지 우표라는 것을 한 번도 본 적이 없었기 때문에 그곳 마을에 살던 백인 상인에게 그것을 보내 여왕이 그려진 종이쪽이 무엇인지 물어보았다.

백인 상인은 왕에게 페니 우편 요금제와 정부의 우편 제도에 대해 자세히 설명해 주었다. 잉글랜드에서는 편지가 든 봉투에 여왕이 그려진 우표를 붙인 다음 거리의 우체통에 넣기만 하면 보내고 싶은 주소로 편지가 배달된다고 말이다.

왕이 말했다. "아하! 새로운 마술이군. 알겠어. 좋은 생각이야. 판티포 왕국에도 우체국을 만들어야겠군. 그리고 우표에는 전부 다 내 잘생긴 얼굴을 넣어야겠어. 내 편지는 다른 어떤 나라 것보다도 더 빨리 마술처럼 배달될 거야."

자만심이 하늘을 찌르던 코코 왕은 자신의 얼굴 그림이 들어간 멋진 우표를 엄청나게 많이 만들었다. 왕관을 쓰고 있는 그림, 왕관을 쓰지 않은 그림, 웃고 있는 그림, 찡그리고 있는 그림, 말을 타고 있는 그림, 자전거를 타고 있는 그림도 있었다. 하지만 왕이 가장 자랑스러워하는 것은 골프를 치고 있는 자기 모습이 그려진 우표였다. 골프는 판티포 왕국에 금을 캐러 온 스코틀랜드 사람들이 최근에 소개한 운동이었다.

왕은 백인 상인들이 잉글랜드에 있다고 말해 준 것과 똑같은 모양의 우체통도 만들어 거리 모퉁이에 설치한 다음 백성들에게 자신의 그림이 들어간 우표를 편지 봉투에 붙인 다음 우체통에 넣기만 하면 나라 안 어디든 배달된다고 말했다.

하지만 사람들은 곧 자신들이 속았다고 생각하기 시작했다. 그들은 왕이 말한 대로 우표의 신비한 마법을 믿고 꽤 큰돈을 들여 우표를 사서 편지에 붙인 다음 우체통에 넣었다. 하지만 어느 날 암소 한 마리가 우체통에 목을 비비다가 우체통이 부서져 열리는 사고가 일어났는데, 그 안에는 가야 할 곳으로 가지 않은 채 그대로인 편지들이 가득 들어 있었다!

화가 머리끝까지 치민 왕은 백인 상인을 불러 말했다. "감히 왕인 나를 놀리는 거요? 당신이 말한 이 우표에는 아무런 마법도 없소. 설명해 보시오!"

그러자 상인은 우표나 우체통 그 자체에 마법이 있어 우편물이 배달되는 것은 아니라고 대답했다. 우체국에는 집배원들이 있고 바로 그 사람들이 우체통에서 편지들을 꺼내는 거라고도 했다. 그런 다음 편지가 배달될 수 있도록 집배원들이 하는 일들을 자세하게 설명해 주었다.

SEVEN PENCE
SEVEN PENCE
POSTAGE
REVENUE
KOKO
FANTIPPO
7D
7D

진귀한 판티포 우표

추진력이 강한 사람인 왕은 어쨌든 판티포 왕국에도 반드시 우체국이 있어야 한다고 말했다. 왕은 수백 명의 집배원이 입을 수 있는 제복과 모자를 잉글랜드에 주문했다. 주문한 것들이 도착하자 왕은 흑인들에게 제복을 입혀 집배원 일을 시켰다.

하지만 몸에 목걸이만 걸치고 지내는 날씨의 판티포에서 입기에 그 두꺼운 제복을 입으면 너무 더웠다. 그래서 집배원들은 제복은 입지 않고 모자만 쓰고 일했다. 판티포 집배원들의 제복이 멋진 모자, 목걸이, 우편물 자루로 통일된 이유이다.

왕에게 집배원들이 생기자 우체국도 제대로 돌아가기 시작했다. 집배원들은 거리의 우체통들에서 편지들을 거둬 배에 실은 다음, 하루에 세 차례씩 판티포의 가정집 문 앞에 배달했다. 우체국은 그 지역에서 가장 분주한 곳이 되었다.

한편 옷에 대한 서아프리카 사람들의 취향은 특이하다. 그들은 밝은색을 유독 좋아했다. 판티포의 한 멋쟁이가 다 쓴 우표로 옷을 만들어 입는 것을 생각해 냈다. 우표로 만든 옷은 눈에 잘 띄고 근사해 보였기 때문에 그곳 주민들에게 귀한 재산이 되었다.

이 무렵, 문명 세계에서 페니 우편 요금제와 관련해 새로이 떠오른 돈벌이 기회 중 하나가 우표 수집 열풍이었다. 잉글랜드, 미국 등의 나라에서 사람들은 우표 수집용 앨범을 사 거기에 우표를 붙이기 시작했다. 희귀한 우표는 비싼 값에 팔렸다.

어느 날 우표 수집이 취미인 두 남자가 배를 타고 판티포 왕국에 왔다. 그 두 사람이 수집하고 싶어 안달했던 것은 왕이 발행을 중단시킨 '2.5페니짜리 붉은색 판티포 우표'였다. 발행이 중단된 이유는 왕의 모습이 그다지 잘생기게 그려지지 않아서였다. 더 이상 나오지 않게 되었으니 값도 당연히 비싸졌다.

이 두 남자가 판티포의 해변에 도착하자 짐꾼이 짐을 나르기 위해 왔다. 그런데 바로 그 짐꾼의 가슴에 2.5페니짜리 붉은색 판티포 우표가 붙어 있었다. 두 남자 모두 그 우표를 사겠다고 말했다. 그 우표를 너무도 갖고 싶었던 두 남자는 서로 더 많을 돈을 주겠다며 경쟁했다.

이 이야기를 들은 코코 왕은 이 우표 수집가 중 하나를 불러 이미 쓴 낡은 우표를 왜 그렇게 비싼 값을 주고서 사려 하느냐고 물었다. 그러자 백인은 문명 세계를 새롭게 휩쓸고 있는 우표 수집 열풍에 관해 설명했다.

코코 왕은 문명 세계 사람들이 미친 것이 틀림없다는 생각을 하면서도 자신이 직접 나서서 수집용 우표를 파는 것도 괜찮겠다고 생각했다. 편지에 붙이기 위해 우체국에서 파는 것보다 말이다. 그 후 왕은 판티포 왕국에 배가 들어올 때마다 우체국장(목에 목걸이 두 개를 걸고 집배원 모자를 썼지만 우편 자루는 들지 않은 잘생긴 남자였다)을 보내 수집용 우표를 팔게 했다.

장사는 크게 성공했고 왕의 우표 인쇄기들은 점점 더 바쁘게 돌아갔다. 왕은 배가 잉글랜드로 돌아가다 항구에 들를 때마다 완전히 새로운 우표를 팔 수 있도록 준비시켰다.

하지만 이 사업은 수집용 우표를 새로 만들어 파는 것이지 편지 배달이라는 본래 목적에 충실한 것이 아니었고, 덕분에 판티포의 우편 서비스는 푸대접을 받고 엉망이 되어 갔다.

차를 마시며, 사촌에게 편지를 보냈지만 답장이 오지 않았다는 주자나의 이야기를 듣던 박사에게 문득 옛날 기억이 떠올랐다. 오래전 박사가 여객선을 타고 여행했을 때 내리는 승객이 아무도 없는데도 배가 판티포 항에 들른 적이 있었다. 그때 한 집배원이 배 위로 올라와 아주 우아한 초록색과 보라색 우표들을 팔았다. 당시 우표 수집에 열성적이었던 박사도 우표를 세 세트나 샀었다.

주자나의 이야기를 듣는 동안 박사는 판티포의 우편 제도에 무슨 문제가 생겼는지 그리고 남편이 노예가 되는 걸 막을 수도 있었던 답장을 주자나가 왜 받지 못했는지 알게 되었다.

날이 어두워져 주자나와 베그웨가 배에서 떠나기 위해 자리에서 일어났을 때, 바닷가에서 카누 한 척이 박사의 배를 향해 오고 있는 모습이 보였다. 가까이 다가가 보니 코코 왕이 우표를 팔기 위해 직접 백인의 배로 온 것이었다.

박사는 왕에게 그의 우체국이 얼마나 잘못되었는지에 대해 알기 쉬운 말로 설명해 주었다. 그리고 중국 차를 한 잔 대접하면서 주자나의 편지가 사촌에게 배달되지 않은 이유에 대해서도 말해 주었다.

귀를 기울여 듣던 왕도 자신의 우체국이 뭐가 문제인지 알게 되었다. 왕은 박사에게 주자나와 함께 내려서 우체국이 제대로 돌아가게 해 달라고 부탁했다.

박사는 왕에게 중국 차를 한 잔 대접했다.

5장

늦어진 항해

왕이 설득을 계속하자 박사는 이 제안을 받아들이면 뭔가 좋은 일을 하게 될지도 모른다고 느꼈다. 앞으로 자신이 얼마나 힘들어질지 그리고 얼마나 기이한 일에 휘말리게 될지 상상도 하지 못한 채 그는 왕, 베그웨, 주자나와 함께 카누에 옮겨 타고 판티포 마을을 향해 노를 저었다.

판티포는 지금까지 박사가 가 보았던 다른 아프리카 마을들과는 많이 달랐다. 그곳은 도시라고 해도 될 정도로 컸다. 한눈에 보기에도 분위기가 밝고 활달했으며 주민들도 왕처럼 아주 친절하고 명랑했다.

왕은 판티포 왕국의 모든 족장에게 박사를 소개한 다음 우체국으로 데려갔다.

우체국은 끔찍한 상태였다. 편지가 여기저기 아무렇게나 나뒹굴고 있었다. 편지는 바닥에도, 낡아서 삐걱거리는 책상 서랍들에도, 그리고 우체국 문밖 거리에도 내팽개쳐져 있었다. 박사는 왕에게 우체국이 이래서는 절대로 안 되며 우표가 붙은 편지는 소중하게 다뤄져야 한다고 말했다. 박사는 우편물이 이런 식으로 다뤄지는 걸 보니 주자나의 편지가 사촌에게 전달되지 않은 것도 이상한 일이 아니라고 말했다.

코코 왕은 박사에게 우체국을 맡아 제대로 돌아가게 해 달라고 다시 한 번 간청했다. 박사는 자신이 무슨 일을 할 수 있는지 생각해 보겠다고 말했다. 그는 우체국 안으로 들어가 외투를 벗고 일을 시작했다.

몇 시간에 걸쳐 힘들게 편지들을 분류하고 제자리에 놓는 일을 하던 박사는 판티포 우체국 정리가 하루 이틀로 끝날 일이 아니라는 것을 알게 되었다. 적어도 몇 주는 걸릴 것 같았다. 박사는 왕에게 이런 상황을 이야기했다. 그런 다음 박사는 자신의 배를 항구로 몰고 와 닻을 내려 안전하게 세운 다음 동물들을 모두 육지에 내리게 했다. 왕은 박사와 동물들이 살면서 판티포의 우편물들이 제대로 목적지를 찾아가도록 도와줄 멋진 집을 중심가에 마련해 주었다.

열흘이 지나자 둘리틀 박사는 국내 우편물을 깔끔하게 정리할 수 있었다. 국내 우편물은 나라 안의 지역 혹은 도시 사이를 오가는 우편물을 말한다. 외국으로 배달되는 편지 같은 우편물은 국제 우편물이라고 한다. 판티포 우체국에서 외국으로 우편물을 정기적으로 배달하는 건 아주 힘든 일이었다. 편지를 외국으로 실어나를 배가 판티포 항에는 자주 오지 않았기 때문이다. 코코 왕은 판티포를 아주 자랑스러워했지만 다른 문명국들이 보기에는 그다지 중요하지 않기 때문에 한 해에 고작 두세 척밖에는 배가 들어오지 않았다.

그러던 어느 날 이른 아침, 박사가 아직 침대에 누워 어떻게 하면 국제 우편물을 제대로 배달할 수 있을지 궁리하고 있을 때, 쟁반에 아침 식사를 담아 가져온 대브대브와 지프가 제비 한 마리가 빠르미의 소식을 가지고 와 있다고 말했다. 박사가 들어오라고 하자 제비는 방으로 들어와 그가 식사하는 동안 침대 발치에 앉아 기다렸다.

"안녕! 무슨 일이니?" 박사가 삶은 달걀 끝부분을 깨며 말했다.

제비가 말했다. "박사님이 이곳에 얼마나 머무르실지 빠르미가 알고 싶어 해요. 물론 대장은 불평하는 게 아니라… 그건 우리도 마찬가지고요. 박사님의 여행이 우리가 생각했던 것보다 늘어지고 있어서요. 노예 상인 본즈를 잡느라 늦어진 데다, 박사님은 우체국 일로 몇 주 동안 더 바쁘실 것 같아서요. 보통 때라면 이미 잉글랜드에 도착해서 새 가족을 맞을 둥지를 벌써 틀어 놨어야 하거든요. 아시겠지만 둥지를 마련하는 일은 더 이상 미룰 수 없어요. 우리가 지금 박사님께 불평을 늘어놓고 있는 게 아니라는 건 알고 계시죠? 하지만 지체되면 저희가 더 곤란해지거든요."

"그래, 알겠다. 완전히 이해했어." 동물 뼈로 만든 달걀 스푼으로 달걀 위에 소금을 뿌리면서 박사가 말했다. "정말 미안하구나. 그런데 왜 빠르미가 직접 와서 말하지 않는 거니?"

제비가 말했다. "대장이 별로 내키지 않아 했어요. 박사님이 어쩌면 화를 내실지도 모른다고."

박사가 말했다. "전혀 아니야. 너희들이 나한테 얼마나 도움이 됐는데. 금방 바지 입고 내가 곧 갈 테니 그때 이야기 좀 해보자고 전해 주렴."

제비가 가려고 몸을 돌리며 말했다. "감사합니다. 박사님. 박사님이 말씀하신 대로 전할게요."

그때 박사가 말했다. "잠깐, 네 얼굴을 전에 어디서 본 것 같은데 기억이 잘 안 나네. 퍼들비 우리 집 마구간에 둥지를 튼 적이 있지 않니?"

제비가 말했다. "아니에요. 하지만 원숭이들이 아팠을 때 그 소식을 박사님께 전하러 갔던 제비가 바로 저예요."

박사가 외쳤다. "아, 그랬었지. 이제 기억나. 난 한번 본 얼굴은 까먹는 법이 없거든. 그때 한겨울에 잉글랜드까지 날아오느라 꽤 고생이 많았을 거야. 그렇지? 땅에는 온통 눈이 덮여 있고… 그 힘든 일을 해내다니 넌 정말 용감한 새야!"

제비가 대답했다. "맞아요. 힘든 여행이었어요. 얼어 죽을 뻔한 적도 여러 번 있었어요. 매서운 바람을 뚫고 나는데 정말이지 너무 끔찍했어요. 하지만 그만둘 수 있는 일도 아니었어요. 박사님

"안녕! 무슨 일이니?"

께 가지 못하면 원숭이들이 모두 죽을지도 몰랐거든요."

박사가 물었다. "그런데 그 소식을 전하는 일을 어떻게 네가 맡게 된 거니?"

제비가 대답했다. "글쎄요. 처음엔 빠르미 대장이 직접 하려고 했어요. 아시다시피 정말 용감하잖아요. 번개처럼 빠르기도 하고요. 하지만 다른 제비들이 모두 반대했어요. 빠르미 대장처럼 훌륭한 지도자는 없다면서요. 그건 위험한 일이었거든요. 만약 대장이 추위로 목숨을 잃기라도 하면, 이제 다시는 그런 대장을 만날 수 없잖아요. 용감하고 빠르기만 한 게 아니라 우리가 만난 대장 중에 가장 현명해요. 우리 제비들이 무슨 곤경에 빠지건, 대장은 늘 그걸 헤쳐 나갈 방법을 찾아 주거든요. 타고난 대장이에요. 빠르게 날고, 생각도 빠르고…"

"이런!" 잠시 생각에 잠겨 있던 박사가 잠옷에 떨어진 토스트 부스러기들을 털어 내며 말했다. "그런데 소식을 전해 줄 제비로 왜 너를 고른 거니?"

제비가 대답했다. "그들이 고른 게 아니에요. 대장이 목숨을 걸어서는 안 된다며 우리 중 거의 전부가 그 일을 자청했어요. 그러자 대장이 추첨으로 뽑는 게 제일 공평하다고 말했죠. 그래서 우리는 작은 나뭇잎들을 골라 하나만 빼고 전부 다 줄기를 잘랐어요. 그런 다음 코코넛 껍질 안에 넣고 흔들었죠. 다들 눈을 감고 하나씩 뽑았어요. 줄기가 달린 잎을 뽑는 제비가 소식을 전하러 잉글랜드로 가는 거였어요. 그런데 제가 그 잎을 뽑은 거구요. 전

떠나기 전에 아내한테 작별의 입맞춤을 했어요. 살아서 돌아올 수 있을 거라는 생각이 정말 들지 않았거든요. 하지만 지금은 그런 경험을 한 걸 고맙게 생각하고 있어요."

"그건 왜지?" 박사는 아침 식사 쟁반을 무릎에서 치운 후 베개를 정리하며 물었다.

제비는 작고 붉은 옥수수수염 리본이 묶인 다리 한쪽을 보여 주며 대답했다. "박사님도 아시겠지만… 이걸 상으로 받았기 때문이에요."

"그게 뭐니?" 박사가 물었다.

"제가 용감한 일을 해냈다는 걸 보여 주는 거예요. 아주 용감한…" 제비가 겸손하게 말했다.

"그렇구나. 알겠다. 훈장 같은 거로구나." 박사가 말했다.

"네, 맞아요. 제 이름은 퀴프예요. 전에는 그냥 퀴프라고 불렸지만 지금은 전령 퀴프로 불려요." 제비는 작지만 튼튼한 다리를 자랑스럽게 내려다보며 말했다.

박사가 말했다. "멋지구나, 퀴프, 축하한다. 이제 일어나야겠다. 해야 할 일이 아주 많거든. 10시에 내가 만나러 간다는 말 전하는 거 잊지 말구. 잘 가라! 아, 그리고 나가다가 대브대브한테 쟁반 좀 치워 달라고 말해 주렴. 네 덕분에 좋은 생각이 났어. 잘 가!"

대브대브와 지프가 쟁반을 치우러 들어왔을 때 박사는 면도를 하고 있었다. 그는 코끝을 잡고 거울을 뚫어지게 보며 이렇게 중얼거렸다.

박사는 면도를 하고 있었다.

"판티포 우체국의 국제 우편물 배달 방법을 알아냈어. 왜 진작 생각해 내지 못했을까… 세계 역사상 가장 빠른 국제 우편이 될 거야. 그렇고말고! 그래 좋은 생각이야. 제비 우편!"

6장

'사람 것이 아닌 섬'

박사는 면도를 끝내자마자 곧바로 옷을 갈아입고 배로 가서 빠르미를 만났다.

"정말 미안하구나. 여기서 지체하는 바람에 너희들을 힘들게 했다고 들었다. 너도 알겠지만 여기 우체국에도 내가 꼭 해야 할 일들이 많아. 솔직히 말해서 정말 끔찍한 상태란다."

빠르미가 말했다. "허락하신다면, 올해는 잉글랜드로 돌아가지 않고 여기서 둥지를 틀어 박사님을 돕고 싶습니다. 1년쯤 북쪽에서 여름을 나지 않는다고 큰일 나는 것도 아니니까요. 그런데 아시겠지만 우린 나무에는 제대로 둥지를 틀지 못합니다. 우리가 좋아하는 건 집이나 창고나 건물 같은 겁니다."

"판티포의 집들을 이용하는 건 어떻겠니?" 박사가 물었다.

"별로예요. 집들이 너무 작고 시끄럽습니다. 아이들이 온종일 집 주변에서 놀거든요. 그러면 알과 새끼들이 한순간도 안전하지 않아요. 게다가 집 모양도 우리한테는 안 맞습니다. 대부분 초가집인 데다 지붕 경사도 적당하지 않고, 처마도 너무 낮습니다. 우리가 좋아하는 집은 튼튼한 잉글랜드식 건물들인데, 거기선 사람들이 시끄럽게 떠들지도 않고 아이들이 온종일 북을 치지도 않아요. 그러니까 낡은 헛간이나 마구간 같은 조용한 건물이 좋은데… 그런 데서는 사람들이 정해진 시간에만 오가고 점잖게 드나들거든요. 아시겠지만 우리는 사람들을 좋아해요. 하지만 둥지를 짓는 어미 새들에게는 조용한 곳이 필요하답니다."

박사가 말했다. "흠. 나도 안단다. 물론 나는 활기찬 이곳 판티포 사람들이 더 맘에 들지만 말이다. 어쨌든 네 말이 무슨 뜻인지는 알겠구나. 그렇다면 이 낡은 배는 어떻겠니? 너희들이 여기서 지낼 만큼은 조용하거든. 지금은 사는 사람도 없고. 게다가 둥지를 만들 틈새나 구멍, 구석도 얼마든지 있어. 어때?"

빠르미가 말했다. "멋지네요. 박사님이 4~5주쯤 배가 필요하지 않다면 말입니다. 물론 우리가 둥지를 틀고 알을 낳은 다음 알들이 부화하는 동안에는 절대로 닻을 올려 항해하는 일이 없어야 합니다. 새끼들이 뱃멀미를 할 수 있거든요."

박사가 말했다. "물론이지. 그런 일은 절대 없을 거다. 당분간은 떠날 일이 없을 테니까 걱정할 필요 없단다. 이 배 전체를 너희들 마음대로 써도 돼. 아무도 너희를 방해하지 않을 거다."

빠르미가 말했다. "알겠습니다. 그럼 여기다 바로 둥지를 틀라고 말하겠습니다. 하지만 박사님이 떠날 준비가 되면 우리도 앞장서서 잉글랜드로 떠나겠습니다. 어린 제비들에게 가는 길을 알려 주기도 해야 하니까요. 아시겠지만 새로 태어난 어린 제비들은 잉글랜드에서 아프리카로 첫 여행을 합니다. 첫 여행은 어른 제비들의 지도를 받아야 하고요."

박사가 말했다. "아주 좋아! 그러면 결정이 난 거군. 이제 난 우체국으로 돌아가야겠다. 둥지 트는 일이 끝나면 나한테 알려 주렴. 나한테 아주 좋은 생각이 있거든. 너에게 말해 주고 싶구나."

이렇게 해서 박사의 배는 이제 제비들이 둥지를 트는 보금자리가 되었다. 배는 판티포 앞바다에 닻을 내린 채 조용히 서 있었고, 그 사이에 제비들은 밧줄, 통풍구, 현창, 그 밖의 다른 틈새나 구석에 둥지를 마련했다.

근처에 아무도 얼씬거리지 않았고 덕분에 제비들은 배를 마음껏 쓸 수 있었다. 나중에 제비들은 배가 둥지를 틀기에 아주 좋은 곳이라는 데 모두 동의했다.

배는 아주 짧은 시간 만에 이상하고 신기한 모습으로 변했다. 진흙으로 만든 둥지들이 배 전체를 뒤덮었고 수천 마리 새들이 돛대 사이로 날아다니며 둥지를 틀고 새끼에게 먹이를 가져다주었다.

잉글랜드의 농부들은 제비들이 잉글랜드로 오기 전에 다른 곳에 둥지를 틀고, 가을이 다 되어서야 북쪽으로 와 겨우 몇 주 동안

수천 마리의 제비가 배의 밧줄 사이에 둥지를 틀었다.

만 지내는 걸 보고 그해는 겨울이 몹시 추울 거라고 말했다.

둥지를 틀고 새끼들이 태어나자 이제 제비들의 수가 두 배로 늘어났다. 그리고 배에 진흙이 몇 톤이나 쌓여 발조차 쉽게 디딜 수 없게 되었다.

어린 새들이 하늘을 날 수 있게 되자 부모 새들은 새끼들에게 배 청소를 시켰다. 새들은 진흙을 죄다 걷어 항구 앞바다에 버렸다. 덕분에 박사의 배는 전보다 훨씬 더 깨끗한 상태가 되었다.

그날도 박사는 평소처럼 아침 9시에 우체국으로 출근했다. (그 시간에 출근하지 않으면 집배원들이 일을 시작하지 않았기 때문에 어쩔 수 없었다.) 그는 우체국 밖 길거리에서 뼈를 입에 물고 있는 지프를 보았다. 박사는 어쩐지 뼈의 모양이 이상하다고 생각했다. 그는 자연학자였기 때문에 뼈에 관해서도 전문적인 지식이 있었다. 그는 지프에게 뼈를 좀 볼 수 있냐고 물어보았다.

"이거 정말 이상하게 생겼는걸!" 박사는 이렇게 말하며 뼈를 자세히 조사하기 시작했다. "이런 종류의 동물이 아직도 아프리카에 살고 있다는 건 몰랐는데. 지프야, 이 뼈 어디서 난 거니?"

지프가 대답했다. "'사람 것이 아닌 땅'에서요. 거긴 이런 뼈가 아주 많아요."

박사가 물었다. "'사람 것이 아닌 땅'이라고? 그게 어디 있는데?"

지프가 대답했다. "항구 바로 앞쪽에 있는 둥근 섬이에요. 아시잖아요. 자두처럼 생긴 섬 말이에요."

박사가 말했다. "그래 맞아, 네가 말하는 섬을 나도 알아. 육지에서 아주 가까운 곳이지. 하지만 그게 '사람 것이 아닌 땅'이라는 말은 들어 본 적이 없는데. 흠! 이 뼈 잠깐만 빌려줄 수 있겠니? 코코 왕한테 가서 물어봐야겠다."

둘리틀 박사는 뼈를 가지고 코코 왕을 만나러 갔다. 지프가 함께 가도 되냐고 물었다. 왕은 궁전 문 앞에 앉아 사탕을 빨아 먹고 있었다. 왕도 다른 판티포 사람들처럼 단것을 아주 좋아했다.

박사가 말했다. "안녕하십니까, 폐하? 혹시 이 뼈가 어느 동물의 것인지 아십니까?"

왕은 뼈를 자세히 들여다보더니 고개를 저었다. 뼈에 대해서는 아는 게 많지 않아 보였다.

왕이 말했다. "소뼈 같아 보입니다만…"

박사가 말했다. "소뼈는 절대 아닙니다. 소한테는 이런 뼈가 없습니다. 이건 턱뼈입니다. 그런데 소의 턱뼈는 아닙니다. 폐하, 카누 한 척과 노를 저을 사람 몇 명을 구해 주실 수 있습니까? '사람 것이 아닌 땅'에 가 보고 싶습니다."

사탕이 목에 걸려 왕이 의자와 함께 뒤로 나자빠질 뻔하는 바람에 박사는 깜짝 놀랐다. 왕은 허둥지둥 궁으로 들어가 문을 걸어 잠갔다.

박사는 어리둥절했다. "대체 무슨 일이지. 왜 저러는 거야?"

지프가 그르렁거렸다. "뭔가 있는 것 같아요. 이 사람들에게는 미신이 많아요. 박사님, 항구로 돌아가요. 거기서 배를 빌리는 게 낫겠어요."

그들은 바닷가로 가서 뱃사람 몇몇에게 '사람 것이 아닌 땅'으로 자신들을 데려다줄 수 있는지 물어보았다. 하지만 목적지를 들은 사람들은 하나같이 겁에 질려서 아무 말도 하려 들지 않았다. 심지어는 혼자 가겠다고 해도 아무도 카누를 빌려주지 않았다.

그때 늙은 뱃사람 하나가 눈에 띄었다. 그도 둘리틀 박사로부터 '사람 것이 아닌 땅'이라는 말을 듣고 겁을 먹기는 했지만, 워낙 말하기를 좋아하는 성격이라 사람들이 왜 그렇게 겁에 질린 행동을 하는지 설명해 주었다.

그는 말했다. "그 섬은… 사람들은 그 섬 이름조차 말하길 꺼린다오. 악마의 마법에 걸린 섬이지. 사람이 살지 않는 것도 그 때문이오. 그곳에는 아무도 가지 않소." (노인이 너무 작은 목소리로 속삭이듯 말하는 바람에 간신히 알아들었다.)

박사가 물었다. "아니, 왜요?"

늙은 뱃사람이 눈을 크게 뜨고 박사를 쳐다보며 말했다. "거긴 용들이 산다오! 커다란 뿔이 달린 용들이 불을 내뿜으며 사람을 잡아먹어. 목숨을 소중히 여긴다면 저 무시무시한 섬에 갈 생각 따윈 하지 마시오."

박사가 물었다. "그걸 어떻게 아십니까? 사실인지 아닌지 확인하러 가 본 사람이 한 명도 없다면서요?"

노인이 말했다. "한 천 년쯤 전에, 이 섬을 다스리던 카카부치 왕이 장모를 그 섬으로 보내 살게 했다더군. 장모가 말이 너무 많아 궁전에서 함께 살 수 없다는 이유로 말이야. 먹을 음식은 일주일에 한 번씩 가져다주기로 했지. 그런데 첫 번째 일주일이 지난 후 사람들이 배를 타고 그 섬에 갔는데 장모의 흔적조차 찾을 수 없었다오. 그래서 섬을 뒤지기 시작하자 갑자기 용 한 마리가 덤불에서 나와 으르렁거리며 사람들을 덮쳤지. 사람들은 간신히 목숨만 부지한 채 판티포로 돌아와서 이 사실을 카카부치 왕에게 알렸다오. 왕이 유명한 마법사를 불러 물어보니 장모가 마법에 걸려 용으로 변했다는 거야. 그 후 그 용이 새끼들을 많이 낳았고 섬은 용의 천국이 되어 버렸다오. 그놈들은 사람을 잡아먹고 살지! 배가 가까이 가면 놈들이 바닷가로 내려와 불을 뿜어 사람을 죽여. 그래서 지난 몇백 년 동안 아무도 그 섬에 발을 들이지 않은 거라오. 지금 당신도 알다시피 그 섬의 이름은 '사람 것이 아닌 땅'이 된 거고."

이야기를 다 마친 노인은 카누를 타고 급히 자리를 떴다. 박사가 그 섬으로 가게 노를 저어 달라고 또 부탁할까 봐 겁이 난 모양이었다.

둘리틀 박사가 말했다. "지프, 잠깐! 이 뼈를 저 '사람 것이 아닌 땅'에서 가져왔다고 했지? 거기서 용을 봤니?"

지프가 대답했다. "아니요, 전 그 섬에 헤엄쳐서 갔어요. 너무 더워서요. 어제 정말 더웠거든요. 섬 깊숙이는 들어가지 않았어요. 뼈는 해변에 많았고요. 그중에 이 뼈 냄새가 제일 좋아서 가지고 다시 헤엄쳐 돌아온 거예요. 솔직히 말하면 섬에 올라가는 것보다 뼈하고 헤엄치는 데 더 정신이 팔려 있었어요."

박사가 중얼거렸다. "정말 이상해… 섬에 얽힌 전설을 듣고 나니 더 가 보고 싶어지는걸. 이 뼈도 무지 흥미롭고, 이렇게 생긴 뼈는 나도 딱 한 번밖에 보지 못했어. 그것도 자연사 박물관에서 말이야. 지프, 이거 내가 가져도 되겠지? 퍼들비로 돌아가면 내 박물관에 전시해야겠다."

지프가 말했다. "마음대로 하세요. 그런데 카누를 구할 수 없다면 박사님하고 저하고 섬까지 헤엄쳐서 가 보는 건 어때요? 기껏해야 2킬로미터도 채 되지 않는 것 같은데요. 우리 둘 다 수영 잘하잖아요?"

"그거 나쁘지 않은 생각인데." 박사가 말했다. "해변으로 내려가 섬 반대쪽으로 가면 그렇게 멀리 헤엄치지 않아도 될 거야."

그들은 바닷가로 내려갔다. 가장 적당해 보이는 곳에 도착한 박사는 옷을 벗어 머리에 묶은 다음 소중한 긴 모자를 그 위에 얹었다. 지프도 함께 물속으로 뛰어들어 박사 옆에서 나란히 섬을 향해 헤엄치기 시작했다.

이상한 물살을 헤치며 바다를 건너는 도중에 헤엄치기 힘든 곳이 나타났다. 15분 정도 지났을 때 지프와 박사는 강한 물살에 휩쓸려 떠밀리기 시작했다. 섬에 다가가려고 있는 힘을 다 써 보았지만 조금도 앞으로 나갈 수 없었다.

지프가 헐떡거리며 말했다. "박사님, 물살에 몸을 맡기세요. 물살하고 싸우느라 힘 낭비하지 마시고요. 물살에 맡기세요. 그렇게 하면 설사 섬을 지나치더라도 파도에 밀려 다시 육지 쪽 해변으로 돌아올 수 있을 거예요. 거긴 물살이 별로 세지 않을 거예요."

하지만 박사는 대답하지 않았다. 이미 힘이 다 빠져 숨도 제대로 못 쉬는 것 같아 보이는 박사의 얼굴이 지프의 눈에 들어왔다.

지프는 있는 힘을 다해 큰 소리로 짖었다. 육지에 있는 대브대브가 듣고 날아와 도와줄지도 모른다고 생각했기 때문이다. 하지만 마을에서 너무 멀리 떨어져 있었기 때문에 아무도 그 소리를 듣지 못했다.

박사가 숨을 헐떡이며 말했다. "지프, 돌아가! 난 신경 쓰지 말고. 난 괜찮아질 거야. 해변으로 돌아가라구."

하지만 지프는 박사가 물에 빠져 죽게 내버려둔 채 돌아갈 생각이 없었다. 그렇다고 구해 줄 방법도 보이지 않았다.

박사는 이제 입에 물이 가득 차 숨도 제대로 못 쉬는 상태가 되었고 지프도 완전히 겁에 질렸다. 하지만 박사의 눈이 감기고 이제 더 이상 팔을 휘두를 힘조차 없어졌을 때 갑자기 이상한 일이 벌어졌다. 지프는 발밑에서 뭔가가 떠오르며 자신과 박사를 천천히 물 밖으로 떠미는 것을 느꼈다. 마치 잠수함 갑판이라도 떠오르는 것 같았다. 그들은 위로 위로 떠오르다가 마침내 물 밖으로 완전히 나왔다. 숨을 헐떡이며 큰대자로 뻗은 채 나란히 떠오른 그들은 놀라서 서로의 얼굴을 쳐다보았다.

지프가 아래쪽 이상한 물체를 내려다보며 물었다. "무슨 일이죠, 박사님?" 그것은 마치 배처럼 강한 물살을 가르며 지프와 박

박사가 숨을 헐떡이며 말했다. "지프, 돌아가!"

사를 섬 쪽으로 데려갔다.

둘리틀 박사가 숨을 헐떡이며 말했다. "나도… 나도. 헉… 헉… 뭔지 모르겠어. 고래인가? 아니야, 피부가 고래 것이 아니야. 털이 있어." 박사는 자신이 앉아 있는 바닥에 난 털을 뽑았다.

지프가 말했다. "무슨 동물 같은데요. 그렇지 않아요? 그런데 머리는 어디 있죠?" 지프는 앞쪽으로 30미터나 부드럽게 휘어져 뻗어 있는 긴 등을 보았다.

박사가 말했다. "머리는 물속에 있어. 봐, 우리 뒤에 꼬리가 있어."

고개를 돌리자, 지금까지 한 번도 본 적이 없는 짐승의 긴 꼬리가 물보라를 일으키며 자신들을 섬으로 데리고 가는 모습이 지프의 눈에 들어왔다.

지프가 외쳤다. "알겠어요. 용이에요! 카카부치 왕의 장모 위에 우리가 앉아 있는 거라구요!"

박사가 귀에 들어간 물을 털어 내며 말했다. "어쨌든 다행이야. 제때 나타나 우리를 들어 올려 주었으니… 물에 빠져 죽을 뻔한 건 처음이야. 장모가 물 밖으로 머리를 내밀기 전에 옷부터 제대로 입어야 체면이 서겠군."

이 이상한 짐승이 자신들을 구해 신비의 섬으로 계속해서 데리고 가는 동안 박사는 머리에 묶었던 옷가지들을 내려서 기다란 신사모자의 모양을 바로잡고 옷을 차려입었다.

7장

동물들의 천국

박사와 지프를 구해 준 그 엄청나게 긴 짐승이 마침내 섬에 도착했다. 박사와 지프를 여전히 등에 실은 채 그 짐승은 물 밖으로 헤엄쳐 나와 해변 위로 올라왔다.

그 짐승의 머리를 처음으로 본 둘리틀 박사는 엄청나게 흥분한 목소리로 외쳤다.

"지프, 쿠이페노도쿠스야, 내가 살아 있는 게 확실하다면 분명 쿠이페노도쿠스야!"

지프가 물었다. "쿠이페노… 뭐라고요, 쿠아페…?"

박사가 말했다. "쿠이페노도쿠스, 선사시대 짐승이지. 자연학자들은 얘들이 멸종한 걸로 알고 있어. 세상 어디에서도 살아 있는 개체가 발견된 적이 없다고 하던데. 지프, 오늘은 정말 대단한 날이야. 내가 여기 왔다는 게 정말 기뻐."

판티포 사람들이 용이라고 부르는 짐승은 이제 해변으로 올라와 자신의 기묘한 모습을 완전히 드러낸 상태였다. 얼핏 보기에는 악어와 기린을 합쳐 놓은 것처럼 보였다. 다리는 짧고 뭉툭했지만, 꼬리랑 목은 엄청 길었다. 그리고 머리에는 짤막한 뿔이 두 개 달려 있었다.

박사와 지프가 등에서 기어 내려오자 녀석은 거대한 목을 빙글 돌려 박사에게 말했다.

"이제 좀 괜찮으세요?"

"그래. 고마워." 박사가 말했다.

녀석이 말했다. "박사님 목숨을 제때 구하지 못할까 봐 걱정했어요. 박사님을 처음 발견한 건 제 동생이었어요. 처음에는 원주민인 줄 알고 평소처럼 무섭게 해서 쫓아 버리려고 했죠. 그런데 나무 뒤에서 지켜보고 있을 때 갑자기 동생이 소리쳤어요. '맙소사. 둘리틀 박사님이셔. 물에 빠졌나 봐. 봐. 팔을 흔들고 계셔. 천 년에 한 번 나올까 말까 한 분이야. 무슨 일이 있어도 구해 드려야 해. 서두르자, 빨리!' 그래서 저흰 존 둘리틀 박사님이 위험에 처했다는 소식을 섬의 모든 동물들에게 알렸어요. 저흰 모두 박사님을 알고 있거든요. 다들 섬 반대쪽 바닷가에 있는 비밀 통로로 가서 물에 뛰어든 다음 헤엄을 쳐 박사님께 갔죠. 헤엄 실력이 좋은 제가 제일 먼저 도착했고요. 제때 구해 드려서 정말 기뻐요. 이제 괜찮으신 거죠?"

박사가 말했다. “그래, 괜찮다. 고마워. 그런데 왜 물속으로 헤엄을 친 거니?”

이 기묘한 짐승이 말했다. “우린 원주민들이 우리를 보길 원치 않아요. 그 사람들은 우리를 용이라고 생각해요. 우린 그냥 계속 그렇게 생각하도록 내버려두고 있어요. 그래야 이 섬에 가까이 오지 않을 테니까요. 여긴 우리들만의 땅이거든요.”

그 짐승은 그렇지 않아도 긴 목을 더 길게 뻗어 박사 귀에 대고 속삭였다.

“그 사람들은 우리가 사람을 잡아먹고 불을 뿜는다고 생각해요. 하지만 우리가 진짜로 먹는 건 바나나뿐이에요. 그래서 사람들이 섬에 들어오면 우리는 섬 한가운데 움푹한 곳으로 가 그곳에 늘 끼어 있는 안개를 빨아들여요. 그런 다음 바닷가로 돌아와 큰 소리를 내며 사방을 휘젓고 다니죠. 우리가 콧구멍으로 안개를 뿜어내면 사람들은 그게 연기인 줄 알아요. 그게 바로 우리가 이 땅을 천 년 동안이나 지켜 온 방법이에요. 여긴 우리가 살아남은 유일한 땅이구요. 우리가 평화롭게 살 수 있는 유일한 땅 말이에요.”

박사가 말했다. “정말 재미있구나. 알고 있겠지만 자연학자들은 너희가 이제 더 이상 존재하지 않는다고 믿고 있단다. 너희가 바로 쿠이페노도쿠스지, 그렇지 않니?”

그 짐승이 대답했다. “아니요. 쿠이페노도쿠스는 이미 오래전에 다 죽어 버렸어요. 우리는 피필로사우루스예요. 우리는 뒷발에 발톱이 여섯 개 있지만, 친척인 쿠이페노도쿠스는 다섯 개뿐이에요. 걔들은 2천 년 전에 멸종했어요."

박사가 물었다. "그런데 다른 친구들은 어디에 있니? 네 친구 여럿이 날 구하기 위해 바다로 뛰어들었다고 들은 것 같은데."

피필로사우루스가 말했다. "그랬죠. 하지만 사람들이 보고 용의 장모라는 이야기가 거짓이라는 걸 알게 될까 봐 몸을 숨긴 거예요. 사실 제가 박사님을 여기로 모시고 오는 동안 혹시나 날 도와야 할 일이 생길까 봐 옆에서 함께 헤엄쳤어요. 그러고는 해변에서 보이지 않도록 비밀 통로가 있는 곳으로 가 숨었죠. 우리는 지금 이대로 사는 게 좋아요. 무슨 일이 있어도 이 해변에 우리가 있는 모습을 들키면 안 되거든요. 원주민들이 여기 오게 해서도 안 되고요. 그렇게 되면 우리는 모두 죽게 될 거예요. 사람들은 우리를 무시무시한 짐승으로 생각하고 있지만 사실 우리는 양보다 더 순하거든요."

"여기 다른 동물들도 살고 있니?" 박사가 물었다.

"물론이에요." 피필로사우루스가 말했다. "여기 사는 동물들은 모두 순하디순한 채식동물들이에요. 만약 다른 짐승이 여기 있다면 우리는 오래 살아남지 못할 거예요. 그럼 이제 섬을 구경시켜 드릴게요. 저쪽 계곡을 지나갈 때는 조용히 해야 해요. 그래야 숨을 수 있는 숲까지 무사히 갈 수 있거든요."

피필로사우루스는 박사와 지프에게 '사람 것이 아닌 섬' 구석구석을 구경시켜 주었다.

훗날 박사는 이날처럼 재미있고 유익한 날은 결코 없었다고 말했다. 섬의 가장자리는 온통 높고 가파르게 솟아 있어서 지프의 말처럼 마치 자두 푸딩처럼 보였다. 하지만 섬 가운데 높은 꼭대기에는 깊고 아늑한 분지가 있어서 바다 쪽에서 보이지도 않고 바람도 막아 주었다. 지름이 50킬로미터나 되는 이 거대한 분지 안에서 피필로사우루스들이 익은 바나나를 먹고 햇볕 아래 뛰놀며 천 년 동안이나 평화롭게 지내 온 것이다.

강변으로 내려가자 물가에서 자라는 갈대를 뜯어 먹고 있는 하마 떼가 보였다. 풀이 무성한 넓은 평원에선 코끼리와 코뿔소들이 풀을 먹고 있었다. 그리고 나무가 드문드문 서 있는 경사면에서는 목이 긴 기린들이 나뭇잎을 따 먹고 있는 모습이 보였다. 원숭이와 사슴도 여러 종류가 있었다. 새들도 무리 지어 날아다녔다. 정말로 이곳에서는 육식을 하지 않는 초식 동물들만이 평화롭게 살고 있었다. 쿵쾅대며 아무 데나 마구 짓밟고 돌아다니는 인간들에게 방해받는 일 없는 이곳에서 말이다.

지프 그리고 피필로사우루스와 함께 언덕 꼭대기에 선 박사는 동물들이 즐겁게 살아가고 있는 이 드넓은 분지를 내려다보며 한숨을 내쉬었다.

박사가 혼잣말을 했다. "이 아름다운 섬은 '동물들의 천국'이라고 불러도 되겠군. 동물들이 언제까지나 오래오래 행복하게 살았으면 좋겠어! 정말이야, 이 섬이 영원히 '사람 것이 아닌 땅'으로 남길!"

"우리가 진짜로 먹는 건 바나나뿐이에요."

그때 피필로사우루스가 굵고 나직한 목소리로 말했다. "박사님은 천 년 만에 처음으로 이곳을 밟은 사람이에요. 마지막 사람이 바로 카카부치 왕의 장모였고요."

박사가 물었다. "그런데 그분은 어떻게 됐니? 너도 알다시피 판티포 사람들은 그분이 용이 되었다고 하던데."

피필로사우루스가 백합 잎을 씹으며 말했다. "우리가 그분을 결혼시켜 드렸어요. 카카부치 왕처럼 우리도 그분 잔소리를 도저히 견딜 수 없었거든요. 박사님은 그렇게 말이 많은 사람을 평생 구경도 못 하셨을 거예요. 그래서 어느 컴컴한 밤에 아프리카 해안을 따라 바다를 헤엄쳐 콩고 강 남쪽에 있는 작은 나라의 귀머거리 왕이 사는 궁전 앞에 모셔다 드렸죠. 그분은 거기서 왕과 결혼했어요. 물론 그 왕은 귀가 들리지 않아 끝없이 이어지는 그분의 잔소리가 아무 문제도 되지 않았어요."

그 후로 박사는 일주일 동안이나 우체국 일도, 코코 왕도, 정박해 둔 배의 일도 모두 까맣게 잊고 지냈다. 온갖 일로 자신을 찾아와 상담하는 동물들 때문에 아침부터 밤까지 눈코 뜰 새 없이 바빴기 때문이다.

기린들은 대부분 발굽에 통증을 느끼고 있었다. 박사는 그들에게 뜨거운 물에 우려서 발을 담그면 즉시 효과가 나타나는 특별한 식물 뿌리를 알려 주었다. 뿔이 너무 길게 자란 코뿔소들에게는 어떤 바위에다 뿔을 갈면 되는지 알려 주는 한편 풀보다 산딸기류를 많이 먹어야 한다는 충고도 해 주었다. 한편 섬에는 사슴들이 너무 좋아해서 마구 먹는 바람에 거의 다 죽어 없어지게 된 호두나무가 있었다. 이걸 본 박사는 대장 수사슴들을 불러서 호두 열매를 몇 개 모아 오게 한 다음, 장마철이 시작되기 전에 발굽으로 부드러운 땅을 파서 심어 두면 새로 나무들이 자라 호두를 마음껏 먹을 수 있게 된다는 것을 알려 주었다.

그러던 어느 날, 박사가 이빨이 흔들린다며 찾아온 새끼 하마의 이빨을 철제 시곗줄로 뽑아 주고 있을 때 대장 빠르미가 곤란한 얼굴로 찾아왔다.

그 예의 바른 작은 새는 땅에 내려앉아 말했다. "드디어 찾았네요. 박사님, 박사님을 찾기 위해 얼마나 헤매고 다녔는지 아십니까?"

박사가 말했다. "안녕? 빠르미야. 반갑구나. 내게 뭐 필요한 거라도 있니?"

빠르미가 말했다. "물론입니다. 둥지 트는 일이 이틀 전에 끝났습니다. 박사님께서 말씀하셨잖아요. 둥지 철이 끝나면 곧바로 저와 의논할 일이 있다고 말입니다. 집에 찾아가 봤지만, 대브대브도 박사님이 어디 계신지 모르고 있었습니다. 그래서 제가 박사님을 찾아 나선 겁니다. 그러다 항구의 떠버리 뱃사람들이 닷새 전쯤 박사님이 이 섬으로 가셨는데 돌아오지 않았다고 이야기하는 걸 들었습니다. 판티포 사람들도 박사님 찾는 걸 포기하고 있었습니다. 그들은 박사님이 여기 사는 용들에게 잡아먹혔다고 알고 있습니다. 저도 깜짝 놀랐습니다. 전 용 이야기 따위는 믿지 않

그는 새끼 하마의 흔들리는 이를 뽑아 주고 있었다.

지만 말입니다. 게다가 떠나신 지 벌써 며칠이나 지났는데 제가 아무것도 모르고 있으니 더 그랬어요. 짐작하시겠지만 우체국은 지금 더 엉망이 되어 있습니다.

"흠!" 박사는 이빨을 뽑은 새끼 하마에게 강물로 입안을 어떻게 헹구는지 알려 준 뒤 빠르미에게 말했다. "미안하구나. 네게는 소식을 전했어야 했는데. 하지만 정말로 바빴어. 야자나무 그늘로 가서 일단 좀 앉자꾸나. 내가 너와 의논하고 싶었던 건 우체국과 관련된 일이란다."

세상에서 가장 빠른 우편물

박사와 지프 그리고 빠르미는 야자나무 그늘에 앉아 제비 우편이라는 이름으로 불리게 될 멋진 제도에 대해 처음으로 의논하는 시간을 가졌다.

박사가 말했다. “빠르미야, 이곳에는 우편물을 가져오거나 가져갈 배들이 드물게 들어오기 때문에 국제 우편을 취급하기가 너무 어려워. 그러니 제비들이 우편물을 배달하면 어떨까?”

빠르미가 말했다. “글쎄요. 가능할 것 같긴 합니다. 하지만 우리 제비들이 아프리카에 머무는 건 일 년에 서너 달뿐이라 그 기간 밖에는 배달 일을 할 수가 없습니다. 게다가 우리가 편지를 가지고 갈 수 있는 나라는 온화하고 따뜻한 나라들뿐이고요. 겨울에도 우편물을 배달하다가는 얼어 죽을 수도 있습니다.”

그들은 야자나무 그늘에 앉아 있었다.

박사가 말했다. "당연하지, 나도 그런 것까지 바라는 건 아니야. 다른 새들도 우리를 돕도록 합류시키려고 해. 추운 지역에 사는 새, 더운 지역에 사는 새, 그리고 온화한 지방에 사는 새들까지. 거리가 멀어서 어떤 종류의 새들에게는 무리이다 싶으면, 우편물을 서로 전달해 가면서 교대로 배달하게 할 거고. 그러니까… 예를 들어 여기서 북극까지 전달해야 할 편지가 있다면, 너희 제비들은 북아프리카까지만 배달하면 돼. 그런 다음 거기서부터 스코틀랜드 북부까지는 개똥지빠귀들이, 그리고 그린란드까지는 갈매기들이 하면 될 거야. 그러고 나서 북극까지는 펭귄들이 하면 되겠지. 네 생각은 어떠니?"

빠르미가 말했다. "제 생각에도 그렇게 하면 될 것 같습니다. 다른 새들도 우리랑 함께하게 만들 수만 있다면 좋은 생각인 것 같습니다."

둘리틀 박사가 말했다. "그건 문제 없을 것 같아. 왜냐하면 판티포 사람들뿐만 아니라 새들도 우편 제도를 이용할 수 있을 테니까 말이다."

빠르미가 말했다. "하지만 박사님, 새나 짐승들은 편지를 보내지 않잖아요."

박사가 말했다. "그렇기는 하지. 하지만 이제부터 보낸다고 해서 안 될 것도 없어. 사람들도 예전에는 편지를 쓰지도, 보내지도 않았어. 하지만 한번 써 보고 난 다음에서야 그게 간편하고 편리하다는 걸 알게 된 거야. 그건 새나 짐승도 마찬가지일 거야. 우편 본부는 여기 이 아름다운 섬에 세울 거야. 이곳 동물들의 천국에. 내가 꾸려 나갈 우편 제도의 첫 목표는 동물 왕국의 교육과 발전이야. 그리고 두 번째 목표는 판티포 사람들을 위한 좋은 국제 우편이고. 그런데 새들이 편지를 쓸 수 있는 방법을 찾을 수 있을까?"

빠르미가 말했다. "물론입니다. 예를 들어 우리 제비들은 자기가 둥지를 튼 집 벽에 표시를 해 둡니다. 다음에 찾아올 제비들에게 전할 말을 표시하는 거죠. 여기를 보십시오." 빠르미는 박사 발밑의 모래를 긁어서 십자가 모양 등 몇 가지 기호를 그렸다. "이것들은 '이 집에는 둥지를 틀지 말 것. 고양이가 있음.'이라는 뜻입니다." 빠르미는 모래 위에 기호 네 개를 더 그린 다음 말을 이어갔다. "이건 '좋은 집. 파리 많음. 사람들 조용함. 둥지를 만들 흙은 마구간 뒤쪽에 가면 있음'이라는 뜻입니다."

박사가 감탄하며 말했다. "멋져. 속기 같은 거로구나. 넌 기호 네 개로 문장 하나를 만들었어."

빠르미가 계속해서 말했다. "다른 새들도 거의 다 자기들만의 언어 기호를 가지고 있습니다. 물총새들은 어디서 물고기를 많이 잡을 수 있는지 강변의 나무들에 기호로 표시해 둡니다. 그리고 개똥지빠귀들도 자기들만의 기호가 있습니다. 그중 하나는 저도 바위에서 가끔 보는 건데, 그건 '달팽이 껍질은 여기서만 깨'라는 뜻입니다. 껍질들이 여기저기 나뒹굴면 그걸 본 달팽이들이 겁을 먹고 숨어 버리는 일을 막을 수 있으니까요."

박사가 말했다. "그렇구나. 나도 너희들이 초보적인 글자 정도는 쓸 줄 알 거라고 생각했어. 그렇지 않다면 너희들이 그렇게 영리할 수 없을 테니까 말이야. 그럼 이제 우리가 할 일은 이런 여러 기호를 가지고 새들 모두가 쓸 수 있는 통일된 문자 체계를 만드는 게 되겠군. 내 생각에는 다른 짐승들도 분명 너희들과 똑같을 것 같아. 그렇다면 일단 제비 우편을 진행하고 그런 다음 짐승과 새의 글자를 만들어 세계 곳곳의 동물들이 서로 가르쳐 줄 수 있도록 해야겠어. 원한다면 사람들에게도 가르쳐 주고."

빠르미가 말했다. "제 예상에는 거의 다 박사님께 오는 편지들일 것 같습니다. 전 박사님이 어떻게 생기셨는지, 아침 식사로는 무얼 드셨는지, 박사님과 관련된 온갖 소소하고 바보 같은 것들을 궁금해하는 새들을 여기저기서 수도 없이 봤거든요."

박사가 말했다. "글쎄다. 하지만 난 그런 것들에는 아무 신경도 쓰지 않는데. 아무튼 내가 제일 중요하게 여기는 건 교육이야. 자신들만의 좋은 우편 제도를 갖게 되면 동물들의 생활도 아주 많이 나아질 거야. 예를 들면 오늘만 해도 이 섬의 사슴들이 호두를 거의 다 먹어서 앞으로 어떻게 해야 할지 모르겠다고 나한테 물었어. 그래서 씨를 어떻게 심고 키우는지 그 자리에서 가르쳐 주었지. 언제부터 호두가 부족하게 됐는지 모르겠지만 말이야. 만약 사슴들이 내게 편지를 쓸 수 있었다면 내가 훨씬 전에 알려 줄 수 있었을 거야. 제비 우편을 이용해서 말이야."

피필로사우루스가 의논을 마친 박사와 지프를 판티포의 바닷가까지 데려가 그곳 사람들에게 들키지 않도록 한밤중에 몰래 내려 주었다. 다음 날 아침, 둘리틀 박사는 왕을 다시 찾아갔다.

박사가 말했다. "폐하, 만약 제 제안을 허락하신다면, 폐하의 나라에 최고의 국제 우편 제도를 만들어 바치겠습니다."

왕이 말했다. "좋습니다. 들어 보겠소. 말해 보세요. 그리고 이 사탕도 좀 드셔 보세요."

박사는 왕이 내미는 상자에서 초록색 사탕 하나를 꺼내 들었다. 코코 왕은 자신의 사탕 품질에 커다란 자부심을 갖고 있었다. 왕립 사탕 제조창에서 만든 것이었다. 왕은 사탕 없이는 하루도 살 수 없어서 늘 사탕 상자를 리본으로 묶어 목에 걸고 있었다. 어쩌다 사탕을 입에 물고 있지 않을 때는 사탕을 눈높이까지 올린 다음 그걸 통해 신하들을 보았다. 왕은 전에 백인들이 돋보기를 사용하는 걸 본 적이 있었던지라, 사탕을 아주 얇고 투명하게 만들어서 그걸 이런 우아한 자태로 쓸 수 있게 된 것이다. 이처럼 사탕을 끝없이 먹어대는 바람에 왕의 몸은 볼품없이 뚱뚱해져 갔다. 하지만 판티포에서는 뚱뚱한 사람을 훌륭한 사람이라고 여겼기 때문에 왕은 전혀 신경 쓰지 않았다.

박사가 말했다. "제 계획은 이렇습니다. 국내 우편은 제가 집배원들을 조금만 더 교육하면 폐하의 직원들인 그들만으로도 잘 굴러갈 수 있을 것입니다. 하지만 국제 우편은 국내 우편과 하늘땅만큼의 차이가 납니다. 게다가 폐하의 항구에는 드나드는 배가 너무 적습니다. 그래서 저는 국제 우편을 담당하는 수상 우체국을 만들 생각인데 그건 배를 섬에다… 그러니까… 섬에다 배를 세워… (이 대목에서 하마터면 그 무시무시한 섬의 이름이 나올 뻔한 걸 간신히 수습했다.)… 그러니까 섬 가까이에… 음… 그 섬이 어딘지는 나중에 말씀드리겠습니다."

왕이 얼굴을 찡그리며 말했다. "그건 맘에 들지 않는구려."

박사가 황급히 덧붙였다. "폐하는 걱정하지 않으셔도 됩니다. 폐하의 백성 중 누구도 그 섬에 갈 필요가 없습니다. 국제 우편 우체국은 해변에서 조금 떨어진 바다 위에 떠 있는 배입니다. 그리고 그 선상 우체국을 운영하는 데 판티포 우체국의 집배원을 단 한 명도 동원하지 않을 생각입니다. 그뿐 아니라 저는 그 우체국이 폐하께 누가 되는 일이 없도록 아주 특별하게 운영할 겁니다. 그러니까 제가 방금 말씀드린 섬이 문제를 일으키는 일은 절대로 없을 거란 말입니다. 국제 우편 우체국은 저만의 특별한 방식으로 운영될 것입니다. 특별히 제 직원들로만요. 편지를 외국으로 보내고 싶은 판티포 사람이 있다면 편지를 가지고 수상 우체국까지 카누를 타고 가기만 하면 됩니다. 하지만 판티포에 주소를 둔 사람들에게 오는 외국 편지가 있다면 일상적인 방식 그대로 문 앞까지 바로 배달될 것입니다. 제 생각이 어떻습니까?"

왕이 말했다. "찬성하겠소. 하지만 모든 우표에는 반드시 내 멋진 얼굴이 들어가야 합니다. 다른 건 안 됩니다."

박사가 말했다. "알겠습니다. 그렇게 하겠습니다. 국제 우편과 관련해 지금부터 제가 드리는 말씀을 정확히 이해하셔야 합니다.

우체국은 제 집배원들로만 운영됩니다. 제 방식으로 말입니다. 그리고 제가 국내 우편 우체국을 제대로 돌아가게 만들어 놓은 다음 손을 떼면 그때부터는 폐하께서 직접 감독해 주십시오. 몇 주 안에 폐하께서 제대로 해내신다면 감히 장담하건대 폐하의 왕국은 세계에서 가장 훌륭한 우편 제도를 갖춘 나라가 될 것입니다."

왕과 이야기를 끝낸 둘리틀 박사는 방방곡곡의 모든 새에게 이 소식을 전해 달라고 빠르미에게 부탁했다. 할 이야기가 있으니 갈매기, 톰티트, 까치, 개똥지빠귀, 바다제비, 핀치, 펭귄, 대머리독수리, 흰멧새, 기러기 등의 모든 대장 새들에게 '사람 것이 아닌 섬'으로 모이라는 소식도 전했다.

이 와중에도 박사는 판티포 우체국으로 돌아가 국내 우편 업무가 제대로 돌아갈 수 있도록 쉴 새 없이 일했다.

빠르미는 소식을 전했다. 고명한 수의사이신 존 둘리틀 박사님이 크거나 작거나 상관없이 모든 새의 대장을 만나고 싶어 한다는 그 소식은 전 세계의 새들 사이에 퍼져 나갔다.

'사람 것이 아닌 섬' 한가운데에 있는 커다란 분지로 새들의 대장들이 모여들기 시작했다. 사흘 뒤 빠르미가 박사에게 날아와 말했다.

"준비됐습니다. 새들이 박사님을 기다리고 있습니다."

박사의 요청을 받아들인 코코 왕은 이미 우체국으로 쓸 튼튼한 배를 만들어 놓았고, 박사를 위한 카누도 특별히 튼튼한 것으로 구해 두었다.

그래서 둘리틀 박사는 자신의 카누를 타고 전에 동물들의 천국을 내려다보았던 바로 그 언덕으로 갔다. 박사는 빠르미를 어깨에 앉히고 마치 거대한 바다처럼 빽빽하게 모여든 새들의 얼굴을 내려다보았다. 벌새부터 앨버트로스까지 온갖 새들의 대장들이 모여 있었다. 박사는 야자나무 잎을 따서 새들이 잘 들을 수 있도록 트럼펫 모양으로 만든 다음 거기다 대고 유명한 제비 우편의 업무를 맡게 될 대장 새들에게 멋진 창립 축사를 했다.

연설을 마친 다음 박사가 대장들에게 자신이 하려는 것이 무엇인지 말하자 전 세계에서 온 새들이 휘파람을 불고 환호성을 올리고 날개를 퍼덕이며 박수를 치는 바람에 우레처럼 크고 무시무시한 소리가 울려 퍼졌다. 그러자 판티포 사람들은 '사람 것이 아닌 섬'의 용들이 싸움을 하는 거라며 수군거렸다.

박사는 공책을 꺼내 들고 새들 사이로 내려와 대장들에게 각 새들만의 독특한 기호들과 사용 습관에 관해 물어보았다. 박사는 그들의 대답을 하나도 빼놓지 않고 공책에 다 적어서 집으로 가져온 다음 밤새도록 연구했다. 대장들에게 다음 날에도 모이라고 해 두었기 때문이었다.

다음 날 박사는 다시 섬으로 건너가 새들과 토론하고 계획을 짜 나갔다. 제비 우편 본부는 바로 이곳, '사람 것이 아닌 섬'에 두기로 확정했다. 그리고 지부는 혼 곶, 그린란드, 크리스마스 섬, 타히티, 카슈미르, 티베트, 습지 옆 퍼들비에 두기로 했다. 우편물은 어느 한 곳으로 이동해 겨울을 나고 여름이 되면 다시 돌아오

그는 멋진 창립 축사를 했다.

는 철새들이 해마다 정기적으로 이동하는 틈에 운반하기로 했다. 그리고 거의 매주 이 땅에서 저 땅으로 이동하는 새들도 기꺼이 일을 분담하기로 했다. 이 새들은 별다른 어려움 없이 많은 우편물을 배달할 수 있었다.

물론 겨울에도 고향을 떠나지 않고 그대로 눌러앉아 한 나라에 계속해서 사는 새들도 있었다. 이런 새들도 박사를 돕고 회의에 참석하기 위해 다른 새들의 특별한 안내를 받으며 와 있었다. 이들은 자기 나라 안에서 일 년 내내 편지 배달을 맡아주기로 약속했다. 이런 식으로 두 차례의 회의를 통해 업무와 관련된 일들이 하나하나 차근차근 결정되었다.

편지 봉투에 적힌 주소를 집배원 새들이 쉽게 이해하고 읽을 수 있도록 쓰기에 편한 글자도 정해졌다. 박사는 대장 새들을 돌려보내면서 고향에 가면 친척들에게 새로 만든 이 글자를 가르쳐 주고, 우체국이 어떻게 돌아가는지 그리고 동물 왕국의 교육과 개선에 얼마나 도움이 되는지도 알려 주라고 말했다. 그런 다음 박사는 집으로 돌아와 편안히 잠을 잤다.

다음 날 아침, 잠자리에서 일어난 박사는 코코 왕이 수상 우체국을 운영하는 데 필요한 준비를 모두 마쳤다는 것을 알게 되었다. 우체국은 아주 근사해 보였다. 사람들이 노를 저어 우체국을 바닷가 가까운 곳까지 옮긴 다음 닻을 내려 둔 상태였다. 박사는 판티포 중심가에 있던 집을 비우고 대브대브, 지프, 투투, 거브거브, 푸시미풀류, 흰쥐를 모두 수상 우체국으로 데리고 간 다음 그곳에서 생활하기 시작했다.

이제 둘리틀 박사와 그의 동물들은 우체국 자체는 물론 가구, 우표용 서랍, 엽서용 서랍, 저울, 분류용 자루 등 온갖 비품들을 정리하느라 눈코 뜰 새 없이 바빠졌다. 물론 대브대브는 이번에도 평소처럼 집안일을 맡아 매일 아침 우체국을 깨끗하게 청소했다. 수위가 된 지프는 밤에 문을 잠그고 아침에 문을 여는 일을 맡았다. 계산 실력이 뛰어난 투투는 우표가 얼마나 팔렸는지 그리고 들어온 돈이 얼마나 되는지를 장부에 정리했다. 박사는 접수창구를 맡아 손님들이 쏟아 내는 수많은 문의에 응대했다. 그리고 믿음직스러운 빠르미는 이곳저곳을 날아다니며 일을 했다.

제비 우편이 맨 처음으로 처리한 우편물은 코코 왕이 보낸 것이었다. 어느 날 아침 코코 왕이 직접 우체국으로 와서 커다란 얼굴을 접수창구에 들이밀고 물었다.

"세계에서 가장 빠르게 국제 우편물을 배달하는 우체국이 어디입니까?"

박사가 대답했다. "잉글랜드 우체국이 지금은 가장 빠릅니다. 런던에서 캐나다까지 14일이면 간다고 자랑이 정말 대단합니다."

왕이 말했다. "알겠습니다. 이건 앨라배마에서 구두닦이를 하는 친구에게 보낼 편지입니다. 답장을 얼마나 빨리 받을 수 있는지 보겠습니다."

하지만 아직 국제 우편물을 정확하게 배달할 준비가 끝나지 않았다는 것을 알고 있는 박사는 왕에게 그 사실을 설명하려고 했

왕이 접수창구에 커다란 얼굴을 들이밀었다.

다. 바로 그때 빠르미가 책상에 내려앉아 속삭였다.

"저한테 주세요. 우리가 얼마나 잘하는지 한번 보여 줍시다."

빠르미는 밖으로 나가 전령 퀴프를 불렀다.

빠르미가 말했다. "퀴프, 이 편지를 최대한 빨리 아소르스 제도로 가지고 가. 그곳에서 여름을 나기 위해 미국으로 가는 흰꼬리캐롤라이나휘파람새들을 만날 수 있을 거야. 이걸 그들에게 전해 주고, 무슨 수를 써서라도 최대한 빨리 답장을 여기로 가져와 달라고 말해."

퀴프는 번개처럼 빠르게 바다 쪽으로 날아갔다.

왕이 편지를 들고 둘리틀 박사에게 온 시간은 오후 4시였다. 그리고 다음 날 아침 잠에서 깨 아침 식사를 하러 간 왕의 접시 위에 편지의 답장이 놓여 있었다!

2부

1장

세상에서 가장 특이한 우체국

제비 우편 업무가 언제 정식으로 시작될지, 이 엄청난 사업이 제대로 굴러갈지 그리고 그 과정에서 얼마나 많은 일들이 벌어질지는 아무도, 심지어 존 둘리틀 박사 자신조차도 알지 못했다.

물론 이런 완전히 새로운 일이 매끄럽게 돌아가려면, 그 전에 수많은 연구와 시행착오가 필요한 법이다. 매일매일 새로운 문제에 부딪쳤다. 평소에도 늘 바쁜 사람이었지만, 박사는 저러다 혹시 죽기라도 하는 것 아닐까 싶을 정도로 일에만 매달렸다. 하지만 일 재미에 푹 빠진 박사는 전혀 개의치 않았다. 그래도 엄마 같은 성격의 대브대브는 그런 박사가 정말 걱정스러웠다. 한동안은 박사가 잠도 제대로 자지 않는 것처럼 보였기 때문이다.

둘리틀 박사가 만든 우체국은 세계 역사상 유래를 찾아볼 수

'사람 것이 아닌 섬'에 있는 수상 우체국

없을 정도로 특이한 우체국이었다. 물 위에 세운 우체국이라는 것도, 직원뿐만 아니라 손님들에게까지 차를 준다는 것도 그랬다. 오후 4시가 되면 차가 나왔고, 특별히 일요일에는 오이 샌드위치가 곁들여졌다. 오후에 노를 저어 국제 우체국으로 가 차를 홀짝이는 것이 판티포 사람들 사이에 최신 유행으로 퍼져 나갔다. 커다란 차양이 설치된 뒤쪽 출입구는 바다와 만의 멋진 풍광을 볼 수 있는 베란다 구실을 했다. 오후 4시쯤 우표를 사러 수상 우체국에 오면 그곳에서 차를 홀짝거리는 판티포의 왕이나 고관대작들을 볼 수 있었다.

둘리틀 박사의 우체국에서 볼 수 있는 또 다른 특이한 것은 펜이었다. 박사가 경험한 바로는 우체국에 비치된 펜들은 품질이 너무 조악해 잉크가 사방으로 튀기도 하고, 종이가 긁히기도 해서 글자를 제대로 쓰기 힘들 정도인 것들이 많았다. 품질이 조악한 펜이 무슨 자랑거리라도 되는 듯 여기는 우체국은 심지어 오늘날에도 많이 있다. 하지만 박사는 '자기' 펜이 최고라고 생각했다. 물론 그 시절에는 강철 펜이 없었다. 모든 펜은 깃털로 만들었다. 박사는 펜의 품질을 유지하기 위해 앨버트로스나 갈매기의 깃털, 그것도 털갈이 철에 뽑힌 꼬리 깃털만을 구해 썼다. 박사의 우체국이 최고의 펜을 갖출 수 있었던 건 물론 좋은 깃털을 얼마든지 구해 쓸 수 있었기 때문이었다.

우표 뒷면에 발린 고무풀도 다른 우체국들과는 달랐다. 왕의 우표를 만드는 데 사용되던 고무풀의 재고가 떨어지자 박사는 새로운 종류의 고무풀 개발에 착수했다. 여러 번의 실험 끝에 박사는 빠르게 마르고 접착력도 좋은 감초 고무풀을 발명했다. 하지만 앞에서 이미 말했듯이 판티포 사람들은 단것을 아주 좋아했다. 새 고무풀이 사용되기 시작하자 우체국은 우표를 사러 온 사람들로 북적이기 시작했다. 박사는 우체국에 갑자기 사람들이 밀려드는 이유를 처음에는 잘 알지 못했다. 돈 계산을 담당하는 투투는 그날그날 수입을 계산하느라 매일 밤 초과 근무를 해야 했다. 우체국의 금고에 더는 돈을 넣을 수 없을 정도가 되어 남은 돈을 부엌 벽난로 위에 있는 꽃병에 넣어야 할 정도였다.

하지만 얼마 후 박사는 고객들이 우표를 사서 감초 고무풀을 핥은 다음, 다시 우체국으로 가져와 환불받으려 한다는 것을 알게 되었다. 당시에는 고객이 우표를 도로 가지고 오면 살 때 가격 그대로 교환해 주어야 한다는 규정이 있었다. 찢어지거나 도장이 찍혀 있지만 않으면, 설사 고무풀을 다 핥아 먹었다고 하더라도 상관없었다. 어차피 우표가 봉투에 붙기만 하면 되는 거라고 생각한 박사는 고무풀의 종류를 바꾸기로 마음먹었다.

그러던 어느 날, 감기가 심하게 걸린 왕의 동생이 우체국에 와서 숨을 헐떡이며 박사에게 0.5페니짜리 우표 다섯 장과 감기 치료제를 달라고 했다. 이때 박사에게 좋은 생각이 떠올랐다. 박사는 새로운 고무풀 발명한 후 백일해-기침-고무풀이라는 이름을 붙였다. 그것은 감기약 성분이 섞인 달달하고 끈적끈적한 고무풀이었다. 박사는 기관지염 고무풀, 볼거리 고무풀 등도 발명했다.

박사는 판티포에 병이 돌면 거기에 맞는 치료제를 섞은 고무풀로 우표를 발행했다. 그동안 사람들이 감기나 인후통을 치료해 달라며 수시로 박사를 번거롭게 했는데 이 고무풀 덕분에 그런 일이 많이 줄었다. 그는 우표로 질병을 퇴치한 최초의 우체국장이었다. 우표 뒷면을 활용해 부담 없이 약을 먹을 수 있게 한 덕분이었다. 그는 이것을 유행병 퇴치 우표라고 불렀다.

어느 날 저녁 6시에 지프는 그 시간이면 늘 하던 대로 우체국 문을 닫고 '영업 종료' 팻말을 걸었다. 문을 걸어 잠그는 소리를 들은 박사는 엽서 세는 일을 그만두고 담뱃대를 꺼내 담배를 피웠다. 우체국을 본격적으로 돌아가게 만드는 힘겨운 과업의 첫 단계가 이제 끝난 것이다. 그날 밤, 박사는 이제 우체국 문이 닫히는 소리가 들리면 하루 종일 매달리던 일에서 벗어나 일상적인 시간을 가져도 되겠다는 생각을 했다. 지프가 등기 우편물실에 들어왔을 때 박사는 발을 책상 위에 올려놓고 의자에 등을 기댄 자세로 앉아 만족스러운 눈으로 주위를 둘러보고 있었다.

"지프 왔니? 우체국이 이제야 제대로 돌아가는 것 같구나." 박사가 한숨을 내쉬면서 말했다.

"예, 게다가 정말 훌륭하기까지 해요. 이런 우체국은 어디에도 없을 거예요." 지프가 경비용 등을 내려놓으면서 말했다.

박사가 말했다. "너도 알겠지만, 문을 연 지 일주일도 더 지났는데 난 아직 편지 한 통 쓰지 못했어. 우체국에서 일주일이나 살았는데 편지 한 통 쓰지 않다니! 저기 서랍 좀 봐. 보통 때 우표가 저렇게 많았다면 아마 편지를 열 통도 넘게 썼을 텐데. 진짜로 편지를 쓰고 싶을 때는 우표 한 장 없더니. 정말 웃기는구나… 지금은 우체국 안에서 먹고 자는데 편지 쓸 사람이 단 한 명도 생각나지 않으니…"

지프가 말했다. "아쉽네요. 박사님은 글씨도 잘 쓰시는데 말이에요. 거기다 우표도 차고 넘치고! 신경 쓰지 마세요. 박사님 소식을 기다리는 동물들이 있잖아요."

"아, 세라가 있었지." 박사는 꿈이라도 꾸는 듯한 표정으로 파이프 담배 연기를 내뿜었다. "불쌍한 내 동생 세라! 누구랑 결혼했는지 궁금하군. 하지만 주소도 모르니 편지를 쓸 수도 없고. 내가 치료했던 환자들이 내 소식을 듣고 싶어 할지도 모르겠고."

지프가 큰 소리로 말했다. "생각났어요! 동물 먹이 장수한테 쓰세요."

"그 사람은 글을 못 읽어." 박사가 힘없이 말했다.

"아니에요. 그 사람 부인은 읽을 수 있어요." 지프가 말했다.

박사가 중얼대듯 말했다. "그렇구나, 하지만 그 사람한테 뭐라고 쓰지?"

바로 그 순간, 대장 빠르미가 안으로 들어와 말했다.

"박사님, 판티포 시내 우편 배달에 대해 뭔가 조치를 내려야겠습니다. 우리 집배원 새들은 집을 정확히 찾아 배달하는 데 적합하지 않습니다. 박사님도 아시는 것처럼 우리 제비들은 주택에 둥지를 틀기는 하지만 도시 새는 아닙니다. 우리는 원래 한적한

지프가 팻말을 걸었다.

곳에 있는 집들을 고릅니다… 시골이요. 도시 거리들은 제비들이 길을 찾기에 좀 힘듭니다. 아침에 배달 나간 편지를 그대로 가지고 돌아오는 집배원들도 있습니다."

박사가 말했다. "맙소사! 그러면 안 되는데. 잠깐 생각해 보자… 알았어! 치프사이드를 데려오자."

"치프사이드가 누굽니까?" 빠르미가 물었다.

박사가 말했다. "치프사이드는 런던에 사는 참새인데, 내가 퍼들비에 있을 때 여름마다 날 찾아왔어. 나머지 기간에는 런던의 세인트 폴 대성당 주변에서 살지. 녀석은 성 에드먼드의 왼쪽 귀에 둥지를 틀어."

"어디라구요?" 지프가 큰 소리로 물었다.

"성당 밖 성 에드먼드 동상 왼쪽 귀… 이제 알겠니?" 박사의 설명이 이어졌다. "시내 배달에는 치프사이드가 딱이야. 모르는 집이나 거리가 없다니까. 지금 즉시 치프사이드를 데려와야겠다."

빠르미가 말했다. "집배원 새들은 도시 새가 아닌데 크고 복잡한 런던에서 참새 한 마리를 찾을 수 있을까요?"

박사가 말했다. "듣고 보니 그렇군."

지프가 말했다. "잠깐만요, 박사님. 지금 동물 먹이 장수에게 편지를 쓸까 고민하고 계셨잖아요. 빠르미한테 치프사이드에게 보낼 편지를 새의 말로 써달라고 한 다음, 그걸 박사님이 동물 먹이 장수한테 쓴 편지랑 함께 보내면 되잖아요."

박사가 무릎을 치며 말했다. "좋은 생각이야!" 박사는 책상 위에 있던 종이에 편지를 썼다. 듣고 있던 대브대브도 한마디 거들었다. "편지로 이것도 좀 물어봐 주세요. 혹시 퍼들비 집 뒤쪽 창문 유리 중에 깨진 게 있는지요. 비가 침대까지 들이칠 수도 있어요."

박사가 말했다. "알겠다. 그것도 쓸게."

편지를 다 쓴 박사는 봉투에 "잉글랜드 슬롭셔, 습지 옆 퍼들비, 에스콰이어, 동물 먹이 상회, 매슈 머그 앞"이라고 주소를 적었다. 그 편지는 전령 퀴프를 통해 배달되었다.

박사는 답장을 금방 받을 수 있으리라고 생각하지 않았다. 동물 먹이 장수의 부인은 글을 읽는 것도 느렸지만 쓰는 건 더 느렸기 때문이다. 어쨌든 치프사이드가 퍼들비에 오려면 아직 일주일은 더 있어야 했다. 부활절 휴가가 끝날 때까지는 항상 런던에 머물렀기 때문이다. 치프사이드의 아내는 봄에 태어난 새끼들이 빵 부스러기를 던져 줄 아이들이 있는 집을 찾는 법, 승합 마차를 끄는 말의 사료 자루에서 떨어지는 낟알을 말발굽에 치이지 않고 주워 먹는 법, 교통이 복잡한 런던 거리를 잘 날아다니는 법, 시내에 사는 어린 새들이 알아야 할 것 등을 아빠한테 다 배우기 전까지는 치프사이드가 런던을 떠나지 못하게 했다.

한편 퀴프가 배달을 떠난 후 박사의 우체국에서는 바쁘지만 즐거운 하루하루가 이어졌다. 투투, 대브대브, 거브거브, 푸시미풀류, 흰쥐, 지프, 모두들 수상 우체국 생활을 재미있어했다. 물 위의 집에서 보내는 시간이 지루해지면 그들은 '사람의 것이 아닌 섬'으로 소풍을 갔는데, 둘리틀 박사는 그곳을 '동물의 천국'이라 이름 붙였고 이제는 그 이름이 더 자주 쓰였다.

가끔은 박사도 소풍에 따라나섰다. 박사는 그곳에 사는 다양한 동물들과 그들이 쓰는 기호에 관해 이야기하는 것을 좋아했다. 박사는 기호에 대해 들은 내용을 하나도 빼놓지 않고 공책에 적어 와 그것을 바탕으로 동물들이 사용할 수 있는 일종의 필기 문자를 만들었다. 박사는 그것을 '동물 문자'라고 불렀다. 새들의 문자를 교육할 때랑 똑같았다.

한가한 시간이 생기면 박사는 거대한 분지에 사는 동물들을 대상으로 글자 쓰기 수업을 해 주었다. 동물들도 모두 수업을 열심히 들었다. 당연한 거겠지만 원숭이들을 가르치는 게 가장 편했다. 박사가 조교로 삼을 정도로 똑똑한 원숭이들도 있었다. 얼룩말들도 꽤 똑똑했다. 이들은 풀을 꺾거나 밟는 방식으로 동료들에게 사자 냄새가 나는 곳을 알려 주었다. 다행히도 동물들의 천국에는 육식동물이 살지 않아 이런 방법을 쓸 필요가 없었지만, 이것은 그들이 무리를 지어 아프리카 본토에서 살 때부터 몸에 밴 습관이었다.

박사의 동물들은 자신에게 온 편지가 있는지 우편물 더미를 뒤지는 일에 재미를 느끼게 되었다. 처음에는 우편물이 많이 오지 않았다. 그러던 어느 날 퀴프가 동물 먹이 장수의 답장을 가지고 돌아왔다. 매슈 머그 씨가 쓴 (실제로는 부인이 쓴) 편지에는 참새 치프사이드가 돌아오면 금방 볼 수 있도록 자기가 박사님의 편지

"박사는 동물들을 대상으로 글자 쓰기 수업을 해 주었다."

를 정원 사과나무에 걸어 두었다고 쓰여 있었다. 그리고 집의 창문은 모두 멀쩡하지만, 뒷문에 페인트를 칠하는 게 좋겠다고도 적혀 있었다.

전령 퀴프는 매슈 머그 부부가 편지를 다 쓸 때까지 기다리는 동안 박사의 퍼들비 집 정원에서 개똥지빠귀와 찌르레기에게 '사람의 것이 아닌 섬'에 새로 들어선 동물 우체국이 얼마나 좋은지에 대해 자세히 이야기해 주며 시간을 보냈다. 얼마 지나지 않아 퍼들비와 그 주변의 모든 동물들이 수상 우체국에 대해 알게 되었다.

그 후 박사의 동물들 앞으로 보낸 편지들이 수상 우체국에 속속 도착했다. 어느 날 아침 우편물을 분류하는데 대브대브의 여동생이 보낸 편지가 와 있었다. 박사의 장롱 서랍에 사는 흰쥐의 친척이 보낸 편지, 옆집에 사는 개 콜리가 지프에게 보낸 편지, 투투에게 마구간 서까래에서 새끼 여섯 마리가 태어났다는 소식을 전하는 편지도 있었다. 하지만 돼지 거브거브에게 온 편지는 한 통도 없었다. 불쌍한 거브거브는 거의 울 것 같은 표정을 지으며 밖으로 나갔다. 오후에 박사에게 시내에 나갈 일이 생겼을 때 거브거브가 자기도 데려갈 수 있냐고 물었다.

다음 날 집배원 새들이 무지막지하게 무거운 편지가 있다며 투덜거렸다. 우편물 분류가 끝나자 다른 동물들에게 온 편지는 한 통도 없었는데, 거브거브에게 온 편지는 열 통이나 나왔다. 이상하다고 느낀 지프는 거브거브가 편지를 뜯는 모습을 어깨너머로 훔쳐보았다. 봉투들 안에는 바나나 껍질밖에 없었다.

지프가 물었다. "누가 보낸 거니?"

거브거브가 대답했다. "어제 내가 판티포에서 나한테 보낸 거야. 너희들만 편지를 받으라는 법은 없잖아? 나한테는 아무도 쓰지 않길래 내가 직접 썼다. 왜?"

치프사이드

판티포 시내의 우편 배달을 살펴보기 위해 런던의 참새 치프사이드가 박사의 우체국에 도착한 날은 정말 대단한 날이었다.

박사가 안내대에서 점심으로 샌드위치를 먹고 있을 때 그 작은 새가 창문으로 머리를 쑥 내밀더니 특유의 건방진 런던 사투리로 말했다.

"어, 박사님이네요. 여기서 다시 보다니! 와! 친구들도 있네! 박사님이 여기 와 계실 줄은 상상도 못 했어요."

치프사이드는 괴짜였다. 치프사이드를 만난 사람은 누구든 이 새가 도시의 길거리에서 자랐다는 것을 대번에 알 수 있었다. 말투며 표정이 다른 새들과는 달랐다. 예를 들어 빠르미의 눈을 보면 그를 바보라고 여길 사람은 없겠지만 그래도 시골 특유의 솔

HUGH LOFTING
Mr John Jingo
27 Limpopo St
Fantippo
West Africa

런던의 참새 치프사이드

직함을 지닌 기품 있는 새라는 것을 알 수 있었다. 하지만 런던의 새 치프사이드의 눈빛이나 말투에는 건방지고 제멋대로인 성격이 드러났다. 마치 이렇게 말하는 듯한 눈빛이었다. "나보다 잘났다는 생각은 단 한순간도 하지 마. 이래 뵈도 난 런던 토박이 새라구."

박사가 말했다. "치프사이드! 드디어 왔구나. 정말 반갑다! 여행은 즐거웠니?"

"나쁘지 않았어요." 치프사이드는 박사가 책상 위에 떨어뜨린 샌드위치 부스러기들을 보며 말했다. "폭풍도 없었고. 꽤 근사한 여행이었어요. 음… 아니, 더웠어요. 쪄 죽는 줄 알았다고 해야 하나… 이상한 곳에 계시네요. 바지선인가요?"

이때 치프사이드가 도착했다는 소식을 접한 동물들이 퍼들비와 잉글랜드 소식을 들으러 우르르 몰려왔다.

"마구간의 늙은 말은 어떻게 지내고 있니?" 박사가 물었다.

"꽤 잘 지내요. 물론 옛날만큼 젊어질 수는 없겠지만요. 그래도 그 나이치고는 활달해요. 박사님께 붉은 장미 한 다발을 전해 달라고 나한테 부탁하던데… 뭐… 그래 봤자 마구간 문 위에 있는 꽃이지만. 그래서 이렇게 말해 줬어요. '날 뭘로 보는 거예요? 설마 내가 짐마차라도 되는 줄 아세요?'라고요. 장미 다발을 들고 대서양을 건너라니, 내 인생에 그런 멍청한 말은 처음이었어요! 사람들 눈에 내가 남극으로 결혼이라도 하러 가는 걸로 보일 거예요."

박사가 폭소를 터뜨리며 말했다. "맙소사, 치프사이드! 네 런던 사투리를 들으니 내 고향 잉글랜드가 그리워지는구나."

"저도요." 지프가 한숨을 내쉬며 말했다. "오두막에는 지금도 쥐가 많니?"

참새가 말했다. "당연하지. 토끼만큼이나 큰 놈들이야. 걔들은 거기가 자기들 거라도 되는 것처럼 건방을 떤다고!"

지프가 말했다. "돌아가면 손 좀 봐야겠군. 빨리 돌아가고 싶다."

박사가 물었다. "정원은 어때 보였니?"

참새가 말했다. "아, 물론 잡초투성이죠. 하지만 부엌 창문 밑에는 붓꽃이 피었어요. 꽤 예쁘게요."

참새처럼 런던에서 자란 흰쥐가 물었다. "런던에 뭐 다른 일은 없고?"

치프사이드가 말했다. "있지. 근사하고 오래된 런던에는 늘 새로운 일이 생기잖아. 네 바퀴가 아니라 두 바퀴로 가는 승합 마차가 생겼어. 앤섬이라는 사람이 발명한 거야. 옛날 고릿적 마차보다 훨씬 빨라. 이제 어디서든 볼 수 있지. 그리고 왕립거래소 옆에 청과상이 하나 새로 생겼어."

거브거브가 중얼거렸다. "나도 크면 내 청과상을 차릴 거야. 잉글랜드에는 좋은 채소가 많이 나거든… 난 아프리카에 정말 질렸어. 가게를 차리면 일 년 내내 싱싱한 제철 채소를 볼 수 있지."

투투가 말했다. "이 녀석은 늘 먹는 얘기만 해. 청과물 가게를 여는 게 무슨 인생의 대단한 야망이라도 되는지."

"오, 잉글랜드!" 거브거브가 감정에 겨워 외쳤다. "인생에 이보다 더 아름다운 것이 있을까, 봄의 어린 상추 심장보다 더 아름다운 것이?"

치프사이드가 눈썹을 치켜들며 말했다. "시를 아는 돼지라? 아주 좋아. 스컹크가 키스한 루이지애나의 양배추 같은 시나 써 보는 게 어떻겠습니까, 미스터 삼겹살?"

박사가 말했다. "치프사이드, 잘 들어. 너한테 판티포 시내 우편배달일을 좀 맡기고 싶은데. 우리 집배원 새들은 집 찾는 걸 아주 힘들어해. 넌 도시에서 태어나고 자란 도시 새잖아."

참새가 말했다. "우선 이 도시를 둘러본 다음에 내가 박사님을 어떻게 도울 수 있는지 생각해 볼게요. 그런데 나 목욕하고 싶어요. 펄펄 끓는 태양 아래로 날아오느라 온몸이 다 뜨거워졌어요. 여기는 새들이 목욕할 만한 웅덩이 같은 게 없나요?"

박사가 말했다. "없어. 여기 날씨는 퍼들비하고 달라. 너도 알다시피 여긴 잉글랜드가 아니야. 하지만 면도용 컵을 가져다줄 테니 그 안에서 목욕하렴."

참새가 말했다. "박사님이 비누 거품 좀 닦아 주세요. 눈에 들어간다구요."

다음 날, 박사는 잠을 푹 자서 여독이 풀린 치프사이드를 판티포 시내로 데려가 안내해 주었다.

시내를 다 둘러보고 나서 치프사이드가 말했다. "그런데 박사님, 도시라고 하기에는 그닥 큰 것 같지 않네요. 정말 도시라고 할 수가 없어요. 그래도 크기는 크네요. 그것밖에는 할 말이 없어요. 아프리카에 이만큼 큰 도시들이 있다고는 생각해 본 적이 없거든요. 그런데 길이 너무 좁아요! 왜 승합 마차들이 없는지 알겠어요. 사륜마차는 커녕 염소 한 마리가 지나갈 폭도 안 되니 나 원 참. 게다가 집들은 낡아 빠진 매트리스 속에 든 내용물로 만든 것 같아 보여요. 우리가 가장 먼저 할 일은 코코넛 왕에게 말해서 집집마다 문을 두드릴 수 있도록 문고리를 달게 하는 거예요. 문고리가 없는 집이라니 말이 돼요? 물론 박사님 우체국의 집배원들도 편지를 배달할 수 없어요. 두드릴 문고리가 없으면요."

박사가 말했다. "알겠다. 내가 오후에 왕을 만나 말해 볼게."

치프사이드가 말했다. "그리고요, 문에 우편함이 없어요. 편지를 넣을 틈이 있어야 해요. 이렇게 집들이 많은데 집배원들이 편지를 넣을 곳이 굴뚝밖에 없다니."

박사가 말했다. "좋은 지적이야. 그것도 귀담아 둘게. 그런데 우편함은 대문 가운데에 달아야 하니, 아니면 한쪽 구석에 달아야 하니?"

치프사이드가 대답했다. "문 양쪽에 달아야 해요. 집집마다 두 개씩요."

"왜 그래야 하지?" 박사가 물었다.

참새가 말했다. "이건 그냥 제 생각인데요. 하나는 청구서용, 다른 하나는 편지용인 거죠. 집배원이 문 두드리는 소리를 듣고 친구한테 편지가 오거나 유산으로 돈을 물려받았다는 소식이라도 온 줄 알고 나왔는데, 양복점에서 온 청구서밖에 없다면 사람들이 얼마나 실망하겠어요. 하지만 우편함을 두 개 달고 거기다 각각 '청구서'랑 '편지'라고 써 놓으면, 집배원은 그것들을 따로따로 넣을 수 있어요. 하지만 이건 그냥 제 생각일 뿐이에요. 이왕 할 거면 새롭게 해야죠. 어떻게 생각하세요?"

박사가 말했다. "정말 멋진 생각이야. 그렇게 하면 사람들이 실망을 딱 한 번만 할 수 있겠구나. 요금을 내야 할 날에, 한 번만 청구서 함을 열어 보면 될 테니까."

치프사이드가 말했다. "바로 그거예요. 그리고 집배원들한테 말해 두는 거죠. 문고리를 두드릴 때 청구서면 한 번만 두드리고, 편지면 두 번 두드리라고요. 그러면 사람들이 편지를 가지러 나와야 할지 아닐지를 알 수 있거든요. 우리가 여길 떠나기 전에 이곳 사람들에게 하나라도 더 가르쳐 주는 게 좋잖아요! 판티포에 있는 우체국은 진짜 우체국으로 만들어야 해요. 박사님, 그런데 크리스마스 선물은 어떻게 되는 거죠? 아시겠지만 크리스마스 때는 사람들이 집배원들에게 멋진 선물을 하잖아요."

"글쎄다, 여기 사람들은 크리스마스를 축하하지 않는 모양인데." 박사는 모호하게 말했다.

"크리스마스를 축하하지 않는다니!" 치프사이드는 깜짝 놀라서 목소리가 커졌다. "이런 무례한 일이 있나! 잠깐만요, 박사님. 박사님이 코코넛 왕에게 말해 주세요. 이곳 왕과 주민들이 크리스마스에 집배원들에게 선물을 주지 않으면, 새해부터 부활절까지는 판티포에 우편 배달이라는 게 없을 거라고요. 내가 그렇게 말했다고 말씀하셔도 돼요. 이제 누구라도 나서서 이곳 사람들에게 이야기해 줄 시간이라고요."

박사가 말했다. "알겠다. 그것도 유의할게."

치프사이드가 말했다. "왕에게 말해 주세요. 크리스마스 날 아침에는 집배원 새들에게 줄 사탕 두 개를 문 앞에 놔두어야 한다고요!"

박사는 그날 오후에 왕을 만나 치프사이드가 원한 것을 하나도 빼놓지 않고 설명해 주었다. 왕은 그 요구를 전부 들어 주었다. 마침내 청동으로 만든 아름다운 문고리가 대문마다 설치되었다. 새들이 쉽게 들어 올릴 수 있도록 가볍게 만든 문고리였다. 모양도 아주 우아했다. 낡은 집들에 초현대식 장치가 설치된 셈이었다. 청구서용과 편지용 우편함도 각각 따로 설치되었다.

둘리틀 박사는 코코 왕에게 크리스마스의 의미를 설명해 주고 그날 아침에는 선물을 주어야 한다는 것도 가르쳐 주었다. 그 후로 판티포 사람들 사이에 크리스마스 때 선물을 주는 것이 관습으로 자리 잡았다. 집배원들뿐만 아니라 친구나 친척들에게도 선물을 주게 되었다.

박사가 이 아프리카 나라를 떠나고 몇 년 후 이곳에 온 선교사들이 판티포 왕국에선 사람들이 그리스도교를 믿지도 않으면서 크리스마스를 축하하는 것을 보고 깜짝 놀라게 된 데에는 바로

문 양쪽에 달린 판티포의 우편함

이런 사연이 있었다. 하지만 선교사들은 이런 관습이 치프사이드, 바로 런던 토박이 참새 때문에 생겼다는 것은 결코 알 수 없었다.

얼마 안 있어 치프사이드는 판티포 시내의 우편 배달을 모두 책임지게 되었다. 하지만 판티포 사람들이 친구나 친척에게 편지를 쓰는 데 익숙해지면서 곧 치프사이드 혼자서는 도저히 배달할 수 없을 정도로 우편물이 폭주하기 시작했다. 치프사이드는 판티포로 와서 자신의 우편 배달 일을 도와줄 런던 토박이 참새(자기처럼 도시 지형에 익숙한) 50마리가 필요하다는 내용의 편지를 쓴 다음 제비를 통해 보냈다. 이곳의 토착 명절인 추석이나 강우절(우기의 시작을 축하하는 날)에는 쏟아지는 우편물을 처리하기 위해서는 50마리의 참새를 더 불러 모아야 했다.

아침 9시나 오후 4시에 판티포의 중심가를 걷다 보면 참새 집배원들이 문 두드리는 소리를 들을 수 있었다. "똑, 똑" 하는 소리가 들리면 진짜 편지이고, 그냥 "또옥-" 하는 소리만 들리면 청구서였다!

참새들은 한 번에 한두 장밖에는 편지를 배달할 수 없었다. 그 이상을 배달하기엔 몸집들이 너무 작았다. 하지만 그들은 다른 우편물을 가지러 수상 우체국까지 눈 한 번 깜짝할 시간에 날아갈 수 있었다. 우체국에서는 투투가 배달 지역에 따라 '중구', '중서구', '남서구' 등으로 분류해 상자들에 넣어 둔 우편물 더미를 옆에 두고 '시내 배달' 창구에 앉아 기다리고 있었다. 판티포도 런던처럼 구로 나누어 여기저기 불필요하게 돌아다니는 수고 없이 우편물을 빠르게 배달할 수 있도록 한 것도 치프사이드의 아이디어였다.

실제로 치프사이드는 박사에게 많은 도움이 되었다. 우체국이 잘 돌아가고 있다며 왕이 직접 칭찬할 정도였다. 편지는 늘 제시간에 배달되었고, 엉뚱한 집으로 배달되는 일은 결코 없었다.

하지만 치프사이드에게는 결점이 하나 있었다. 건방지다는 것이었다. 이 새는 한번 말다툼을 시작하면 도시 사투리로 숨 쉴 틈 없이 쏘아붙여 사람들을 질리게 했다. 집배원은 사람들에게 예의 발라야 한다고 시도 때도 없이 주의를 시켰는데도 치프사이드는 툭하면 싸움을 벌였다. 게다가 대부분은 치프사이드가 먼저 시작한 싸움이었다.

한번은 치프사이드가 얼굴을 붉으락푸르락하며 궁궐 담벼락에 앉아 자기에게 싸움을 걸었다며 코코 왕이 애완용으로 기르는 흰 공작새가 박사를 찾아와 불평을 늘어 놓아서 박사가 불같이 화를 내며 이 시내 우편 책임자에게 긴 설교를 한 적도 있었다.

그러자 어느 날 밤 치프사이드는 자신의 거친 참새 친구들과 함께 궁궐 정원으로 우르르 날아가 흰 공작새를 공격해 아름다운 깃털을 세 개나 뽑아 버리는 사고를 쳤다.

너무 큰 사고였기 때문에 박사는 치프사이드를 해고해 버렸다. 치프사이드가 미안하다며 사과에 사과를 거듭했지만 어쩔 수 없었다.

하지만 치프사이드가 해고되자 그의 친구들도 다 함께 사라져

치프사이드가 자신을 공격했다며 왕의 애완용 공작새가 불평을 늘어 놓았다.

버리는 바람에 시내 배달을 할 새가 한 마리도 남지 않게 되었다. 제비들이나 다른 새들이 나서서 시내 우편 배달에 최선을 다해 매달렸지만 무리였다. 얼마 안 가 주민들의 불평이 쏟아져 들어오기 시작했다.

박사는 치프사이드를 해고한 걸 후회하게 되었다. 치프사이드는 시내 우편 배달을 제대로 해낼 수 있는 유일한 새였다.

그러던 어느 날 박사에게 매우 기쁜 일이 생겼다. (사실 박사는 화난 표정을 지으려고 애를 썼지만 그러지 못했다.) 치프사이드가 지푸라기 하나를 입에 물고 마치 아무 일도 없었다는 듯이 우체국으로 와 어슬렁거린 것이다.

박사는 치프사이드와 그 친구들이 런던으로 돌아가 버렸다고 생각했다. 하지만 그게 아니었다. 언젠가는 박사에게 자신들이 필할 거라는 걸 알고 시내 밖에 머물렀던 것이다. 이번에도 박사는 예의범절에 대해 한바탕 설교를 한 다음 치프사이드를 다시 일하게 했다.

하지만 바로 다음 날, 왕의 흰 공작새가 왕과 함께 차를 마시러 수상 우체국에 왔을 때 치프사이드가 우체국 잉크병을 공작새에게 던지는 사고가 일어났다. 박사는 이번에도 치프사이드를 해고했다.

박사가 치프사이드를 해고하는 일은 한 달에 한 번꼴로 되풀이되었다. 그럴 때마다 시내 우편 업무는 마비되었다. 하지만 치프사이드는 업무 마비가 최고조에 이를 때쯤 다시 찾아와 상황을 되돌려 놓는 식으로 박사를 안심시켰다.

치프사이드는 대단한 새였다. 하지만 누군가에게 무례한 짓을 하지 않고는 채 한 달도 버티지 못하는 것 같았다. 박사는 그게 녀석의 천성이려니 생각했다.

3장

콜럼버스를 도운 새들

동물 먹이 장수에게 제비 우편으로 첫 편지를 보낸 뒤, 박사는 벌써 몇 년째 편지를 주고받지 못한 사람들을 떠올리기 시작했다. 그는 틈날 때마다 각지에 사는 친구와 지인들에게 편지를 썼다.

물론 세계 곳곳의 동물들과도 편지를 주고받았다. 박사는 우선 혼 곶, 티베트, 타히티, 카슈미르, 크리스마스 섬, 그린란드, 습지 옆 퍼들비에 있는 우체국 지국의 책임을 맡은 모든 새들에게 편지를 보냈다. 박사는 편지로 우체국 지국 운영과 관련된 지침을 세세하게 설명했다. 이를테면 "손님을 친절하게 대해야 한다는 것을 우체국 직원들에게 늘 주지시켜야 한다" 같은 지침들이었다. 박사는 지국장들이 보낸 문의 편지에도 일일이 답장을 썼다.

그리고 여러 나라에 퍼져 있는 동료 자연학자들에게도 편지를 보냈다. 박사는 철새들의 이동에 대해 자신이 알고 있는 정보를 그들에게 모두 알려 주었다. 새들을 활용한 우편 사업을 시작한 덕분에 그동안 자연학자들이 모르고 있던 것들을 아주 많이 알게 되었기 때문이다.

박사는 우체국 밖에 게시판을 세워 거기다 우편 업무와 관련된 내용을 적어 두었다. 예를 들면 이런 것들이었다.

> 다음 주 수요일인 7월 18일에 붉은깃털물떼새가 스카게라크 해협을 경유해 덴마크로 출발할 예정임. 편지를 보낼 분들은 서두르시기 바람. 편지 봉투에는 4페니 우표를 붙이시기 바람. 모로코, 포르투갈, 채널 제도로 보내는 소형 소포도 취급함.

'사람 것이 아닌 섬'에 새로운 종류의 새가 올 예정이면, 박사는 항상 그 새가 좋아하는 먹이를 미리 충분히 챙겨 두었다. 또한 대장 새들과 회의를 할 때면 그 새들이 매년 언제 어디서 출발해 어디로 가는지를 물어본 다음 공책에 적어 두었다. 박사는 그 공책을 아주 소중히 보관했다.

어느 날 박사가 산더미처럼 쌓인 발송 우편물을 분류하고 있을 때, 빠르미가 날아와 저울에 앉았다. 빠르미가 갑자기 큰 소리로 외쳤다.

"맙소사! 박사님, 제 몸무게가 30그램이나 늘었어요! 이제 앞으로는 비행 경주에 나갈 수 없게 생겼습니다. 130그램이나 됩니다."

"맙소사! 박사님, 제 몸무게가 30그램이나 늘었어요!"

둘리틀 박사가 말했다. "아니야. 저울 접시에 너 말고도 30그램짜리 분동이 같이 있잖아. 그걸 빼면 넌 100그램이 맞아."

빠르미가 말했다. "어, 이거 때문이었나요? 산수를 잘해 본 적이 없어서요. 살았다! 감사합니다. 몸무게가 늘어난 게 아니었군요."

박사가 말했다. "빠르미야, 그런데 이 우편물 다발 안에 파나마로 가는 것들이 많구나. 내일은 누가 나가니?"

빠르미가 대답했다. "잘 모르겠습니다. 나가서 게시판을 보고 오겠습니다. 제 생각에는 금빛어치 같은데…" 잠시 후 돌아온 빠르미가 말했다. "맞습니다. 금빛어치들입니다. 날씨만 괜찮다면 내일, 15일 화요일에 출발합니다."

"어디 어디 들르는 거지? 내 공책이 금고에 있어서…" 박사가 물었다.

"다호메이에서 베네수엘라까지입니다." 빠르미가 오른발을 들어 하품을 막으며 대답했다.

박사가 말했다. "잘됐다. 그럼 파나마로 가는 이 편지들은 금빛어치들에게 부탁해야겠구나. 그리 멀리 돌아가는 게 아니니 말이다. 그런데 금빛어치들은 뭘 먹니?"

"도토리를 좋아합니다." 빠르미가 대답했다.

박사가 말했다. "알겠다. 거브거브한테 섬으로 가서 멧돼지에게 도토리 두 자루만 모아 달라고 부탁한 다음, 나한테 그걸 가져오라고 전해 줄래? 우리를 도와주는 모든 새들이 여기서 배달을 나서기 전에 잘 먹이고 싶구나."

다음 날 아침 잠자리에서 일어난 박사는 우체국 주변에서 새들이 떠들썩하게 지저귀는 소리를 듣고 밤사이에 금빛어치들이 온 것을 알았다. 박사가 옷을 입고 베란다로 나가 보니 정말로 금빛어치들이 와 있었다. 황금색과 검은색이 섞인 멋진 새들이 모여 덤불에 준비해 둔 도토리로 급히 배를 채우며 빠른 말투로 수다를 떨고 있었다.

박사를 이미 알고 있던 대장은 배달할 우편물이 얼마나 되는지 물어보고 또 지시도 받기 위해 박사 앞으로 나왔다.

모든 준비가 끝나자, 앞으로 스물네 시간 동안은 폭풍이나 악천후가 없을 걸로 보고 당장 출발하기로 했다. 새들은 중앙 우체국 국장 둘리틀 박사에게 작별 인사를 하며 하늘로 솟구쳐 올랐다.

대장이 고개를 돌려 박사에게 물었다. "박사님, 그런데 크리스토퍼 콜럼버스란 사람을 아세요?"

박사가 말했다. "잘 알지. 1492년에 아메리카를 발견한 사람이란다."

대장 어치가 말했다. "그렇다면 잠깐 말씀 드리고 싶은 게 있는데, 우리 조상님이 없었다면 1492년에 아메리카를 발견할 수 없었을 거예요. 물론 나중에 발견했을 수도 있지만… 1492년은 아니었을 거예요."

박사가 말했다. "정말이니? 나한테 좀 더 말해 줄래?" 박사는 주머니에서 공책을 꺼낸 다음 적기 시작했다.

대장 어치가 말했다. "음, 이 이야기는 어머니가 저한테 말씀해 주신 건데, 어머니는 그걸 할머니한테 들었고, 할머니는 증조할머니한테 들었대요. 이야기는 15세기에 아메리카에 살았던 우리 조상님 대까지 거슬러 올라가요. 우리 종족은 당시에는 봄에도 겨울에도 대서양을 건너지 않았어요. 일 년 중 3월에서 9월까지는 버뮤다에서, 나머지는 베네수엘라에서 지냈죠. 그래서 가을이 되어 남쪽으로 갈 때는 도중에 바하마 제도에 들러 쉬곤 했어요.

1492년 가을에는 폭풍이 자주 불었어요. 강풍과 회오리가 계속해서 몰아치는 바람에 10월 둘째 주가 되어서야 여행을 다시 시작할 수 있었죠. 우리 조상님은 오랫동안 무리의 지도자로 있었대요. 하지만 나이도 들고 힘도 약해져 있었기 때문에 그해에 금빛어치들을 베네수엘라까지 인도해 갈 더 젊은 새를 지도자로 뽑았죠. 새 지도자는 좀 건방진 젊은이였어요. 이 새는 자신이 지도자로 뽑힌 게 비행술, 기후, 바다 건너기 등 모르는 게 없기 때문이라고 생각했지요.

출발한 지 얼마 되지 않아 새들은 배들이 떼 지어 서쪽으로 항해하는 모습을 보고 엄청 놀랐어요. 버뮤다 제도랑 바하마 제도 중간쯤이었죠. 전에는 한 번도 본 적 없는 엄청나게 큰 배들이었어요. 그때까지 본 배들은 고작해야 인디언들이 타고 다니는 작은 배들뿐이었어요.

보자마자 겁에 질린 새 지도자는 어치들에게 이 커다란 배들에 사람들이 많이 타고 있으니 들키지 않으려면 육지 쪽으로 방향을 틀어야 한다고 명령했어요. 그 젊은 새는 미신을 너무 잘 믿어 자기가 모르는 게 있으면 항상 도망만 다녔거든요. 하지만 우리 조상님은 무리와 함께 가지 않고 배들을 향해 곧장 날아갔어요.

그리고 20분쯤 후 다시 무리로 돌아와 젊은 지도자에게 말했어요. '저기 있는 배들에 용감한 사람이 타고 있는데 그 사람이 지금 아주 위험한 상황에 처했어. 저 배들은 유럽에서 왔는데 육지를 찾고 있대. 선원들은 이제 조금만 더 가면 육지를 볼 수 있다는 것도 모르고 선장에게 대들고 있어. 나는 나이가 많아서 저 용감한 선장을 잘 알고 있어. 전에 내가 바다를 건널 때, 나로서는 그때가 처음이었는데, 폭풍이 몰려오는 바람에 무리에서 떨어진 적이 있어. 난 사흘 동안이나 거친 바람과 맞서며 날아야 했어. 그러다 결국 동풍에 밀려 구대륙이라는 곳 근처까지 가게 됐지. 이러다간 바다에 빠질 수도 있겠다 싶을 정도로 지쳐 있었는데 그때 배 한 척이 보이더군. 난 그저 쉬고 싶은 마음뿐이었어. 비바람에 시달린 데다 배도 고팠지. 그래서 배를 향해 날아가 거의 반쯤 죽은 상태로 갑판에 떨어졌어. 선원들이 나를 새장 안에 넣으려고 했어. 하지만 어떤 선장이… 지금 선원들로부터 위협을 받고 있는 저 배의 선장이 바로 그 사람인데… 그 사람이 빵 부스러기를 주며 나를 돌봐 준 덕에 목숨을 구할 수 있었어. 날씨가 좋아지자 선장은 나를 풀어 주었고 덕분에 베네수엘라로 돌아갈 수 있었지. 우리는 육지 새야. 선원들이 우리를 볼 수 있도록 우리가 배로 날아가면 선장을 구할 수 있을 거야. 선원들이 육지가 가까이 있다는

선원들이 선장을 죽일 참이었다.

걸 알고 선장의 말을 따를 테니까.'"

박사가 말했다. "그래서? 계속해 볼래? 콜럼버스가 쓴 항해 기록에 육지 새가 나오는 걸 읽은 적이 있어. 계속해."

어치가 말했다. "그래서 무리 전체가 방향을 틀어 콜럼버스의 선단을 향해 날아갔어요. 그들은 마침 제때에 도착했어요. 선원들이 선장을 죽일 참이었거든요. 아무것도 없는데 육지가 있다는 잘못된 말로 자기들을 바보로 만들었다면서요. 방향을 돌려 에스파냐로 돌아가지 않으면 선장을 죽인다고 했어요.

하지만 엄청나게 많은 육지 새들이 떼를 지어 자기들 배를 지나 서쪽이 아니라 남서쪽으로 날아가는 모습을 보고 선원들은 마음을 바꿨어요. 그리 멀지 않은 남서쪽에 분명히 육지가 있다는 걸 그들도 알게 된 거죠.

그렇게 우리는 그들을 바하마 제도로 인도했어요. 그리고 일주일 뒤 이른 새벽에 선원들이 "육지다! 육지야!"라고 소리치며 무릎을 꿇고 앉아 하늘을 향해 기도 드렸어요. 바하마 제도의 섬 중에 작은 편에 속하는 와틀링 섬이 그들 앞에 미소 지으며 모습을 나타낸 거예요.

그러자 조금 전까지만 해도 선장을 죽여 버리겠다며 난리를 치던 선원들이 콜럼버스 선장 주위로 모여들어 세상에서 가장 위대한 항해자라는 등 칭찬을 해 대기 시작했어요. 그게 사실이긴 하지만.

그런데 하마터면 죽을 뻔했던 그날, 자신의 배를 신대륙까지 지름길로 인도한 게 몇 년 전 비바람에 지쳐 갑판에 떨어졌던 바로 그 새라는 건 콜럼버스도 끝까지 알지 못했어요."

어치는 배달해야 할 편지를 집어 들고 날아갈 준비를 하며 이야기를 끝냈다. "박사님, 우리 조상님이 아니었다면 크리스토퍼 콜럼버스는 선원들을 달래기 위해 다시 돌아가거나 아니면 목숨을 잃었을지도 몰라요. 그랬다면 그가 1492년에 아메리카를 발견하는 일은 일어나지 않았을 거예요. 더 나중에 발견되었겠죠. 박사님, 안녕히 계세요. 도토리 고마웠습니다."

4장

스티븐 갑 등대

판티포에서 60킬로미터쯤 떨어진 서아프리카 해안에는 바다 쪽으로 튀어나온 갑이 있었는데 그곳에 스티븐 갑 등대라고 불리는 등대 하나가 있었다. 이 등대는 그곳 아프리카를 다스리는 정부가 세심하게 관리하고 있었다. 배들이 바다에서 등대를 보고 현재 위치를 알 수 있게 하기 위해서였다. 등대 근방은 아주 위험한 해안이었다. 스티븐 갑 앞바다에는 암초도 많고 여울도 많았다. 그래서 밤에 등대가 꺼지기라도 하면, 배들이 그곳 바다를 항해하다 긴 갑에 충돌해 난파하는 사고가 발생할 위험이 아주 컸다.

금빛어치들이 서쪽으로 떠나고 얼마 지나지 않은 어느 날, 박사는 우체국에서 촛불을 켠 채 편지를 쓰고 있었다. 밤이 깊었기 때문에 이미 동물들은 모두 곤히 잠들어 있었다. 그때 아주 먼 곳에

스티븐 갑 앞바다에는 암초도 많고 여울도 많았다.

서 나는 소리가 열린 창문을 통해 들려왔다. 박사는 펜을 놓고 귀를 기울였다.

그것은 바다 저 멀리서 들려오는 바닷새 한 마리의 울음소리였다. 바닷새들은 커다란 무리를 짓고 있을 때가 아니면 그렇게 큰 소리로 울지 않는 법이다. 그런데 지금 들리는 소리는 분명 한 마리가 내는 소리 같았다. 박사는 창문 밖으로 머리를 내밀고 밖을 살펴보았다.

하지만 바깥이 칠흑처럼 어두웠기 때문에 박사는 새를 볼 수 없었다. 게다가 박사의 눈은 지금 촛불 빛에 익숙해져 있었다. 그 이상한 울음소리는 마치 바다에서 구호 요청이라도 하는 것처럼 계속 반복되었다. 박사는 어떻게 해야 할지 알 수가 없었다. 하지만 소리가 점점 더 가까워지는 것을 알 수 있었다. 박사는 모자를 집어 들고 급히 베란다로 나가 보았다.

"뭡니까? 무슨 일입니까?" 박사가 저 어두운 바다를 향해 큰 소리로 외쳤다.

아무런 대답이 없었다. 하지만 곧 커다란 갈매기 한 마리가 촛불이 꺼질 만큼 심하게 날개를 퍼덕이며 박사 바로 옆 난간에 내려앉았다.

갈매기가 숨을 헐떡이며 말했다. "박사님, 스티븐 갑 등대가 꺼졌어요. 무슨 일인지 모르겠어요. 그동안 한 번도 불이 꺼진 적이 없었는데 말이에요. 박사님도 아시겠지만, 우리는 어둠 속에서 날 때 등대를 보고 길을 찾아요. 분명 갑을 들이받는 배들이 나올 것 같아요. 그래서 박사님께 알려 드리려고 온 거예요."

박사가 외쳤다. "맙소사! 어떻게 그런 일이 일어난 거지? 등대지기가 거기 살면서 관리를 하고 있는데… 불이 저녁때 나간 거니?"

갈매기가 말했다. "모르겠어요. 전 청어를 잡으러 갔다가 돌아오고 있었거든요…. 아시다시피 요즘은 청어들이 북쪽으로 헤엄치고 있어요. 북쪽으로 가면 등대가 보일 거라고 생각했는데, 보이지 않아서 남쪽으로 너무 멀리 날아갔어요. 뭔가 잘못된 걸 알고 해안가를 따라 날아서 돌아왔죠. 칠흑처럼 깜깜했어요. 조심조심 날지 않았다면 그대로 바위에 부딪혔을지도 몰라요."

"여기서 거리가 얼마나 되니?" 존 둘리틀 박사가 물었다.

"글쎄요. 육지로 가면 40킬로쯤 될 거예요. 하지만 바다로 가면 20킬로 정도일 거구요."

"알겠다." 박사가 급히 외투를 입으며 말했다. "대브대브를 깨울 테니 잠깐만 기다려."

박사는 우체국 부엌으로 뛰어가 화덕 옆에서 곤히 잠들어 있는 딱한 가정부를 깨웠다.

"대브대브, 일어나! 빨리 일어나! 스티븐 갑 등대가 꺼졌대!"

"뭐… 뭐라고요?" 대브대브가 아직 덜 깬 눈을 크게 뜨고 말했다. "화덕이 꺼졌다고요?"

박사가 말했다. "아니, 스티븐 갑 등대가 꺼졌다고. 갈매기가 알려 줬어. 항해 중인 배가 위험하대. 난파 같은 위험한 일이 생길 수도 있어. 빨리 일어나서 정신 차려. 제발!"

불쌍한 대브대브는 마침내 잠에서 깨 무슨 일인지를 깨닫게 되었다. 그리고 벌떡 일어나 준비를 했다.

"박사님, 어딘지는 제가 알아요. 거기까지 곧장 날아갈게요. 갈매기가 안내할 필요 없어요. 지금 즉시 카누를 타고 절 따라오세요. 뭐든 발견하면, 중간에 돌아와서 알려 드릴게요. 아무것도 안 보이면 등대 근처에서 기다리구요. 그래도 정말 다행인 게, 파도는 심하지 않아요. 어둡기는 하지만요."

대브대브가 날개를 퍼덕이며 열린 창을 통해 어둠 속으로 곧바로 날아가자 박사는 작은 검정색 약가방을 들고 갈매기에게 따라오라고 말한 다음 수상 우체국 반대쪽으로 뛰어갔다. 카누를 타고 '사람의 것이 아닌 섬'을 돌아 있는 힘껏 노를 저으며 스티븐 갑을 향해 나아갔다.

길쭉한 육지가 툭 튀어 나온 어두운 바다의 중간쯤 갔을 때 대브대브가 카누 쪽으로 날아왔다. 노젓는 소리만 듣고 대브대브가 어둠 속에서 어떻게 카누를 찾을 수 있었는지는 아무도 알지 못했다.

대브대브가 말했다. "박사님, 만약 등대지기가 등대에 있다면 지금 아프거나 무슨 일이 생긴 게 틀림없어요. 제가 창문을 힘껏 두드려 봤지만 아무 대답도 없었거든요."

"맙소사!" 박사가 한숨을 내쉬며 노를 더 빠르게 젓기 시작했다. "무슨 일이 생긴 걸까?"

대브대브가 말했다. "그게 다가 아니에요. 여기서는 보이지 않지만 갑 저쪽에… 커다란 범선의 항해등이 켜져 있는데, 그 배가 바위를 향해 직진하고 있어요. 배에 탄 사람들은 등대가 보이지 않으니까 자기들이 어떤 위험에 처했는지 몰라요."

"맙소사!" 박사는 탄식을 내뱉으며, 카누의 속도를 높이기 위해 노가 부러질 정도로 힘차게 물살을 저었다.

"바위가 배에서 얼마나 떨어져 있니?" 갈매기가 물었다.

대브대브가 말했다. "내 생각에는 1.5킬로쯤. 하지만 배가 아주 커. 돛에 달린 항해등의 높이를 보면… 그러니까 갑에 금방 부딪힐 것 같아."

갈매기가 말했다. "박사님, 똑바로 가세요. 전 제 친구들을 좀 불러올게요."

갈매기는 날개를 펼치고 아까 박사가 우체국 창문 너머로 들었던 것과 같은 소리를 내며 육지 쪽으로 날아갔다.

존 둘리틀 박사는 갈매기가 뭘 하려는지 알지 못했다. 갈매기 역시 자기가 계획대로 제시간에 해낼 수 있을지 확신할 수 없었다. 하지만 다행히도 갈매기는 어둠에 잠긴 바위투성이 해안에서 자신의 울음소리에 응답하는 소리를 들을 수 있었다. 형제 갈매기 수백 마리가 어둠 속에서 크게 원을 그리며 날아오고 있었던 것이다.

갈매기는 형제들을 그 커다란 배로 데리고 갔다. 그 배는 바위에 부딪혀 난파될 위험도 모른 채 아무렇지도 않게 계속 직진하고 있었다. 갈매기들은 조타수가 키를 잡은 채 작고 희미한 등에 의지해 나침반을 보고 있는 곳으로 날아가 조타수의 얼굴 쪽으로 돌진해 나침반 유리를 가리는 식으로 조타수의 조종을 방해했다.

난데없이 새들과 싸우게 된 조타수는 앞이 안 보여 배를 조종할 수 없다며 도와 달라고 고함을 쳤다. 그러자 다른 선원들이 몰려와 갈매기들을 쫓아내려 했다.

한편 카누를 탄 박사는 스티븐 갑 끝에 도착하자마자 육지로 튀어 올라가 껌껌한 바다 위로 우뚝 솟은 커다란 등대를 향해 바위를 더듬으며 올라갔다. 손으로 더듬어 간신히 문을 찾은 박사는 안으로 들어가게 해 달라고 고함을 치며 문을 두드렸다. 하지만 아무 대답도 들리지 않았다. 그때 대브대브가 쉰 목소리로 배의 항해등이 점점 더 가까이 오고 있다고 속삭였다. 바위까지 1킬로미터도 채 남지 않은 것 같다고 했다.

그러자 박사는 뒤로 물러났다가 문에 있는 힘껏 온몸을 부딪쳤다. 하지만 경첩과 자물쇠는 거센 바닷바람에도 견딜 수 있도록 튼튼하게 만들어졌기 때문에 꿈쩍도 하지 않았다.

마침내 화가 머리끝까지 차오른 박사는 의자만큼이나 큰 바위를 들어 올려 등대에 달린 자물쇠를 향해 있는 힘껏 내리쳤다. 자물쇠가 박살 나며 문이 열리자 박사는 총알처럼 안으로 뛰어 들어갔다.

배에서는 선원들이 여전히 갈매기들과 싸우고 있었다. 갈매기 수천 마리가 조타수의 눈을 가리고 있는 상태에서는 배를 제대로

갈매기들은 조타수의 얼굴 쪽으로 돌진했다.

조종할 수 없다고 본 선장은 잠시 배를 세우고 호스를 가져오라고 명령했다. 선원들이 조타수 주위의 갈매기들을 향해 강한 물줄기를 쏘아 대자, 갈매기들은 더 이상 조타수 가까이 갈 수 없었다. 배는 등대를 향해 다시 항해를 시작했다.

박사가 등대 안으로 들어갔을 때 안은 바깥보다 더 깜깜했다. 박사는 손을 뻗은 채 허겁지겁 앞으로 가다가 문 앞 바닥에 쓰러져 있는 한 남자의 몸에 발이 걸려 비틀거렸다. 박사는 그 남자가 괜찮은지 살펴볼 틈도 없이 그대로 뛰어넘은 뒤, 더듬거리며 등대의 나선형 계단을 올라가 꼭대기에 있는 커다란 등 쪽으로 갔다.

한편 대브대브는 등대 문 앞에 서서 저 멀리 보이는 배에서 반짝이는 불빛을 바라보고 있었다. 잠깐 지체되기는 했지만, 불빛은 여전히 바위에 가까워져 가고 있었다. 대브대브는 조금만 있으면 박사가 등대의 등을 켜 바다 위로 빛이 퍼져 나갈 거고 그러면 선원들도 앞쪽에 위험이 도사리고 있다는 걸 알게 될 거라고 기대했다. 하지만 웬걸, 계단참에서 박사가 초조한 목소리로 외치는 소리가 들렸다.

"대브대브! 대브대브! 불을 붙일 수 없어. 성냥을 가져오는 걸 깜빡했어!"

대브대브가 소리쳤다. "네? 성냥으로 뭘 하시려고요? 그건 항상 외투에 있잖아요."

"안내 창구 탁자 위 담뱃대 옆에 두고 왔어." 어두운 층계 꼭대기에서 박사의 목소리가 들려왔다. "하지만 등대 어딘가에 성냥이 반드시 있을 거야. 그걸 찾아야만 해."

"그걸 어떻게 찾아요?" 대브대브가 큰 소리로 말했다. "여기도 완전히 깜깜해요. 그리고 배도 점점 가까이 오고 있어요."

존 둘리틀 박사가 외쳤다. "남자의 주머니를 뒤져 봐, 어서 서둘러!"

대브대브는 아직도 쓰러져 있는 남자에게 가서 주머니를 뒤져 보았다.

대브대브가 외쳤다. "이 사람한테도 성냥이 없어요. 한 개도요."

박사의 입에서 신음 소리가 새어 나왔다. "빌어먹을!"

박사는 위에서, 대브대브는 아래에서 각각 성냥이 없으니 이제 시시각각 다가오는 저 배의 난파를 막을 수 없다는 절망적인 생각을 하느라 등대 안에 잠시 침묵이 감돌었다.

하지만 바로 그때, 깜깜한 정적 속 어딘가 가까운 곳에서 갑자기 작고 달콤하게 지저귀는 소리가 들려왔다.

박사가 목소리를 낮춰 말했다. "대브대브! 저 소리 들리니? 카나리아야! 어디선가 카나리아가 지저귀고 있어. 등대 주방의 새장 안에 있는 것 같아!"

박사가 쿵쾅거리며 단숨에 계단을 내려왔다.

박사가 외쳤다. "이리 와, 주방을 꼭 찾아야 해. 저 카나리아가 성냥이 어디 있는지 알고 있을 거야. 주방부터 찾아!"

어둠 속에서 여기저기 부딪히고 벽을 손으로 더듬어 가던 둘은 아래쪽에서 문을 찾아냈다. 그리고 그 문을 여는 순간 짧은 계단에 발을 헛디디며 주방 안으로 넘어졌다. 그곳은 등대가 서 있는 바위를 깎아 지하에 만든 작은 방이었는데 마치 감옥 같았다. 혹시 여기 불이나 화덕이 있었더라도 이미 꺼져 버린 지 오래였다. 이곳도 다른 곳과 마찬가지로 아주 껌껌했기 때문이다. 하지만 문을 열자마자, 새 지저귀는 소리가 더 크게 들렸다.

박사가 카나리아 말로 말했다. "성냥이 어디 있는지 말해 줄래. 빨리!"

"드디어 오셨군요." 어둠 속에서 높고 맑고 예의 바른 목소리가 들려왔다. "제 새장에 덮개 좀 덮어 주시겠어요? 찬 바람이 들어와 잠을 잘 수가 없어요. 낮부터 아무도 안 왔어요. 등대지기에게 무슨 일이 생긴 건지 도저히 모르겠어요. 차를 마실 시간이 되면 와서 덮개를 덮어 주었는데. 오늘 밤에는 덮어 주지 않아서 노래를 부르고 있었어요. 저기 위에 덮개가 있을 거예요."

"성냥! 성냥이라구! 성냥 어디 있냐니까?" 대브대브가 소리쳤다. "등대가 꺼져서 배가 위험해. 성냥 어디에 두니?"

"선반 위에 있어요. 후추통 옆에." 카나리아가 말했다. "이쪽으로 와서 왼쪽을 찾아보세요. 위쪽으로요, 그러면 손에 닿을 거예요."

박사는 서두르느라 의자를 넘어뜨리면서 벽을 더듬어 주방을 가로질러 갔다. 박사의 손이 돌로 된 선반 모서리에 닿았다. 성냥이 켜지는 기쁜 소리가 들려오자, 대브대브가 안도의 숨을 길게 내쉬었다.

박사는 양초에 불을 붙였다.

성냥에 불이 붙어 주방이 조금 환해지자 카나리아가 말했다. “저기 탁자 위에 양초가 있을 거예요. 저기 뒤쪽에요.”

박사는 손을 떨면서 양초에 불을 붙였다. 그러고는 손으로 촛불을 감싼 채 주방을 뛰어나가 계단을 올라갔다.

박사가 중얼거렸다. “드디어 해냈어! 너무 늦진 않았겠지!” 주방 계단참에서 박사는 갈매기가 동료 둘을 데리고 등대 안으로 들어오는 모습을 보았다.

갈매기가 외쳤다. “박사님, 우리는 나름대로 최선을 다해 배를 잡아 뒀어요. 하지만 멍청한 선원들이 우리가 자기들을 구하려는 줄도 모르고 호스로 물을 쏘는 바람에 더는 막을 수 없었어요. 이제 정말 정말 가까이 왔어요.”

박사는 아무 말도 하지 않고 등대의 나선형 계단을 빠르게 올라갔다. 빙글빙글 이어지는 계단을 오르느라 박사는 어지러워서 쓰러질 뻔했다.

마침내 대형 유리등이 있는 꼭대기 방에 도착한 박사는 양초를 내려놓은 뒤 성냥 두 개에 동시에 불을 붙여 양손에 나눠 들고 커다란 심지 두 개에 불을 붙였다.

이때 대브대브는 다시 밖으로 나가 바다 위에서 점점 다가오고 있는 배를 살펴보고 있었다. 마침내 등대 꼭대기에서 밝은 불빛이 쏟아지며 온 바다가 환해졌을 때, 갑의 바위투성이 해안과 배의 앞머리 사이의 거리는 고작 100미터 정도밖에 되지 않았다!

그때 배의 망루에서 고함 소리가 들려왔고, 그러자 선장이 기적과 종을 울리며 명령을 내렸다. 바다에 잠길 뻔했던 그 커다란 배는 간신히 위험에서 벗어났으며, 다시 바다 쪽으로 방향을 돌려 무사히 항해를 이어갔다.

5장

갈매기와 배

등대의 창문으로 아침 햇살이 들어오고 있는데도 박사는 여전의 계단참에 누워 있는 등대지기를 간호하고 있었다.

대브대브가 말했다. "정신이 돌아오는 것 같아요. 눈을 깜박거리는 게 보이시죠?"

"주방에 가서 깨끗한 물 좀 더 가져올래?" 박사가 남자의 머리에 생긴 커다란 혹을 닦으며 말했다.

마침내 등대지기가 눈을 크게 뜨고 박사의 얼굴을 바라보았다.

"누구시죠? …누구세요?" 남자가 바보처럼 웅얼거렸다. "등대! 등대를 켰어야 하는데!" 남자는 이렇게 말하며 일어서려고 애를 썼다.

"아무 일 없습니다! 제가… 이미 불을 켰습니다. 그리고 지금은 날이 밝았고요. 이거 좀 드세요. 좀 나아질 겁니다."

그런 다음 박사는 검은 가방에서 약을 꺼내 등대지기의 입안에 넣어 주었다. 남자는 곧 자기 발로 일어설 수 있을 만큼 기운을 차렸다. 박사의 도움을 받으며 주방까지 걸어간 남자는 박사와 대브대브가 가져다준 팔걸이의자에 편안히 앉았다. 박사는 그에게 줄 아침 식사를 준비하기 위해 화덕에 불을 붙였다.

"누구신지는 모르겠지만, 정말 감사합니다." 남자가 말했다. "보통은 제 동료 프레드하고 둘이 있습니다. 그런데 어제 아침 프레드가 굴을 잡으러 나가는 바람에 저 혼자 있게 됐어요. 낮에 심지를 갈고 계단을 내려오다가 미끄러지는 바람에 바닥에 넘어진 거고요. 그때 벽에 머리를 심하게 부딪쳐 기절한 겁니다. 발견되기 전까지 얼마나 쓰러져 있었는지 모르겠군요."

박사가 말했다. "괜찮습니다. 모든 게 다 잘되었습니다. 이걸 드세요. 많이 시장하실 텐데."

박사는 따뜻한 커피를 큰 컵에 담아 등대지기에게 내밀었다.

굴을 잡으러 갔던 동료 프레드가 아침 10시쯤 작은 돛단배를 타고 돌아왔다. 그는 자기가 일터를 떠나 있던 도중에 생긴 사고 소식을 듣고 걱정을 많이 했다. 여느 등대지기처럼 프레드도 런던 출신의 뱃사람이었다. 그는 쾌활한 사람이었다. 그와 그의 동료(이제 부상에서 거의 다 회복했다.)는 외딴 생활을 하느라 지루했는데 박사 일행 덕분에 모처럼 즐겁게 보낸다며 좋아했다.

그들은 박사에게 등대 안 구석구석을 구경시켜 주었다. 그리고

박사와 대브대브는 그에게 줄 아침 식사를 준비했다.

밖으로 나와 등대 옆 작은 밭에서 자신들이 직접 심어 키우는 토마토와 한련을 보여 주며 매우 자랑스러워했다.

그들은 일 년에 딱 한 번 휴가를 간다고 박사에게 말했다. 정부의 배가 스티븐 갑 근처로 와서 자신들을 잉글랜드로 태워다주면 그곳에서 6주 동안 휴가를 보내는데, 그때는 그 배를 타고 온 다른 두 사람이 등대를 지킨다고 했다.

그들은 박사에게 그리던 런던 소식을 들려달라고 부탁했다. 하지만 박사 역시 너무 오랫동안 런던을 떠나 있었다는 말밖에는 해 줄 수가 없었다. 그들이 이런 이야기를 하고 있을 때 치프사이드가 박사를 찾아 등대 주방으로 들어왔다. 참새 치프사이드는 그 두 사람이 자기와 같은 런던 토박이라는 것을 알고 기뻐했다. 치프사이드는 박사의 통역을 통해 와핑, 라임하우스, 동인도 부두, 런던 강 등에 떠도는 온갖 최신 풍문을 그들에게 들려주었다.

두 등대지기는 박사가 치프사이드와 직접 얘기를 하기 시작하자 박사가 제정신이 아니라고 생각했다. 하지만 참새에게 런던에 관해 질문한 뒤 참새의 답에 아무런 거짓도 없다는 것을 알 수 있었다.

치프사이드는 자기가 아프리카에 와서 본 사람 중에 이 두 런던 토박이 뱃사람의 얼굴이 제일 마음에 든다고 말했다. 치프사이드는 등대에 처음 와 본 그날 이후로 틈만 나면 이 새 친구들을 보러 왔다. 물론 두 사람 모두 참새의 말을 알지 못했기 때문에 대화는 나눌 수 없었다. 치프사이드가 아무리 런던 토박이답게 말한다 해도 말이다. 그래도 어쨌든 치프사이드는 그들과 함께 있는 것이 좋았다.

치프사이드가 말했다. "저 두 사람은 아주 독실한 그리스도교인들이에요. 맨날 이단자들만 보다 보니 아주 맘에 들어요. 박사님도 프레드가 〈내 무덤을 깨끗하게 지켜 주세요〉를 부르는 걸 꼭 들어 보셔야 하는데."

등대지기들은 박사가 이제 떠나야 한다고 말하자 매우 아쉬워하며, 다음 주 일요일에 와서 같이 저녁을 먹겠다고 약속하지 않으면 보내 드리지 않겠다고 고집을 부렸다.

아무튼 그들은 박사의 카누에 토마토 한 자루와 한련 한 다발을 실어 주었다. 박사는 등대 문 앞에서 손을 흔들며 배웅하는 등대지기들을 뒤로 하고 노를 저어 대브대브, 치프사이드와 함께 판티포로 향했다.

우체국으로 돌아가기 위해 노를 젓기 시작한 지 얼마 되지 않아, 등댓불이 꺼졌다는 소식을 전해 주었던 갈매기가 박사의 배로 날아왔다.

"박사님, 일은 다 잘 끝났나요?" 갈매기가 카누 주위를 크고 우아하게 한 바퀴 돌며 물었다.

"응." 존 둘리틀 박사가 토마토를 우적우적 먹으며 말했다. "등대지기가 넘어져서 머리를 심하게 다쳤던 거였어. 이제 괜찮아질 거야. 하지만 카나리아가 성냥이 어디 있는지 말해 주지 않았다면, 그리고 너희들이 배가 멈출 수 있게 선원들을 막아 주지 않았다면 배는 결코 구하지 못했을 거야."

박사가 토마토 껍질을 벗겨 카누 밖으로 던지자 물에 떨어지기 전에 갈매기가 공중에서 멋지게 낚아챘다.

갈매기가 말했다. "예. 제대로 때를 맞춰서 정말 다행이에요."

"말해 줄래?" 작은 카누 주위를 선회하며 날고 있는 갈매기를 바라보며 생각에 잠겨 있던 박사가 물었다. "왜 나한테 등대 소식을 전해 준 거니? 갈매기들은 사람이나 배에 생기는 일에는 끼어들지 않는데 말이야. 그렇지 않니?"

갈매기는 토마토 껍질을 엄청나게 정확히 받으며 말했다. "박사님이 잘못 알고 계신 거예요. 배도, 배에 타고 있는 사람들도 우리에겐 아주 중요해요. 여기 남쪽에서는 덜하지만 북쪽에서는 배들이 없으면 겨울에 먹이 찾기가 아주 어려워요. 아시겠지만 겨울에는 물고기나 다른 먹이들이 많이 줄어드니까요. 그럴 때면 우리는 강 상류 쪽 도시를 찾아가, 진귀한 물새를 사육하는 공원의 인공 호수 주변을 맴돌죠. 거기서는 사람들이 공원에 와서 물새들에게 과자를 던져 주거든요. 하지만 우리는 과자가 호수에 떨어지기 전에 낚아채요. 이렇게 말이에요." 갈매기는 번개처럼 날아 세 번째 토마토 껍질을 멋지게 낚아챘다.

"그런데, 너 아까 배가 중요하다고 말하지 않았니?" 박사가 물었다.

"아, 배 이야기를 안 했군요." 갈매기가 이야기를 이어 갔다. 하지만 입에 토마토 껍질이 가득 들어차 있어서 발음이 또렷하지

앉았다. "겨울에 먹이를 구하려면 배를 찾는 게 훨씬 나아요. 공원에 사는 진귀한 물새들의 먹이를 전부 가로채는 건 공정한 일이 아니니까요. 그래서 어쩔 수 없을 때를 빼곤 그러지 않아요. 평소에는 바다로 가서 배들을 따라다니죠. 2년 전에 제 사촌은 배의 요리사들이 바다에 버리는 음식 찌꺼기들을 받아먹으며 일 년 내내 바다에서 산 적도 있어요. 날씨가 나쁠수록 우리는 더 많은 먹이를 구할 수 있답니다. 그럴 때는 승객들이 식욕을 잃기 때문에 버려지는 음식이 더 많거든요. 그래요, 저랑 사촌은 글래스고랑 필라델피아를 오가는 우편선을 졸졸 따라다니며 대서양을 열 번도 넘게 건넜어요. 하지만 나중에는 틸버리에서 보스턴을 오가는 비내클 여객선으로 바꿨어요."

"왜지?" 박사가 물었다.

"우리는 그 배의 승객용 식사가 더 낫다는 걸 알았거든요. 비내클 여객선은 아침에는 비스킷을, 오후에는 차를, 그리고 밤에는 샌드위치를 우리한테 버렸어요. 하루 세끼 꼬박꼬박이요. …우리는 싸움닭처럼 살았어요. 어쩌면 영원히 선원으로 남을 뻔했죠. 정말 멋진 생활이었어요. 먹기만 하면 됐거든요. 박사님, 갈매기들은 사람이랑 배에 정말 관심이 많답니다. 저는 배, 특히 여객선에서 사고가 나지 않기를 바라요.

"흠! 정말 재미있는걸." 박사가 중얼거렸다. "그러면 넌 사고도 많이 봤겠구나? 위험에 빠진 배들을…"

갈매기가 말했다. "그럼요, 많이 봤죠. 태풍에 난파되기도 하고,

갈매기는 번개처럼 날아 토마토 껍질을 멋지게 낚아챘다.

밤에 충돌하기도 하고, 안개에 좌초하기도 하고… 바다에서 위험에 처한 배들을 정말 많이 봤어요."

"저런!" 박사가 노를 젓다 말고 말했다. "어디 보자, 이제 우체국에 다 왔네. 푸시미풀류가 점심 식사 종을 치고 있군. 때맞춰 온 것 같다. 간하고 베이컨 냄새가 나는걸. 이 토마토랑 아주 잘 어울리겠어. 들어와서 우리랑 같이 먹지 않을래?" 박사가 갈매기에게 물었다. "배 이야기를 더 듣고 싶어. 네 덕분에 좋은 생각이 하나 떠올랐거든."

갈매기가 말했다. "고맙습니다. 마침 저도 배가 고팠거든요. 정말 친절하시군요. 배에서 만든 음식을 배 안에서 먹어 보는 건 처음이에요."

그들은 카누를 묶어 둔 다음 수상 우체국으로 가서 점심을 먹기 위해 식탁에 앉았다.

자리에 앉자마자 박사가 갈매기에게 물었다. "그런데 말이다, 안개는 어떠니? 그런 날에는 뭘 하지? 그러니까 내 말은… 선원들처럼 너희들도 안개 낀 날에는 볼 수가 없잖아. 안 그러니?"

"네, 사실은 우리도 보지 못해요. 그래요! 우리도 안개에 갇혀 꼼짝 못 하고 길을 잃는답니다. 그건 선원들도 마찬가지고요. 하지만 어딘가 특별한 곳을 가다 안개에 갇히면 우리는 높은 곳으로 날아 올라가요. 안개가 끼지 않은 맑은 곳으로요. 그러면 전처럼 길을 찾을 수 있죠."

박사가 말했다. "그렇구나, 그렇다면 태풍이 불어도 안전을 지킬 수 있니?"

"물론 폭풍이 심하게 불면 아무리 바닷새들이라도 가고 싶은 데로 마음껏 갈 수 없어요. 우리는 태풍에 절대로 맞서지 않아요. 바다제비는 가끔 그럴 때가 있는데 우리는 그러지 않아요. 그러면 너무 지치거든요. 잠깐씩 물에 내려앉아 헤엄을 치면서 쉴 수 있다고 해도 그건 정말 위험한 도박이에요. 우리는 바람을 타고 날아요. …그냥 바람이 부는 대로 몸을 맡기는 거죠. 그러다 바람이 잔잔해지면 원래 위치로 돌아와서 여행을 계속해요."

"그렇게 하면 시간이 오래 걸리지 않니?" 박사가 물었다.

갈매기가 말했다. "맞아요. 시간이 조금 낭비되기는 해요. 하지만 우리는 폭풍을 만나는 일이 거의 없어요."

"그게 무슨 말이지?" 박사가 물었다.

"우리는 폭풍이 오기 전에 폭풍이 어디서 불고 있는지 알아요. 그래서 둘러서 가죠. 경험이 많은 바닷새들은 심한 폭풍에 휘말리지 않아요."

"그런데 폭풍의 위치는 어떻게 아는 거니?" 박사가 물었다.

갈매기가 말했다. "글쎄요, 악천후 감지만 놓고 보면 우리가 선원들보다 두 가지 면에서 훨씬 더 나은데, 그건 바로 시력하고 경험이에요. 우선 우리는 언제든 하늘 높이 날아올라 바다 저 멀리 80~100킬로 밖까지 볼 수 있어요. 만약 돌풍이 몰려오는 게 보이면, 그걸 피해 돌아서 날아가는 거죠. 우리는 그 어떤 돌풍보다도 더 빠르게 날 수 있어요. 그리고 다른 면, 그러니까 경험이라는 면에서도 우리는 선원들보다 훨씬 나아요. 선원들은 뭐 하나 제대로 할 줄도 모르면서 자기들이 바다를 잘 안다고 생각해요. 자기들은 바다에서만 살아 왔다나요. 하지만 그렇지 않아요. 제 말을 믿으세요, 절대로 그렇지 않아요. …그 사람들은 바다에 나와서도 절반쯤은 선실 안에서 지내고, 또 육지에서도 지내지만, 대부분의 시간은 잠을 자는 데 써요. 그리고 갑판에 나온다고 해서 항상 바다만 보는 것도 아니에요. 밧줄이나 페인트 솔, 대걸레나 양동이 같은 걸 들고 다니며 빈둥거리죠. 바다를 보고 있는 선원을 목격하는 건 드문 일이에요."

박사가 중얼거렸다. "아마 바다에 지쳐서 그럴 거야, 가엾은 친구들!"

"그렇겠죠. 하지만 좋은 선원이 되려면 뭐니뭐니 해도 바다가 제일 중요한 것 아닌가요? 바다야말로 조사하고 연구할 게 무궁무진하죠. 갈매기들은 거의 평생을, 밤이건 낮이건, 봄이건 여름이건, 가을이건 겨울이건, 바다를 보며 살아요. 그 결과가 어떨 것 같으세요?" 갈매기는 대브대브가 갓 구워 쟁반에 담아 가져온 토스트 한 조각을 꺼내 들고 말했다. "결과는 바로, 바다를 제대로 아는 건 우리 갈매기들이라는 거예요. 만약 박사님이 저를 창도 달리지 않은 작은 상자 안에 가둔 다음, 어디든 바다 한가운데로 데려가서 제가 바다를 볼 수 있게 해 주신다면… 육지라고는 손톱만큼도 보이지 않는다 해도 전 그 바다가 어딘지, 우리가 있는 곳이 어딘지 거의 1킬로 범위 내로 맞힐 수 있어요. 물론 날짜는

갈매기는 갓 구운 토스트 한 조각을 꺼내 들었다.

알려 주셔야 하지만요."

박사가 소리쳤다. "정말 대단해. 어떻게 그럴 수 있지?"

"바닷물 색깔로요. 그리고 거기 떠다니는 온갖 작은 것들, 거기서 헤엄치는 물고기의 종류, 잔물결과 파도의 움직임, 바닷물의 냄새, 맛, 염도, 그리고 다른 수백 가지 것들을 보고 알 수 있어요. 하지만 대부분은… 뭐 항상 그런 건 아니지만… 저는 눈을 감고도 위치를 알 수 있어요. 상자에서 나가자마자 바람이 제 깃털에 닿는 느낌만으로요."

"엄청나구나. 설마 그것만으로?" 박사가 큰 소리로 외쳤다.

"선원들이 가장 곤란해 하는 게 바로 그거예요. 박사님, 그 사람들은 어떤 바람을 따라가야 하는지 잘 몰라요. 물론 북동풍과 서풍 정도는 구별할 수 있겠죠. 뭐 강풍하고 약풍도요. 하지만 그게 다예요. 그런데 우리처럼 바람 속을 날아다니고, 바람을 이용해 하늘 높이 날기도 하고, 급강하하기도 하고, 그냥 공중에 떠 있기도 하면서 삶의 대부분을 보내다 보면 바람에는 방향이나 세기보다 더 중요한 게 많다는 걸 아시게 될 거예요. 만약 바람의 과학을 제대로 알게 된다면, 아래로 부는 바람과 위로 부는 바람, 강풍과 약풍이 얼마나 자주 바뀌는지도 알 수 있을 거예요."

6장

기상대

점심 식사를 마친 박사는 팔걸이의자를 부엌 화덕 옆에 가져다 놓고 앉아 담뱃대에 불을 붙였다. 박사가 갈매기에게 말했다.

"난 우체국에 새로운 부서를 만들어 볼 생각이야. 여기서 나를 도와 우편 배달 일을 하는 새들은 날씨에 대해 모두들 아주 잘 알고 있는 것 같아. 그리고 네가 방금 나한테 해 준 바다와 폭풍에 관한 이야기를 듣고 기상대를 만들어야겠다는 생각이 들었어."

"그게 뭔데요?" 나중에 수상 우체국 갑판에 있는 새들에게 주기 위해 탁자 위의 빵 부스러기를 모으고 있던 지프가 물었다.

박사가 말했다. "기상대는 아주 중요한 거야. 선원들하고 농부들한테는 특히 더. 앞으로 날씨가 어떻게 될지 알려 주는 일을 하는 게 기상대야."

박사는 팔걸이의자를 부엌 화덕 옆에 가져다 놓았다.

"날씨를 어떻게 맞힐 수 있어요?" 거브거브가 물었다.

박사가 말했다. "항상 맞출 수 있는 건 아니지만 가끔은 맞추지. 온도계, 기압계, 습도계, 풍속계 같은 기기들을 이용해 예측한단다. 하지만 대부분의 기상대는 아직 기기들이 너무 부족해. 그래서 새들과 함께 일하면 더 잘할 수 있을 거란 생각이 들었어. 새들의 날씨 예측은 거의 틀리지 않거든."

"그런데 박사님은 세계 어느 지역 날씨를 알고 싶으신 거예요?" 갈매기가 물었다. "만약 판티포나 서아프리카라면 그런 건 누워서 식은 죽 먹기인데. 여기서는 회오리바람 정도나 특별하고 나머지는 그냥 펄펄 끓는 무더위뿐이잖아요. 하지만 마젤란 해협이나 노바젬블라 섬 아니면 날씨가 죽 끓듯 변하는 나라의 날씨 예보를 원하신다면 그건 다른 문제예요. 잉글랜드 날씨를 예보하는 것만으로도 벅차실 거예요. 저도 잉글랜드의 다음번 날씨가 어떨지 안다고는 말 못 하겠어요."

"잉글랜드 날씨는 문제없어." 치프사이드가 마치 싸울 것처럼 날개를 퍼덕이며 끼어들었다. "이봐, 항해에 대해 좀 안다고 잉글랜드에 대해 함부로 지껄이지 말라구. 여기가 뭐 어떻다고? 날씨? 여긴 그냥 터키탕 같은 거 아니야? 잉글랜드 사람들은 그런 변화무쌍한 날씨를 좋아해. 잉글랜드 사람들의 얼굴에 붉은 혈색이 도는 건 그래서라고. 이 나라 사람들은 불쌍하게 검은 얼굴이 된 거구."

박사가 말했다. "난 말이야, 세계 각지의 날씨를 다 예보할 수 있으면 좋겠어. 그게 왜 안 되는지 정말 모르겠구나. 여기 중앙 우체국하고 지국들은 세계 각지에 나가 있는 새들과 연락을 주고받고 있잖아. 나는 인류의 농업을 개선할 수 있을 거라고 본단다. 그중에서도 특히 해상 기상대를 설치해 바다를 오가는 배들에게 도움을 주고 싶어."

갈매기가 말했다. "아, 그렇군요. 그런데 육지 날씨라면 전 별로 도움이 안 될 거예요. 하지만 바다 날씨라면 그 어떤 기상대보다 더 잘 알려 줄 새를 알고 있어요."

박사가 말했다. "오, 그게 누구지?"

"우린 그 새를 애꾸눈이라고 불러요. 나이가 아주아주 많은 앨버트로스예요. 그 새의 나이는 아무도 몰라요. 넙치를 놓고 물수리하고 싸우다 한쪽 눈을 잃었대요. 하지만 역사상 가장 탁월한 날씨 예보자예요. 그 새가 하는 말에는 그 어떤 바닷새도 토를 달지 않아요. 단 한 번도 실수한 적이 없대요."

박사가 말했다. "정말로? 그 새를 정말 만나고 싶구나."

갈매기가 말했다. "데리고 올게요. 집이 여기서 멀지 않은 곳에 있어요. 앙골라 해안 앞 바위에요. 그 바위에 조개가 아주 많아서 거기 사는 거예요. 몸도 약하고 눈도 안 좋거든요. 그래서 팔팔한 물고기를 잡는 게 힘들기도 하고요. 평생 구석구석 많이도 돌아다니면서 살았는데 나이 들어 그렇게 살아야 하니 답답할 거예요. 박사님이 도움을 청한다는 걸 알면 분명 기뻐할 거예요. 지금 당장 가서 말할게요."

박사가 말했다. "멋진 일이 될 거야. 네 친구가 우리한테 많은 도움이 될 거 같구나."

멋진 점심을 먹었다며 박사와 대브대브에게 감사의 말을 한 후, 갈매기는 앙골라로 가는 엽서 두어 장을 가지고 애꾸눈 앨버트로스가 있는 곳으로 날아갔다.

저녁 때 갈매기가 애꾸눈, 가장 나이가 많은 기상 예보자를 데리고 돌아왔다. 훗날 박사는 그렇게 선원 같은 새는 한 번도 본 적이 없었다고 말했다. 애꾸눈 앨버트로스는 마치 뱃사람처럼 성큼성큼 걸었다. 물고기 비린내도 아주 강하게 풍겼다. 그리고 날씨에 대해 말할 때마다 한쪽 눈을 가늘게 뜨고 위를 흘깃흘깃 쳐다보는 기묘한 버릇도 있었는데, 그건 나이 든 선원들에서 흔히 볼 수 있는 버릇이었다.

애꾸눈은 새들을 이용한 기상대가 충분히 가능하며, 기존의 그 어떤 일기 예보보다도 나을 거라는 박사의 생각에 동의했다. 그런 다음 한 시간 반 동안이나 박사에게 바람에 대해 강의를 해 주었다. 박사는 그 내용을 하나도 빼놓지 않고 공책에 적었다.

날씨 변화에 가장 큰 영향을 주는 것은 바람이다. 예를 들어 화요일 차 마시는 시간에 채널 제도에 비가 온다는 걸 알고 있다면, 그리고 북동풍이 불고 있다면, 그날 밤쯤 잉글랜드에 비가 내릴 것이라는 건 쉽게 알 수 있다.

박사가 다음으로 한 일은 각 지국장들에게 새들이 연례 이동을 시작할 때 '11월 둘째 주' 이런 식이 아니라, 몇 월 며칠 몇 시 식으로 정확하게 출발시키라고 지시하는 편지를 써 보내는 것이었다. 종류별로 다른 새들의 속도를 알면, 그 새들이 언제 도착할지를 거의 분 단위까지 정확하게 계산해 낼 수 있었다. 만약 도착 시간이 늦어지면, 오는 도중 날씨가 나빠서였는지, 아니면 폭풍이 잦아지기를 기다리며 출발을 늦췄기 때문인지를 알 수 있었다.

박사는 갈매기, 애꾸눈, 대브대브, 치프사이드, 빠르미, 수학자 투투와 함께 밤새도록 머리를 맞대고, 훌륭한 기상대를 운영하기 위한 최선의 배치와 세부 지침에 대해 논의했다. 몇 주 후, 박사의 우체국 벽 게시판에 우편물의 발신과 수신을 알리는 공지와 나란히 새로운 공지가 하나 더 올라왔다.

새로운 공지에는 기상 예보라는 제목이 붙어 있었는데, 대충 이런 내용이었다.

> 샌드위치 제도에서 출발한 아메리카검은댕기해오라기가 혼곶에 1일 3시간 9분 늦게 도착했음. 남남서풍이 불고 있음. 칠레 서해안에 폭풍이 불고, 대서양에 약한 돌풍이 예상됨.

그리고 육지 새들, 특히 산딸기 종류를 먹고 사는 새들이 보내주는 편지들이 박사에게 많은 도움이 됐다. 그 편지들을 보면 특정 국가의 겨울이 추울지 아닐지를 알 수 있었기 때문이다. 박사는 전 세계의 농부들에게 심한 서리가 내릴 것이다, 봄에 비가 많이 올 것이다, 혹은 무더운 여름이 될 것이다 등의 예상을 편지에

써서 보내 주었다. 물론 이런 편지는 그들에게 엄청난 도움이 되었다.

그리고 지금까지 폭풍 때문에 먼 바다로 나가기를 꺼리던 판티포 사람들도 이제는 좋은 기상대가 생겨 날씨를 예상할 수 있게 된 덕분에 작고 약해 빠진 카누 대신 좀 더 큰 배를 만들기 시작했다. 판티포는 이제 서아프리카 해안을 따라 오르내리고 심지어는 저 남쪽 희망봉을 돌아 인도양 국가들과도 교역을 하는 무역 국가가 되었다.

덕분에 판티포 왕국은 전보다 훨씬 더 부유하고 중요한 나라가 되었다. 왕은 우체국에 큰돈을 하사했는데, 박사는 그 돈을 수상 우체국을 더 좋고 크게 만드는 데 사용했다.

얼마 안 있어 '사람의 것이 아닌 섬 기상대'는 나라 밖에서도 유명해졌다. 박사로부터 올해는 날씨가 좋을 것이라는 기상 예보를 받은 잉글랜드 농부들이 런던으로 가서 정부에 잉글랜드의 예보는 엉망진창이고 아프리카 어딘가에 사는 존 둘리틀이라는 의학 박사가 보내 주는 예보가 훨씬 낫다며 항의하는 일까지 생겼다. 항의를 받은 정부 관리들은 기분이 언짢아졌다. 그래서 그들은 백발이 성성한 예보관인 한 왕립 기상학자를 판티포로 파견해 박사가 어떤 식으로 예보하는지 알아보게 했다.

어느 날 존 둘리틀 박사는 웬 남자가 우체국 주위를 어슬렁거리며 게시판의 공지를 보고 뭔가를 알아내려 하는 걸 보았다. 하지만 그 남자는 아무것도 알아내지 못했다. 잉글랜드로 돌아온

존 둘리틀 박사는 웬 남자가 우체국 주위를 어슬렁거리는 걸 보았다.

그는 정부에 이렇게 보고했다.

"그는 아무런 신형 기기도 가지고 있지 않았습니다. 그는 사기꾼입니다. 그곳에 있는 것이라고는 낡은 바지선 한 척과 하늘을 날아다니는 지저분한 새들뿐이었습니다."

우편 교육

박사의 우체국은 교육을 중요하게 여겼고 덕분에 늘 발전해 나갔다. 박사가 처음에 빠르미에게 말했듯, 동물들도 우체국이 자신들에게 얼마나 도움이 되는지를 알게 되자 우체국을 점점 더 많이 이용하게 되었다.

물론 빠르미가 예언한 것처럼 편지의 대부분은 박사에게 오는 것이었다. 박사는 얼마 안 있어 병에 관해 물어보는 산더미 같은 편지에 치이는 처지가 되었다. 털이 자꾸 빠지는 걸 어떻게 하면 막을 수 있는지 알려 달라는 에스키모 썰매 개들의 편지가 북극 전역에서 쇄도했다. 물론 그들에게 털은 북극의 차가운 바람을 막고 체온을 따뜻하게 유지하는 데 아주 중요했다. 그래서 늘 잘 관리해야 했다. 박사는 치료제를 개발하기 위해 주말 내내 지프

박사는 지프를 상대로 온갖 실험을 다 해 보았다.

를 상대로 온갖 실험을 다 해 보았다. 박사의 실험이 자기 동료들에게 도움을 주기 위해서라는 것을 알고 지프는 인내심을 발휘했다. 지프는 대브대브에게 박사가 자기 몸에 온갖 머릿기름을 다 발라 놓아서 자기가 마치 약국이 된 것 같다는 말을 한 것 말고는 다른 불평을 하지 않았다. 지프의 예민한 코는 그 약들 때문에 두 주일 동안이나 제대로 냄새를 맡을 수 없었다.

의학적 조언을 요청하는 편지들 말고도 박사는 아기들에게 줄 음식, 둥지 짓는 데 필요한 재료 등 온갖 것들을 문의하는 편지를 세계 전역의 동물들로부터 받았다. 교육의 중요성에 새롭게 눈을 뜬 동물들은 갖가지 질문을 보내왔는데, 그중에는 박사는 물론 세상 그 어떤 사람도 아직 답해 줄 수 없는 것들도 있었다. 별은 무엇으로 만들어져 있나요? 썰물과 밀물은 왜 생기나요? 그리고 그걸 멈추게 할 수는 없는 건가요?

우체국으로 수없이 쏟아지는 이런 정보 요청에 답하기 위해 박사는 역사상 최초로 동물들을 위한 통신 강좌를 시작했다.

박사는 〈어린 토끼들이 꼭 알아야 할 것들〉, 〈추운 날씨에 발을 관리하는 법〉 등등의 온갖 안내문을 인쇄했다. 박사는 그것들을 수천 통씩 우편으로 보냈다.

예의범절과 바른 행동에 대한 질문도 쏟아졌기 때문에 박사는 『동물들을 위한 예의범절』 같은 책도 썼다. 지금은 남아 있는 것이 별로 없지만, 이 책은 지금도 매우 유명하다. 당시 박사는 이 책 초판을 5천 부나 찍어 불과 일주일 만에 전부 우편으로 발송했다. 박사가 『펭귄을 위한 단막극』이라는 아주 유명한 책을 쓴 것도 이 무렵이었다.

하지만 정보가 담긴 책을 발송했는데도 관리해야 할 우편물이 여전히 산더미처럼 쌓여 있었고 그 수가 줄기는커녕 오히려 100배나 늘어나 버렸다.

이것은 파타고니아에 사는 돼지가 보낸 편지이다.

친애하는 박사님께

저는 박사님이 쓰신 『동물들을 위한 예의범절』이란 책에 크게 감동하였습니다. 저는 이제 곧 결혼합니다. 하객들에게 꽃 대신 순무를 가져오라고 부탁하는 게 예의에 어긋나는 걸까요?

그리고 좋은 교육을 받은 돼지를 다른 돼지에게 소개할 때, '버지니아 햄 양, 프랭크 푸터 씨를 잘 만나기(영어에서 '만나다(meet)'와 '고기(meat)'라는 단어는 발음이 같은 동음이의어라서 나온 질문이다.—옮긴이) 바랍니다'라고 해야 할까요, 아니면 '친하게 지내시기 바랍니다'라고 하는 게 좋을까요?

그럼 안녕히 계십시오.

버사 베이컨 올림.

추신 - 그리고 저는 약혼반지를 늘 코에 끼고 있습니다. 여기에 끼는 게 맞는 건가요?

박사는 이렇게 답장을 썼다.

친애하는 버사 씨

돼지를 다른 돼지에게 소개할 때는 '만나라'라는 말 대신 '친하게 지내라'라는 말을 쓰는 게 좀 더 맞는 것 같습니다. 예의라는 것은 상대방을 편안하게 해 주기 위한 것입니다. 불편하게 만드는 것은 예의라고 할 수 없습니다.

그리고 제 생각에 결혼식 때 순무를 가져오게 하는 것은 꽤 적절한 요청인 것 같습니다. 순무에 달린 잎을 떼지 말고 가져오라고 부탁하세요. 그러면 좀 더 꽃다발처럼 보일 수도 있습니다.

존 둘리틀 드림.

3부

1장

동물 잡지

이번 이야기는 상금이 걸린 이야기 대회에 관한 것이다. 박사가 온갖 이야기로 자신의 동물 친구들을 즐겁게 해 준 퍼들비 난롯가 모임은 꽤 유명해졌다. 투투는 틈만 나면 이 모임에 대해 여기저기 떠들고 다녔다. 거브거브와 지프 그리고 흰쥐도 이 모임을 자랑했다. (여러분도 알고 있듯이, 동물들은 자신들이 이 훌륭한 사람의 가족이라는 것에 늘 자부심을 느끼고 있었다.) 얼마 안 있어, 박사의 새 우체국을 통해 배달되는 편지를 이용해 전 세계의 동물들이 이 모임에 대해 언급하고 토론하기 시작했다. 곧이어 박사가 이 모임에서 했던 이야기를 우편으로 보내 달라는 요청이 밀려들었다. 박사는 이제 동물 의사로서뿐만 아니라 동물 교육자나 동물 책 저자로도 유명해졌다.

북극곰, 바다코끼리, 여우 등 북극에 사는 여러 동물들에게서 의학 관련 소책자나 예의범절 관련 책들 말고 가벼운 읽을거리들도 보내 주면 좋겠다는 요청이 왔다. 북극에서는 겨울에 몇 주 동안이고 밤만 계속해서 지루하게 이어지기 때문에 자기들끼리는 화젯거리도 금방 떨어진다고 했다. 잠만 자면서 시간을 때울 수도 없는 노릇이니 바다에 떠 있는 을씨년스러운 얼음 위, 그리고 눈보라를 막아 주는 굴이나 은신처 같은 데서 즐길 거리가 뭐든 필요하다는 말도 덧붙였다. 한동안 박사는 좀 더 중요한 일을 처리하느라 너무 바빠서 그런 요청에 신경 쓸 여력이 없었다. 하지만 이 문제를 해결할 최선의 방법을 찾아내겠다는 생각만큼은 늘 염두에 두고 있었다.

동물들이 업무에 익숙해지면서 우체국 일이 무난히 돌아가게 되자 박사도 뭔가 저녁 시간을 재미있게 보낼 수 있는 일을 해 보자는 생각을 하게 되었다. 어느 날 밤, 동물들이 수상 우체국 베란다에 모여 앉아 무슨 놀이를 하면 좋을까 궁리하고 있을 때 지프가 말했다.

"우리가 뭘 하면 좋을지 생각났어. 박사님께 이야기를 해 달라고 하자."

박사가 말했다. "그런데 너희들은 내 이야기를 이미 다 들었잖아. 차라리 슬리퍼 숨기기 놀이 같은 걸 해 보는 게 어떠니?"

대브대브가 말했다. "그러기에는 수상 우체국이 너무 좁아요. 지난번에 그거 하다가 거브거브가 푸시미풀류 뿔에 받혔어요. 알고 계신 이야기 엄청 많잖아요. 박사님, 하나만 해 주세요. 짧아도 괜찮아요."

존 둘리틀 박사가 말했다. "글쎄다, 그럼 무슨 이야기를 해 주면 좋겠니?"

"순무 밭 이야기요." 거브거브가 말했다.

지프가 말했다. "안 돼, 그건 재미없잖아. 퍼들비 난롯가에서 해 주시던 걸 하면 되잖아요. 주머니에 든 것들을 탁자 위에 꺼내 보세요. 그러다 보면 뭔가 이야깃거리가 생각나실 거예요."

"알겠다." 박사가 말했다. "하지만…"

그런데 그 순간 박사의 머리에 좋은 생각이 하나 떠올랐다.

박사가 말했다. "이렇게 해 보자. 너희도 알겠지만 동물들이 이야기를 보내 달라는 편지들을 보냈어. 북극에 사는 동물들이 긴 겨울밤 동안 읽을 가벼운 이야깃거리가 있으면 좋겠다는구나. 걔들을 위해 동물 잡지를 하나 시작해 볼 생각이야. 제목은 『월간 북극』으로 정했고. 우편으로 보낼 거고 노바젬블라 지국에서 배달할 거야. 여기까지는 좋은데… 문제는 달마다 나오는 잡지를 채울 이야기랑 그림이랑 기사를 어디서 구하냐는 거야. 쉬운 일이 아니거든. 잘 들어 봐. 오늘 밤 내가 너희들에게 이야기를 해 주면, 너희들도 내가 새 잡지 만드는 걸 도와주어야 해. 매일 밤마다 재미있게 시간을 보내고 싶다면, 우리가 돌아가면서 이야기를 하나씩 하는 거야. 그러면 한꺼번에 이야기 일곱 개가 생기겠지. 그중 한 달에 하나씩만 잡지에 싣는 거야. 나머지는 새로운 소식

바지 주머니 안에서는 정말 멋진 물건들이 나왔다.

이나 건강 상담, 육아 관련 글이나 이런저런 내용으로 채우면 되니까. 그리고 이야기 대회를 여는 거야. 독자들에게 가장 재미있는 이야기가 뭐였는지 골라 편지로 알려 달라고 해서 우승자에게 상금을 주는 거야. 어떠니?"

존 둘리틀 박사는 뭔가 이야깃거리를 떠올려 보기 위해 바지 주머니를 뒤집어 안에 든 물건들을 탁자 위에 꺼내 놓기 시작했다. 주머니 안에서는 정말 멋진 물건들이 나왔다. 끈, 철사, 몽당연필, 날이 부러진 주머니칼, 외투 단추, 돋보기, 컴퍼스, 코르크 따개.

"도움 되는 건 없어 보이는걸." 박사가 말했다.

"조끼 주머니도 뒤져 보세요." 투투가 말했다. "재미난 것은 늘 거기에 있잖아요. 퍼들비를 떠난 다음 한 번도 뒤져 본 적이 없잖아요. 거기 분명 재미있는 게 있을 거예요."

박사는 조끼 주머니를 뒤집어 보았다. 거기서는 시계 두 개(하나는 돌아갔지만 다른 하나는 고장 난 상태였다.), 줄자, 구두끈용 왁스, 구멍 뚫린 1페니 동전, 의료용 체온계가 나왔다.

"저게 뭐죠?" 거브거브가 체온계를 가리키며 물었다.

"사람의 체온을 재는 거란다." 박사가 말했다. "그래, 이걸 보니 뭔가 생각났어…"

"이야깃거리가요?" 투투가 외쳤다.

지프가 말했다. "알 것 같아. 이런 물건에는 반드시 사연이 있는 법이야. 박사님, 이야기 제목이 뭐예요?"

"글쎄다." 박사가 의자에 앉으면서 말했다. "환자의 파업이라고 해 볼까…"

"파업이 뭐예요?" 거브거브가 물었다.

"환자는 또 뭐예요?" 푸시미풀류도 물었다.

박사가 말했다. "파업은 자기가 원하는 걸 들어줄 것을 요구하면서 일을 하지 않는 거야. 환자란 건… 그러니까… 병을 앓고 있는 사람을 말해."

"그런데 환자가 도대체 무슨 일을 한다는 거죠?" 흰쥐가 물었다.

"그 사람들의 일은… 그러니까… 병을 앓는 거지." 박사가 말했다. "이제 질문 그만! 계속 질문하면 이야기를 시작할 수 없잖아."

거브거브가 말했다. "잠깐만요, 발이 저려요."

대브대브가 말했다. "맙소사, 박사님께서 계속 말씀하시게 방해 좀 하지 마."

거브거브가 말했다. "재미있는 이야기인가요?"

박사가 말했다 "글쎄다. 일단 말해 줄 테니, 듣고 나서 네가 판단하렴. 나대지 말고, 그럼 이제 시작한다. 시간이 벌써 이렇게 됐네."

박사의 이야기

박사는 담뱃대에 불을 붙여 연기를 내뿜은 다음 이야기를 시작했다.

"몇 년 전, 내가 이 체온계를 샀을 때, 그때만 해도 난 아주 젊은 의사였지. 희망에 부푼, 일을 시작한 지 얼마 되지 않은 그런 의사였어. 난 내가 아주아주 좋은 의사라고 생각했지만, 사실은 나 말고는 아무도 그렇게 생각하지 않았던 것 같아. 일을 시작하고 며칠이나 지났는데도 날 찾아오는 환자가 단 한 사람도 없었으니 말이다. 이 체온계를 써 볼 사람이 단 한 명도 없었어. 그래서 나한테 써 보는 일도 꽤 자주 있었어. 하지만 난 항상 놀랍도록 건강한지라 열 같은 게 있을 리 없었지. 그래서 일부러 감기에 걸리려고도 해 봤어. 물론 진짜로 감기에 들고 싶었던 건 아니야. 내 새

체온계가 제대로 작동하는지 알고 싶을 뿐이었지. 하지만 감기도 날 피해 갔단다. 난 너무 건강했어. 슬픈 일이었지.

그런데 그 무렵 난 나랑 같은 처지에 있는 다른 젊은 의사를 만났어. 그 친구도 환자가 하나도 없었지. 그 친구가 나한테 말했어. '우리 같이 일하자, 요양원을 하는 거야.'"

"요양원이 뭐예요?" 거브거브가 물었다.

박사가 말했다. "요양원은 병원하고 호텔을 섞어 놓은 거라고 할 수 있어. 환자들이 머무는 곳이지… 흠, 난 그 친구 생각에 찬성했어. 나랑 내 젊은 친구랑은… 그 친구 이름은 핍스, 그러니까 코닐리어스 핍스 박사였지. 아무튼 우리는 시골에 있는 아름다운 집을 한 채 산 다음, 휠체어, 탕파(뜨거운 물을 넣어서 몸을 덥히는 기구—옮긴이), 보청기같이 환자들에게 필요한 물건들을 갖추어 놓았어. 그러자 금방 환자가 수백 명이나 찾아오기 시작하더니, 요양원이 꽉 차는 바람에 내 체온계도 쉴 틈이 없을 정도로 바빠졌어. 물론 우린 돈도 많이 벌었지, 요양원 환자들은 돈을 많이 내거든. 핍스는 아주 기뻐했어.

하지만 나는 기쁘지 않았단다. 이상한 걸 발견했거든. 병이 나아서 퇴원하는 환자가 단 한 명도 없는 거야. 그래서 핍스한테 이 사실을 말해 주었어.

그 친구는 이렇게 말했지. '둘리틀, 퇴원한다고? 그럼 절대 안 되지! 퇴원은 우리가 바라는 게 아니야. 환자들이 여기 머물러야 우리가 계속 돈을 벌지.'

난 말했어. '펍스, 그건 정직하지 않잖아. 난 사람들을 치료하려고 의사가 된 거야… 환자들 비위나 맞추려고 의사가 된 게 아니라구.'

의견이 갈린 우리는 다투게 되었어. 나는 너무 화가 나서 그에게 더 이상 함께 일하지 않겠다고 말했어… 물건을 챙겨 다음 날 바로 요양원을 떠나겠다고 했지. 그의 방에서 나왔지만 그래도 여전히 화가 가시지 않았어, 그러다 휠체어에 앉아 있는 한 환자와 마주쳤어. 티머시 퀴스비 경이라는, 우리 요양원에서 매우 중요한, 그러니까 돈을 아주 많이 내는 환자였지. 그 옆을 지나갈 때 그분이 자기가 열이 나는 것 같다며 내게 체온을 재 달라고 부탁하셨어. 처음부터 티머시 경에게는 아무 문제가 없다고 봤던 나는 그분이 그저 취미 삼아 요양원에 있다고 여기고 있었지. 화가 많이 난 상태였던 나는 체온을 재 드리는 대신 '젠장, 맘대로 하세요!'라고 무례한 말을 내뱉고 말았어.

티머시 경은 머리끝까지 화가 났어. 그래서 펍스 박사를 불러 내 사과를 요구했어. 난 그럴 수 없다고 말했지. 그러자 티머시 경은 내가 사과하지 않으면 환자 파업을 하겠다고 말했어. 몹시 난처해진 펍스는 나한테 이 중요한 환자에게 사과해 줄 수 없겠냐며 사정했어. 물론 나는 싫다고 했고.

그러자 기묘한 일이 일어났단다. 몸이 너무 약해서 걷지도 못하는 것처럼 보였던 티머시 경이 휠체어에서 벌떡 일어나더니 보청기를 흔들면서 요양소 여기저기를 뛰어다녔어. 자기가 얼마나 수

"티머시 퀴스비 경은 돈을 아주 많이 내는 환자였지."

치스러운 대우를 받았는지 말하며 환자의 권리를 위해 함께 파업을 벌이자고 일장연설을 해 댔지.

결국 파업이 시작되었지… 정말로 말이야. 그날 환자들은 약도 먹지 않았어. 식전에도 식후에도… 펍스 박사는 의사의 지시를 따르는 게 환자가 해야 할 일이라며 설득도 하고, 애원도 하고, 사정도 해 보았어. 하지만 그들은 귓등으로도 듣지 않았어. 오히려 환자가 먹어서는 안 될 것들을 먹고, 저녁 식사를 마친 다음 밖에 나가 산책하라는 지시를 받은 환자들은 방에서 나가지 않았고, 방에서 쉬라는 말을 들은 환자들은 오히려 밖으로 나가 시내를 돌아다녔단다. 그들은 뜨거운 물이 든 탕파로 밤늦도록 베개싸움도 했어, 잠자리에 들 시간에 말이야. 다음 날 아침, 환자들은 다 짐을 싸서 퇴원해 버렸어. 그걸로 우리의 요양원도 끝이 나 버렸지.

하지만 정말 기묘한 일은 이거였어. 그 후로 그 환자들 병이 다 나았다는 거야, 모두 다! 휠체어에서 일어나 파업을 벌인 덕분에 오히려 건강이 좋아져 더 이상 환자일 필요가 없어진 거지. 난 요양원 의사로는 성공하지 못한 것 같아. …하지만 …아직도 난 잘 모르겠어. 아무튼 환자들을 입원시킨 펍스보다 환자들을 나가게 한 내가 오히려 더 많은 환자를 치료한 건 분명하니까."

거브거브의 이야기

다음 날 밤, 동물들은 저녁을 먹은 후 다시 베란다에 모여 앉았다. "오늘 밤은 누가 이야기를 할 차례지? 거브거브라고 했던가?"

"박사님, 얘한테는 시키지 마세요! 얘는 멍청한 이야기나 할 거예요." 지프가 말했다.

"거브거브는 아직 어려서 재미있는 이야깃거리가 없을 거예요. 경험도 별로 없잖아요." 대브대브도 한마디 했다.

"얘가 관심 있는 거라고는 먹는 것뿐이에요. 정말이에요. 이야기할 다른 동물 없어?" 투투가 말했다.

박사가 외쳤다. "아니야, 잠깐만, 이런 식으로 거브거브만 따돌리는 건 안 돼. 우리 다 애들일 때가 있었잖아. 이야기를 들어 보자. 거브거브가 상을 받을 수도 있는 거고. 그걸 누가 알겠어? 거브거브, 시작해 보렴. 이야기 제목이 뭐지?"

귀까지 벌게진 채 다리를 흔들던 거브거브가 마침내 입을 열었다.

"이건 좀 미친 것 같은 이야기예요. 하지만 재미는 있어. 음… 이건… 돼지 동화… 그러니까 '마법 오이'예요."

"이렇다니까!" 지프가 투덜댔다.

투투도 중얼거렸다. "또 먹는 거! 내가 뭐랬어."

"찍, 찍, 찍!" 흰쥐도 킥킥거렸다.

박사가 말했다. "얼른 시작해, 거브거브, 신경 쓸 것 없어. 내가 들어 줄게."

거브거브가 이야기를 시작했다. "옛날 옛날에, 아기 돼지 한 마리가 송로버섯을 캐러 아빠랑 숲으로 갔어요. 아빠 돼지는 송로버섯을 정말 잘 찾았는데, 땅 냄새만 한번 맡고도 거기 송로버섯이 있는지 없는지를 딱 맞힐 정도였어요. 이날은 커다란 떡갈나무 아래로 가 거기서부터 송로버섯을 찾기 시작했어요. 아빠 돼지가 커다란 송로버섯을 캐서 그걸 함께 먹고 있는데, 버섯을 캐기 위해 판 구멍에서 소리가 들려왔어요.

아빠 돼지는 아이를 데리고 서둘러 자리를 피했어요. 아빠 돼지는 마법 같은 걸 싫어했거든요. 하지만 아기 돼지는 엄마 아빠가 모두 곤히 잠들자, 집에서 몰래 나와 숲으로 갔어요. 땅 밑에서 나는 그 이상한 소리가 뭔지 알고 싶었거든요.

그래서 아빠가 송로버섯을 캔 구멍에 도착하자 직접 그곳을 또

“아기 돼지는 수프 위로 떨어진 거였어요.”

파기 시작했어요. 그러다 아기 돼지는 그만 땅 밑으로 점점 더 깊숙이 빠져 들어갔고, 마침내 식탁 한가운데에 자빠져 더 이상 아래로 떨어지지 않았어요. 식탁 위에는 저녁 식사가 차려져 있었어요. 아기 돼지는 수프 위로 떨어진 거였어요. 주위를 둘러보니 아주 작은 사람들이 앉아 있었는데, 아기 돼지인 자기보다 큰 사람은 한 명도 없었어요. 다들 키는 자기 절반 정도인 데다 몸 색깔은 짙은 초록색이었어요.

아기 돼지가 물었어요. '여기가 어디예요?'

작은 사람들이 말했어요. '수프 안이야.'

아기 돼지는 처음엔 엄청 겁에 질렸어요. 하지만 자기 주위에 있는 사람들이 자기보다 작다는 것을 확인하자 두려움이 사라졌어요. 그래서 수프를 다 먹어 치우고 그릇에서 나왔어요. 돼지는 작은 사람들에게 누구냐고 물어봤어요. 그러자 그들이 대답했어요.

'우리는 요리사 고블린들이야. 우리는 땅 밑에 살아. 하루의 절반은 새로운 요리를 개발하고 나머지 절반은 그걸 먹으며 지내. 네가 구멍을 통해 들은 소리는 요리할 때 우리가 부르던 노랫소리였고. 우린 특별히 맛있는 요리를 할 때는 늘 노래를 부르거든.'

돼지가 말했어요. '멋져요! 제가 제대로 온 거네요. 저도 저녁 같이 먹으면 안 되나요?'

하지만 아기 돼지가 생선 요리를 막 먹으려는 찰나에… 아까 말했듯이 수프는 이미 다 먹었고요, 식당 밖에서 엄청나게 큰 소리가 들리면서 또 다른 난쟁이들이 우르르 뛰어 들어왔어요. 이번에는 빨간색 난쟁이들이었어요. 독버섯 요정이라는 난쟁이들이었는데 요리사 고블린들의 철천지원수들이었어요. 엄청난 싸움이 시작됐어요. 한쪽은 이쑤시개를 창으로 썼고 다른 한쪽은 호두까개를 곤봉처럼 썼어요. 아기 돼지도 요리사 고블린들 편이 되어 싸웠는데, 적보다 몸집이 두 배나 컸기 때문에, 적들은 얼마 못 버티고 줄행랑을 쳤어요.

싸움이 끝나고 식당이 정리되자, 요리사 고블린들은 큰 도움이 되었다며 아기 돼지에게 고마워했어요. 그들은 아기 돼지를 정복자 영웅이라 부르면서 파슬리로 왕관을 만들어 씌워 주고, 탁자 가장 좋은 자리에 앉게 한 다음 요리를 대접했어요.

아기 돼지는 맛있는 음식을 그렇게 배불리 먹은 적이 평생 한 번도 없었어요. 돼지가 보기에 요리사 고블린들은 놀랍도록 맛있는 새 요리를 개발할 뿐만 아니라 식탁을 꾸미는 데도 천재들이었어요. 예를 들면 생선 요리를 내놓을 때는 바늘방석도 함께 식탁에 올리는 식이었어요. 생선 가시를 아무 데다 버려 접시를 엉망으로 만들지 말고, 거기다 꽂으라는 거였지요. 푸딩을 식히는 데 쓰는 부채도 그들이 고안한 거였어요. 입김을 불어 식히는 대신 부채를 부쳐서 푸딩을 식히라는 거였지요. 코코아에 생기는 막을 처리하는 데 쓰는 도구도 있었어요. 장난감용 빨랫줄처럼 생긴 건데 코코아에 생긴 막을 걷어 거기다 걸어 깨끗하게 처리하라는 거였어요. 코코아 막이 컵 가장자리에 들러붙으면 얼마나 지저분해 보이는지 여러분도 잘 알잖아요. 그리고 과일을 낼 때는 테니스 라켓을 이용했어요. 식탁 반대쪽에 사과 같은 걸 건넬 때 괜히 무거운 접시에 담아 건네느라 고생하는 대신 테니스에서 서브할 때처럼 라켓으로 쳐 보내면 상대방이 포크로 받으라는 거였어요.

덕분에 식탁 분위기도 유쾌해졌고, 발명품 중에는 정말 기발해 보이는 것도 있었어요. 식탁에서 이야기하는 것이 예의에 벗어나는 일이라고 생각한 그들은 통화관이라는 것까지 만들었거든요."

"통화관!" 흰쥐가 끼어들었다. "어떻게 사용하는 건데? 이해가 잘 안 돼."

거브거브가 말했다. "음, 사람들이 늘 하는 말 있잖아요. '그런 말은 식탁에서 하는 게 아니야!' 아무튼 요리사 고블린들은 벽에 통화관을 설치해 한쪽 끝을 식당 밖으로 연결해 두었어요. 식탁에서 해선 안 되는 말을 하고 싶을 때는 자리를 떠 그 통화관에 대고 말한 다음 자리로 돌아와 앉으면 되는 거였어요. 그건 정말 대단한 발명품이었어요. 그렇게 아기 돼지는 정말 즐거운 시간을 보냈어요. 식사가 다 끝나자, 돼지는 이제 가야겠다고 말했어요. 엄마랑 아빠가 깨기 전에 집으로 돌아가야 한다면서요.

요리사 고블린들은 아기 돼지가 가는 걸 몹시 아쉬워했어요. 그들은 적을 물리치도록 도와준 데 대해 고마움을 표하며 작별 선물을 줬는데, 그건 바로 마법 오이였어요. 그래요. 오이요. 그 오이는 아주 조금만 잘라 심어도, 순식간에 온 밭을 원하는 과일이나 채소로 채워주는 오이였어요. 그냥 원하는 게 뭔지 이름만 말하면 됐어요. 아기 돼지는 고맙다며 요리사 고블린들에게 작별 입맞춤을 하고 집으로 돌아왔어요.

집에 돌아왔을 때 아빠와 엄마는 아직도 자고 있었어요. 아기 돼지는 외양간 바닥 아래에 마법 오이를 잘 숨겨 두고 살금살금 집으로 돌아와 곤히 잠들었어요.

그런데 며칠 후, 이웃 나라 왕이 돼지 가족이 사는 나라 왕과 전쟁을 하겠다고 나섰어요. 상황은 돼지가 사는 나라에 불리했고, 그래서 적에게 나라가 넘어갈지도 모른다고 생각한 왕은 나라 안에 사는 가축과 사람은 모두 다 성벽 안으로 들어오라고 명령했어요. 돼지 가족도 성 안으로 피신했어요. 아기 돼지는 성벽 안으로 들어가기 전에 마법 오이를 조금 잘라 가지고 갔어요.

곧 적군이 성 가까이까지 와 공격을 시작했어요. 전투는 여러 주 동안 계속되었고 그들은 성 안에 꼼짝없이 갇혀 있었어요. 이제 곧 성 안에 먹을 게 다 떨어지면 성을 적에게 넘겨줄 수밖에 없다는 걸 왕과 백성들도 알게 되었지요.

한편 왕비는 성 안에서 우연히 아기 돼지를 보았어요. 아일랜드 출신인 그 왕비는 아기 돼지가 무척 맘에 들어 목에 초록색 리본을 달아 주고 애완동물로 삼았는데, 남편인 왕은 그걸 아주 싫어했어요.

적이 쳐들어온 지 4주가 지나 성 안에 먹을 것이 다 떨어지자 왕은 돼지를 잡아먹어야 한다는 명령을 내렸어요. 왕비는 엉엉 울며 돼지를 살려 달라고 애원했어요. 하지만 왕은 아주 단호했

왕비는 아기 돼지를 애완동물로 삼았다.

어요.

왕은 말했어요. '내 병사들이 죽어 가고 있소. 부인. 당신이 귀여워하는 건 알지만, 그래도 그걸로 소시지를 만들어야겠소.'

이 광경을 본 아기 돼지는 지금이야말로 요리사 고블린들이 준 마법 선물을 써야 할 때라고 생각했어요. 돼지는 성 안의 정원으로 달려가 왕이 가장 아끼는 장미 화단 한가운데에 구멍을 파고 오이를 심었어요.

아기 돼지는 '당근!'이라 외치고 구멍 안에 오이 조각을 넣었어요.

아니나 다를까, 말을 다 끝내기도 전에 당근이 무성하게 자라기 시작해 왕의 정원을 온통 뒤덮었어요. 심지어는 자갈을 깔아 놓은 길까지 말이에요.

식량이 많아진 왕과 왕의 군대는, 당근으로 기력을 회복한 후 성 밖으로 나가 적을 물리쳤어요.

왕은 왕비가 애완 돼지를 키우는 걸 허락했고, 친절한 왕비는 정말 기뻐했어요. 왕비는 정말이지 아일랜드 왕가 사람다웠어요. 아기 돼지는 왕실의 위대한 영웅이 되었고, 왕은 성의 정원 한가운데, 그러니까 마법 오이를 심었던 바로 그곳에 보석으로 장식된 돼지우리를 세워 주었어요. 그 뒤로 모두가 행복하게 살았대요. 돼지 동화는 여기서 끝이에요."

4장

대브대브의 이야기

이제 동물들은 밤마다 이야기를 기대하게 되었다. 사람마다 무언가 습관처럼 즐기는 것이 있게 마련인 것처럼 말이다. 다음 날에는 대브대브가 이야기를 하는 걸로 예정되어 있었다.

모두 베란다에 둘러앉자, 살림꾼 대브대브가 깃털을 가다듬은 후 매우 진지한 목소리로 이야기를 시작했다.

"습지 옆 퍼들비 외곽에 한 농부가 사는데, 그 사람은 자기가 하는 말을 자기 고양이가 다 알아듣는다고 지금도 주장하고 다녀요. 물론 그건 사실이 아니에요. 하지만 그 농부와 그의 아내 둘 다 그렇게 믿고 있어요. 내가 할 이야기는 그 사람들이 어떻게 그런 생각을 하게 되었는지예요.

박사님이 나한테 집안일을 맡겨 두고 화석을 찾으러 스코틀랜드에 가신 적이 있어요. 그런데 어느 날 밤, 마구간 늙은 말이 날 찾아와 쥐들이 자기 옥수수를 다 먹어 치운다고 투덜거렸어요. 내가 뭔가 해 줄 게 없을까 궁리하며 마구간에 가서 주위를 둘러보니, 커다란 페르시아고양이 한 마리가 마구간에 몰래 들어오고 있는 게 눈에 띄었어요. 그런데 사실 난 고양이를 별로 좋아하지 않아요. 왜냐하면 걔들은 새끼 오리들을 잡아먹거든요. 게다가 내 눈에는 고양이들이 늘 교활해 보이거든요. 그래서 그 고양이에게 박사님 집에서 꺼지라고 명령했어요. 그런데 말이에요, 놀랍게도 그 고양이는 예의가 아주 발랐어요. 자기는 남의 집에 함부로 들어온 줄 몰랐다고 말하며 돌아갔어요. 그때 난 박사님이 모든 동물에게 친절한 게 생각나서 좀 미안해졌어요. 아무튼 걔가 거기서 해로운 짓거리를 한 것도 아니니까. 그래서 난 걔를 따라 나가 아무도 죽이지만 않는다면 여길 마음대로 드나들어도 된다고 말해 줬죠.

그리고 우리는 사람들이 늘 하는 것처럼 잡담을 나눴어요. 덕분에 그 고양이가 옥슨소롭 거리에서 500미터쯤 떨어진 농가에 산다는 것도 알게 되었고요. 고양이와 함께 집까지 절반쯤 돌아왔을 때, 그 친구 성격이 매우 온순하다는 걸 알게 됐어요. 난 마구간에 사는 쥐들 얘기를 하며 박사님이 한 마리라도 죽이는 걸 허락하지 않아 쥐들을 다루기가 힘들다고 하소연했어요. 그러자 고양이는 자기를 마구간에서 며칠만 자게 해 주면, 쥐들이 자기 냄새를 맡고 떠날 거라고 말했어요.

정말 그랬어요. 결과가 아주 훌륭했죠. 쥐들은 마구간에서 나가고, 이제 더 이상 늙은 말의 여물통을 갉아 먹는 일도 없어졌어요. 그 후 고양이도 사라졌고, 며칠 동안 한 번도 보이지 않았어요. 그러던 어느 날 저녁 난 옥슨소롭의 농가로 찾아가 개한테 고맙다고 말하는 게 도리라고 생각했어요.

농가로 가 보니 마당에 개가 있었어요. 나는 그 친구가 한 일에 대해 고맙다고 말하고 요즘은 왜 놀러 오지 않냐고 물어봤어요.

그러자 그 친구가 대답했어요. '얼마 전에 새끼를 낳았거든, 여섯 마리. 그래서 잠시도 자리를 비울 수 없어. 새끼들은 지금 농부의 거실에 있어. 들어와서 한번 볼래?'

우리는 거실로 들어갔어요. 거실 바닥, 둥근 바구니 안에 귀여운 새끼 고양이 여섯 마리가 있었어요. 새끼 고양이를 보고 있는데, 농부와 농부 아내가 아래층으로 내려오는 소리가 들렸어요. 아주 속물 같고 좀스러워 보이는 사람들이었어요. 우리 박사님하고는 아주 달랐죠. 나는 그 부부가 아래층으로 다 내려오기 전에 재빨리 벽장 뒤로 숨었어요. 사람들은 거실에 오리가 들어오는 걸 싫어하잖아요.

그 사람들은 바구니를 들여다보다가 그중 하얀 새끼 고양이를 쓰다듬으며 말을 하기 시작했어요. 물론 그 고양이는 그 사람들이 무슨 말을 하는지 몰랐어요. 하지만 나는 박사님 곁에서 오래 지냈고, 오리 문법과 사람 문법이 어떻게 다른지 워낙 많이 토론했기 때문에 그 사람들이 하는 말을 다 알아들었어요.

"'마누라, 이 검은 점이 난 고양이만 남겨 둡시다."

농부는 아내한테 이렇게 말했어요. '마누라, 이 검은 점이 난 고양이만 남겨 두고, 나머지 내일 다섯 마리는 아침 물에 가져다 버립시다. 다 애들을 여기서 키울 수는 없으니까.' 문법도 맞지 않는 끔찍한 말투였어요.

그 사람들이 자리를 뜨자마자 나는 벽장 뒤에서 나와 흰 고양이에게 말했어요. '이 아기 고양이들이 다 자라더라도 새끼 오리들은 내버려 두도록 가르쳐 줄래? 이제 내 말 잘 들어. 오늘 밤, 농부랑 그 사람 부인이 잠자리에 들면, 검은 점이 난 애만 남겨 두고 나머지 새끼들은 다 다락에 숨겨야 해. 농부가 한 마리만 남기고 다 물에 빠뜨려 죽인다고 했거든.'

고양이는 내가 하라는 대로 했어요. 다음 날 아침, 농부가 새끼들을 데려가려고 나와 보니 남겨두고 기르기로 한 검은 점박이 고양이만 있었어요. 농부는 무슨 일인지 알 수가 없었어요. 하지만 몇 주 뒤, 부인이 봄맞이 대청소를 하다가 다락에서 어미 고양이가 숨겨 두고 몰래 키우던 나머지 다섯 마리를 발견했죠. 그땐 고양이들도 이미 다 커서 창문으로 달아나 각자 새집을 찾아 나섰어요. 그 후, 농부 부인은 거실에서 이웃 흉을 볼 때면 항상 소곤거리며 말했어요. 혹시 고양이가 들을지도 모른다고 생각한 거예요. 그런데 우리끼리 하는 말이지만, 그 고양이는 사실 부부의 말을 단 한 마디도 못 알아들었잖아요."

5장

흰쥐의 이야기

“이번에는 누가 이야기할 차례지?” 다음 날 저녁, 식사를 다 마치자 박사가 물었다.

“흰쥐가 이야기할 차례인 것 같아요.” 지프가 말했다.

흰쥐가 말했다. “맞아요. 그럼 내가 젊었을 적에 겪었던 이야기를 하나 말할게요. 박사님은 이 이야기를 아시겠지만, 그래도 다른 동물들은 한 번도 들은 적이 없을 테니까…”

쥐는 하얀 수염을 쓰다듬으며 분홍색 꼬리를 작고 윤기 나는 몸 위로 말아 올린 채, 눈을 두 번 깜빡거린 후 이야기를 시작했다.

“나는 일곱 마리 새끼 중 하나로 태어났어요. 내 형제자매들은 털빛이 보통 쥐랑 똑같았는데 나만 유독 흰색이었어요. 내 털 색깔 때문에 아버지 어머니는 걱정이 많으셨죠. 부모님은 내가 집

밖으로 나가면 눈에 너무 잘 띄어 올빼미나 고양이한테 금방 잡아먹힐 거라고 말씀하셨어요.

우리는 도시에 사는 쥐인데, 우리 가족은 그걸 자랑스러워했어요. 우리는 방앗간 집 바닥 아래서 살았어요. 건너편에는 정육점이 있었고, 그 옆은 염색 가게였어요. 거기서는 천에 색을 물들인 다음 양복점으로 보냈어요.

형제들이 부모님 곁을 떠날 만큼 크게 자라자, 부모님은 고양이랑 담비랑 족제비랑 개 등을 피할 방법과 주의할 점을 가르쳐 주셨어요. 하지만 저한테는 고개만 저으셨어요. 1킬로 밖에서도 눈에 띄는 흰 털 때문에 제가 안전하게 살 수 없을 거라 걱정하신 거지요.

음. 부모님 걱정도 일리가 있었어요. 내가 혼자서 먹이를 찾으러 나선 지 채 일주일도 안 되었을 때 털 색깔 때문에 문제가 생겼거든요… 하지만 부모님이 생각하신 것과는 좀 다른 문제였어요. 어느 날 아침, 우리가 살던 방앗간 집 아들이 내가 귀리 통 안에 있는 걸 본 거예요.

그 아이가 소리쳤어요. '어라! 흰쥐다! 내가 갖고 싶었던 바로 그 흰쥐야!'

녀석은 그물로 나를 잡아서 새장 안에다 넣은 다음 애완동물로 삼았어요.

처음에는 정말 슬펐어요. 하지만 그런 생활에도 이내 익숙해졌죠. 그애는… 고작 여덟 살이었는데, 아무튼 나를 귀여워했고 매일매일 먹이도 잘 챙겨 주었어요. 들창코인 그 우스꽝스러운 아이가 좋아질 정도였어요. 가끔씩 날 밖에 내놓아 주면 그 애 소매 안으로 들락날락할 정도로 친해졌죠. 하지만 도망칠 기회는 단 한 번도 없었어요.

몇 달 후, 난 그 멍청한 생활에 싫증이 나기 시작했어요. 거기다 길거리 쥐들도 나를 성가시게 했어요. 걔들은 밤마다 날 찾아와 새장 창살 사이로 날 가리키며 말했어요.

'저 길들여진 하얀 쥐를 보라구! 찍… 찍… 찍! 어린아이 장난감이잖아! 여기 와 재 세수나 시켜 주자!' 정말 바보 멍청이 같은 놈들이었어요!

아무튼 궁리에 궁리를 거듭한 끝에, 나는 드디어 달아날 수 있는 멋진 방법을 찾아냈어요. 나는 새장 밑 판자를 갉아서 구멍을 만든 다음, 아이가 알아차리지 못하게 그걸 짚으로 잘 가려 두었어요. 어느 날 아이가 코 고는 소리를 듣고 안전을 확인한 다음(녀석은 늘 새장을 머리맡에다 두고 잤어요.) 구멍을 통해 빠져나와 도망쳤죠.

고양이에게 몇 번이나 습격당했는지 몰라요. 겨울이라 땅에 눈이 두껍게 쌓여 있었어요. 나는 자유를 만끽하며 세상을 탐험하기 시작했어요. 집 뒤로 돌아가, 방앗간 집 마당을 가로질러 옆집 염색 가게 마당으로 갔어요. 그곳에는 염색을 하는 헛간이 하나 있었는데, 올빼미 두 마리가 달빛을 받으며 지붕 꼭대기에 앉아 있는 게 보였어요.

헛간으로 들어간 나는 아주 나이가 많고 비쩍 마른 쥐 한 마리를 만났어요. 그 쥐가 나한테 말했어요.

'난 이 동네에서 제일 나이가 많은 쥐야. 아는 것도 많지. 그런데 자네는 도대체 왜 여기 들어온 거지?'

난 대답했어요. '먹을 걸 찾으러 왔어요.'

그 할아버지 쥐는 걸걸한 목소리로 웃음을 터뜨렸는데, 전혀 즐거워하는 것 같지 않았어요.

할아버지 쥐가 말했어요. '여기는 먹을 게 없어, 여러 가지 색깔의 염료뿐이라고.' 그런 다음 커다란 염료통들을 가리켰는데, 어두워 잘 보이지는 않았지만 머리 위 선반에 나란히 쌓여 있었어요.

'먹을 만한 건 내가 다 먹어 버렸어.' 할아버지 쥐가 슬픈 목소리로 말했어요. '하지만 저기 지붕 위에 올빼미들이 기다리고 있어서 도무지 나갈 엄두가 안 나. 눈밭에서는 내 검은색 털이 너무 눈에 잘 띄어서 탈출할 기회를 잡을 수가 없어. 굶어 죽기 직전이야.' 그 할아버지는 서 있을 힘도 없어선지 비틀거렸어요. '하지만 자네가 왔으니 이제 달라지겠지. 맘씨 좋은 요정이 자네를 나한테 보낸 게 틀림없어. 며칠 동안이나 여기 계속 앉아 있었어. 하얀 쥐가 오길 바라면서 말이야. 자네 털은 하얗기 때문에 눈밭에서는 올빼미들이 잘 구분하지 못해. 그게 바로 보호색이라는 거야. 나는 자연에 대해서는 만물박사거든… 자네도 보면 알겠지만, 난 나이가 많으니까 말이야… 자네가 녀석들한테 잡히지 않고 이 안으로 들어올 수 있었던 건 보호색 때문이야. 불쌍한 날 위해, 밖으

그 할아버지 쥐는 걸걸한 목소리로 웃음을 터뜨렸다.

로 나가서 처음 눈에 띄는 걸로 아무거나 먹을 걸 좀 가져다주겠나? 밤에는 올빼미 때문에, 낮에는 고양이 때문에 내내 갇혀 있었어. 눈이 내리고 나서는 한 입도 먹지 못했지. 자네가 제때 와 주어서 내 목숨을 구해 주는군.'

그래서 난 달빛이 비치는 눈 위를 가로질러 갔는데, 염색 가게 지붕 위에서 눈을 부라리고 있던 올빼미들도 날 알아보지 못했어요. 흰 눈밭에서 난 거의 보이지 않거든요. 조금 우쭐한 생각도 들었어요. 마침내 내 하얀 털이 제대로 실력을 발휘한 거였으니까요.

나는 쓰레기통 속에서 베이컨 껍질을 주워, 굶어 죽기 직전인 그 쥐한테 가져다주었어요. 할아버지 쥐는 정말 고마워했어요. 먹고 또 먹고… 맙소사, 정말 배 속에 거지가 든 것 같았어요! 드디어 그 쥐가 말했어요.

'아! 이제야 살 것 같다.'

난 말했어요. '아시겠지만, 전 잡혀 있다가 방금 탈출했어요. 어떤 아이가 저를 애완동물로 길렀죠. 하얀 털은 늘 나한테 골칫거리이기만 했어요. 고양이들 눈에 너무 잘 띄었기 때문에 사는 게 사는 게 아니었죠.'

할아버지 쥐가 말했어요. '글쎄다. 이제 우리가 뭘 해야 할지 말해 줄게, 자네는 나랑 여기 염색 헛간에서 같이 살면 돼. 여긴 나쁜 곳이 아니야. 꽤 따뜻하고 바닥 밑은 아늑하기도 해. 헛간에는 구멍도, 통로도, 숨을 곳도 아주 넘치게 많아. 게다가 너는 털이 희니까 밖으로 나가 우리가 먹을 걸 구해 올 수도 있고. 눈 위에서라면 넌 눈에 띄지 않으니까 말이야. 겨울이 지나고 땅이 다시 까매지면, 내가 밖으로 나가 먹을 걸 구해 오고 넌 이 안에서 그대로 지내면 돼. 너도 보면 알겠지만, 이곳은 어떤 면에서는 살기에 아주 좋은 곳이야. 여기엔 우리 목숨을 위협할 게 아무것도 없어. 사람들도 널 귀찮게 하지 않을 거고. 가정집이나 식품점이나 방앗간 같은 데는 사람들이 늘 덫을 놓거나 고양이한테 널 잡으라고 하잖아. 하지만 여기 염색 헛간에서는 아무도 쥐에 신경 쓰지 않아, 알겠니? 어리고 멍청한 쥐들이나 먹을 게 많은 곳에 가서 사는 거야. 하지만 난 아니야! 난 현명한 쥐라고!'

우린 그런 역할 분담에 동의했고, 난 염색 헛간에서 그 할아버지 쥐하고 꼬박 일 년을 살았어요. 정말 좋았어요. 문제랄 게 하나도 없었어요! 우리를 귀찮게 하는 사람도 전혀 없었고요. 겨울에는 내가, 여름에는 내 나이 든 친구 쥐가 나가서 먹이를 구해 왔어요. 내 짝은 마을 어디에 가면 맛있는 게 있는지 잘 알았어요. 덕분에 우리 식품 창고는 산해진미로 가득 찼어요. 아! 그 염색 헛간 바닥 아래서 내가 그 백전노장하고 얼마나 맛난 것들을 먹었는지! 염색공들이 우리 머리 위에서 그 커다란 통에 염료를 섞으며 마을 소식을 이야기할 때마다 우리가 얼마나 키득댔는지!

하지만 우리 둘 다 그런 생활에 오래 만족할 수 없었어요. 얼마나 멍청했는지… 아무튼 두 번째 여름을 맞이할 때쯤, 나는 세상을 마음껏 돌아다니며 뭐든지 다 하는 자유로운 쥐가 되기를 갈망했어요. 그리고 결혼도 하고 싶었고요. 아마도 봄이 내 핏속으

위층에는 염료통들이 놓여 있었다.

로 찾아든 모양이었어요. 그래서 어느 날 밤, 할아버지 쥐에게 말했죠.

'제가 사랑에 빠졌어요. 겨우내 매일 밤 먹을 걸 찾아 나갔다가 여자친구를 사귀게 됐어요. 교육도 잘 받고, 기품 있는 여자예요. 전 결정했어요, 가족을 만들겠다고요. 하지만 이제 다시 여름이 와 버렸으니, 이 끔찍한 털 색깔 때문에 또 지긋지긋한 이 헛간에 갇혀 지내게 생겼어요.'

할아버지 쥐는 잠시 생각에 잠겨 날 지그시 바라보았는데, 난 그가 꽤 현명한 말을 해 줄 거라고 생각했어요.

마침내 할아버지 쥐가 말했어요. "젊은 친구, 나가기로 마음먹었다면, 내가 자넬 막을 수는 없을 것 같군. 자네가 참 무모하다는 생각이 들기는 하지만 말이야. 자네가 여길 나가면 이제 나 혼자 어떻게 지낼지는 하늘만 알겠지. 하지만 자네가 일 년 넘게 여기서 날 도와줬으니 나도 자넬 돕겠네.'

그런 다음 할아버지는 날 위층 염색통들이 있는 곳으로 데려갔어요. 해가 이미 저물어 사람들은 모두 가고 아무도 없었어요. 어둑어둑하긴 했지만 우리 머리 위로 쌓여 있는 염료통들은 보였어요. 할아버지 쥐는 바닥에 떨어져 있던 끈 하나를 줍더니 한가운데에 있는 통으로 기어 올라가 끈을 그 안으로 늘어뜨렸어요.

'뭘 하시려고요?'

'잡고 나오라고. 통 속으로 들어간 다음에 말이야. 자네 지금 그 털빛으로 밖에 나갔다가는 바로 죽음일세. 그래서 자넬 염색해

줄 생각이네.'

'깜짝이야! 절 까맣게 염색하신다구요?' 내가 소리쳤죠.

할아버지 쥐가 말했어요. '맞아, 간단한 일이야. 저 가운데 통으로 기어 올라가… 꼭대기까지 올라가서… 안으로 뛰어드는 거야. 겁먹을 것 없어. 잡고 나올 끈을 늘어뜨려 놓았으니까.'

음, 전 태어날 때부터 모험을 좋아했어요. 그래서 용기를 쥐어짜 통 위 가장자리까지 기어 올라갔어요. 너무 컴컴해서 염료만 보였죠. 염료통 저 안쪽으로 희미하게 말이에요.

할아버지 쥐가 재촉했어요. '얼른, 겁먹지 말고… 머리끝까지 다 담가야 해.'

통 안으로 뛰어드는 데는 정말이지 배짱이 아주 많이 필요했어요. 만약 사랑에 빠지지 않았다면 절대로 그렇게 하지 못했을 거예요. 하지만 전 해냈어요. …염료 속으로 뛰어들었다고요.

다시 못 올라올 줄 알았어요. 거의 빠져 죽기 직전에 어둠 속에서 겨우 끈을 찾았죠. 비명을 지르고 숨을 헐떡이며 간신히 통 밖으로 나왔어요.

할아버지 쥐가 말했어요. '잘했어. 이제 헛간 안을 몇 번 뛰어. 감기에 걸리지 않으려면. 이불 잘 덮고 누워. 아침이 오면, 네가 어떻게 변했는지 알 수 있을 거야.'

그때 일을 생각하면 지금도 눈물이 나요… 다음 날, 난 내가 멋지고 품위 있는 검은색으로 바뀌어 있을 거라 기대하며 잠에서 깼어요. 그런데 새파란 색으로 천박하게 염색되어 있었어요! 할아버지 쥐가 멍청하게도 통을 착각한 거예요!"

흰쥐는 감정이 복받치는지 이야기를 잠시 멈췄다. 그러다 다시 이야기를 이어 갔다.

그때처럼 누군가에게 화를 내 본 적은 내 평생 한 번도 없었어요. '보세요, 할아버지가 지금 나한테 한 짓을 보시라구요!' 나는 고함을 쳐 댔어요, '이건 하다못해 군청색도 아니잖아요. 날 흉물로 만들었다구요!'

할아버지는 웅얼거렸어요. '나도 이해할 수가 없구나. 내가 알기로는 저 가운데 통이 검은색인데. 사람들이 통을 바꿨나 봐. 파란 건 항상 저 왼쪽 통이었는데 말이다.'

나는 '이 얼간이 같은 노인네!'라고 소리쳤어요. 그리고 화가 머리끝까지 나서 염색 헛간을 떠나 그 후로는 발길조차 주지 않았어요.

전에도 눈에 잘 띄었는데, 이제는 그보다 백 배는 더 잘 띄게 되었어요. 검은 땅 위에서뿐만 아니라 초록색 풀밭에서도, 그리고 흰 눈 위에서도, 갈색 마룻바닥에서도, 그 천박하고 파란 털 덕분에 난 어딜 가든 눈에 확 띄었어요. 염색 헛간에서 나오자마자 고양이 한 마리가 내게 뛰어들었죠. 나는 녀석을 따돌리고 거리로 나갔어요. 거기서도 악마 같은 아이들이 날 보고는 파란색 쥐를 봤다며 친구들을 더 불러 모아 도랑을 따라 날 쫓아왔어요. 길모퉁이에서는 싸우고 있던 개 두 마리와 마주쳤어요. 녀석들은 싸움을 멈추고 날 쫓아왔어요. 난 발바닥에 땀이 나도록 온 마을을 도망 다녀야 했어요. 무서웠어요. 밤이 되어서야 평화가 찾아왔어요. 뛰어다니느라 기진맥진 죽기 일보 직전이었죠.

한밤중이 되자 나는 내 사랑을 만나러 가로등 밑으로 갔어요. 근데 여러분, 믿어지시나요? 내가 사랑하는 그 여자가 나한테 말도 걸지 않는 거예요! 날 차갑게 외면하더라고요. 정말 그랬어요.

난 이렇게 말했어요. '내가 이렇게 끔찍한 몰골이 된 건 다 당신을 위해서였어.' 그런데 그 여자는 내 옆을 도도하게 그냥 지나쳐 갔어요. '당신이 나한테 어떻게 이럴 수 있어!'

여자는 실실거리며 이렇게 말했어요. '자존심이 조금이라도 있다면 당신도 알 거 아니야. 파란색 쥐랑 사귀고 싶은 쥐가 세상천지 어디에 있겠어. 내가 틀렸나?'

나는 잘 곳을 찾아 나섰어요. 그런데 조금이라도 밝은 곳에서는 만나는 쥐마다 손가락질하며 나를 비웃었어요. 하마터면 울 뻔했죠. 그다음에 간 곳은 강이었어요. 혹시 물에 씻으면 염색이 지워져 원래대로 하얗게 될까 하고요. 하지만 전혀 바뀌지 않았어요. 씻어 보고, 헤엄도 쳐 보고, 헹궈 보기도 했지만 아무 소용 없었어요. 물은 눈곱만큼도 도움이 되지 않았죠.

절망한 나는 몸을 떨면서 강둑에 앉아 있었어요. 그러다 동쪽 하늘에서 날이 밝아 오는 모습을 보고 아침이 오고 있다는 걸 새삼 깨달았어요. 햇빛! 해가 뜬다는 건 이 우스꽝스러운 털 색깔 때문에 온종일 도망치고, 뛰고, 놀림 받아야 한다는 걸 뜻했어요.

그래서 난 아주 슬픈 결심을 했어요 …아마도 자유로운 쥐라면 지금까지 그 누구도 하지 않았을 세상에서 가장 슬픈 결정을 말이에요. 쫓기고 놀림 받으며 사느니 차라리 새장 안으로 다시 돌아가 애완용 쥐가 되겠다는 생각을 한 거예요! 그 방앗간 집 들창코 녀석은 적어도 날 잘 보살펴 주고 먹을 것도 잘 챙겨 줬으니까요. 난 거기로 돌아가 다시 새장 안에 갇히기로 했어요. 사랑하는 여자한테 퇴짜 맞고 친구들한테 놀림당하는 신세잖아요? 그래서 나는 세상을 등지고 포로가 되러 갔어요. 혹시 여자친구가 후회할지도 모르지만… 이미 늦어 버린 일이었죠!

나는 피곤한 몸을 일으켜 방앗간 집으로 발걸음을 옮겼어요. 문지방에서 잠시 멈춰 섰죠. 정말 무서운 한 걸음이었어요. 삶의 고단함, 사랑을 잃은 슬픔에 젖어 절망스러운 눈길로 길바닥을 내려다보고 있을 때, 바로 그때, 저기서 누군가가 나를 향해 다가오고 있었어요, 꼬리에 붕대를 감은 내 동생이었어요!

동생이 나랑 나란히 문지방에 앉았을 때 나는 왈칵 눈물을 쏟으며, 부모님 집을 떠난 후 내가 겪은 이야기를 전부 다 말해 주었어요.

내 말을 다 들은 동생이 말했어요. '정말 끔찍했겠어… 그래도 형이 새장으로 돌아가 갇히기 전에 만나게 되어서 정말 다행이야. 형을 고생에서 벗어나게 해 줄 방법이 나한테 있어.'

내가 물었어요. '그게 뭔데? 난 이제 죽은 거나 마찬가지야!'

동생이 말했어요. "형, 박사님한테 가자.'

난 박사님이 누구냐고 물었어요.

동생이 대답했어요. '박사님은 한 분이잖아, 설마 그분 이야기를 한 번도 못 들어 본 거야?'

동생은 둘리틀 박사님에 관해 이야기해 주었어요. 그때는 동물들 사이에서 박사님이 유명해지기 시작하던 때였어요. 하지만 난 할아버지 쥐랑 염색 헛간에서 단둘이 살았기 때문에 그런 소식을 알지 못했죠.

'형, 난 지금 막 박사님 댁에서 돌아오는 길이야. 꼬리가 덫에 걸렸는데 박사님이 붕대를 감아 주신 거고. 정말 대단한 분이셔. 친절하고, 솔직하고, 게다가 동물 말도 할 줄 아셔. 형, 그분한테 가자. 장담하는데, 그분이라면 염색된 털을 원래대로 돌리는 방법을 분명히 아실 거야. 그분은 정말 모르는 게 없으셔.'

이게 내가 퍼들비에 있는 존 둘리틀 박사님의 집에 처음 오게 된 사연이에요. 내 사연을 들으신 박사님은 작은 가위로 내 털을 전부 깎아 주셨고, 덕분에 털이 빡빡 밀린 내 몸은 마치 돼지처럼 분홍색으로 바뀌었어요. 박사님은 그런 다음 쥐들을 위한 특수 발모제를 내 몸에 발라 주셨어요. 박사님이 직접 발명해 특허까지 받으신 걸요. 곧 내 몸에는 새 털이 자라났어요. 눈처럼 하얀 털이요!

그리고 박사님은 내가 고양이를 피해 다니느라 고생했다는 말을 들으시고, 댁에 내가 살 집을 마련해 주셨어요. 새 집은 박사님 피아노였어요. 박사님은 내가 사랑했던 여자도 데려오신다고 하셨어요. 이제 다시 하얗게 되었으니 나에 대한 생각이 분명히 달

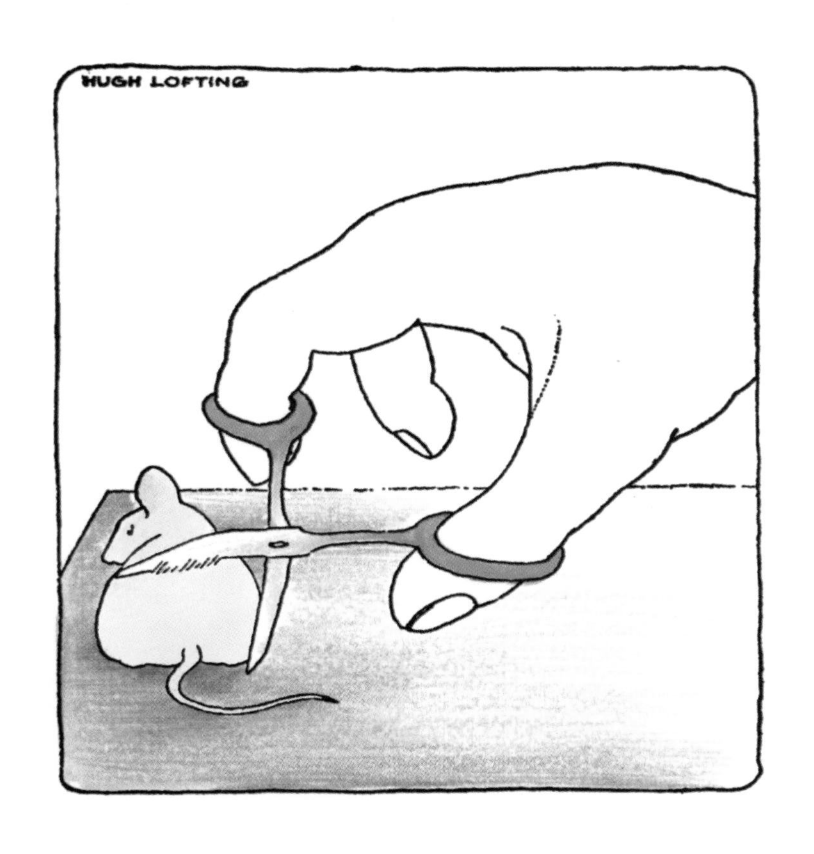

"박사님은 내 털을 전부 깎아 주셨어요."

라졌을 거라면서요. 하지만 난 이렇게 말씀 드렸죠.

'아니요, 박사님. 그냥 내버려 두세요. 전 다시는 여자들과 만나지 않을 거예요.'"

지프의 이야기

다음 날 밤 이야기는 지프가 하게 되었다. 지프는 잠시 생각하더니 말했다. "좋아요, '거지의 개'라는 이야기를 할게요." 동물들은 자리를 잡고 앉아 귀를 쫑긋 세웠다. 왜냐하면 전에도 지프가 이야기를 해 준 적이 있었는데 그 실력이 남달랐기 때문이다.

지프가 이야기를 시작했다. "몇 년 전의 일인데, 난 거지의 개라고 불리는 개 한 마리를 알게 되었어요. 우리는 어느 날 우연히 만났는데, 그날 정육점에서 일하던 소년이 끌고 가던 수레가 뒤집히는 사고가 났어요. 소년은 생각이 좀 모자라는 아이였는데, 온 동네 개들이 그 아이를 아주 싫어했죠. 수레가 가로등에 부딪혀 뒤집히는 바람에 양고기와 뼈가 거리에 나뒹구는 걸 보고 개들이 몰려와 고기를 물고 달아났어요. 도랑에 빠진 소년이 채 일어나기도 전에 말이에요.

조금 전에 말했듯이, 내가 거지의 개를 좋아하게 된 건 바로 그 사건 때문이었어요. 나는 녀석이 나를 지나쳐 냅다 달아나는 걸 봤어요. 제일 좋은 고기를 입에 물고 희희낙락하며 말이에요. 난 소시지 한 줄을 차지했는데, 그 소시지들이 출렁거리며 다리에 걸리는 바람에 제대로 뛸 수가 없었어요. 그때 녀석이 내 옆으로 와서 소시지를 둥글게 말아서 물면 걸리적거리지 않는다는 걸 알려 준 덕분에 넘어지지 않고 도망갈 수 있었죠.

그 후 그 개랑 나는 아주 친한 친구가 되었어요. 녀석의 주인은 다리가 하나밖에 없고 나이도 아주 많은 노인이었어요.

내 친구가 말했어요. '우리 주인은 끔찍할 정도로 가난해. 게다가 너무 늙었어. 다리가 두 개 다 있어도 일을 못 할 정도로… 주인은 길거리 예술가야. 너도 그게 뭔지 알 거야. 그러니까 인도를 깔 때 쓰는 납작한 돌에다 색분필로 그림을 그린 다음, 그 밑에다 '모두 내가 직접 그린 작품들임'이라고 써 놓는 거야. 그러고는 그림 옆에 앉아서 모자를 손에 들고 동전을 던져 줄 사람들을 기다리는 거지.'

난 '응, 알아. 길거리 화가라면 전에 본 적이 있어'라고 말했어요.

내 친구가 말했어요. '그런데 우리 주인은 돈을 거의 못 받아. 난 왜 그런지 알아. 우리 주인 그림은 별로거든… 길거리 예술이라는 걸 감안해도 그래. 사실 난 그림에 대해 잘 몰라. 하지만 우리 주인 그림은 정말 형편없어. …정말 형편없어. 언젠가는 한 친절한 할머니가 우리 앞에 멈춰 서서… 주인을 격려해 주려고… 너도 알잖아. 왜, 그런거… 아무튼 그림 하나를 가리키며 말했어. '와, 정말 멋진 나무네요!' 하지만 그건 폭풍이 심하게 몰아치는 바다 한가운데 서 있는 등대를 그린 거였어. 그게 우리 예술가 양반의 실력이야. 주인을 어떻게 해야 좋을지 모르겠어.'

내가 말했어요. '잠깐, 좋은 수가 생각났어. 주인이 혼자서 일을 못 한다면, 너랑 나랑 뼈를 빌려주는 사업을 해 보자.'

'그게 뭔데?' 친구가 물었어요.

'그러니까, 왜 있잖아! 사람들이 자전거나 피아노 같은 걸 빌려주는 거. 그러니까 너랑 나랑은 개들이 씹을 뼈를 빌려주는 거야. 물론 개들은 돈을 낼 수 없으니까 우린 그 대신 물건으로 받는 거지. 네 주인이 그걸 돈을 받고 파는 거고.'

친구가 말했어요. '정말 좋은 생각이야. 내일 당장 시작하자.'

다음 날 우리는 공터를 한 곳 발견했어요. 사람들이 쓰레기를 버리는 곳이었는데, 우린 커다란 구덩이를 하나 판 다음 거기를 우리 뼈다귀 가게로 정했어요. 그러고는 아침 일찍 부잣집 뒷문을 돌아다니며 쓰레기통에서 상태가 좋은 뼈다귀들을 주워 모았죠. 심지어는 다른 개들이 자기들 개집에 묶어 둔 뼈다귀를 잡아채 도망치기도 했어요. 물론 우리보다 느린 개들만 골라서요. 좀 치사한 짓이기는 했지만, 그래도 우리에겐 좋은 명분이 있었으니 나쁘기만 한 일은 아니었어요. 뼈다귀를 다 모으면 전에 파 두었던 구덩이 안에 넣었어요. 밤에는 흙으로 덮어 뒀죠. 도둑을 맞으

“우리 주인 그림은 정말 형편없어.”

면 안 되니까요. 그리고 그렇게 하면 맛이 더 좋아져요. 어떤 개들이 뼈다귀를 땅에 며칠 동안 묻어 두었다가 나중에 씹는 건 그 때문이에요. 낮에는 우리 상품들 옆에 서 있다가, 지나가는 개들에게 소리쳤어요.

'뼈를 빌려줍니다. 소뼈, 돼지뼈, 양뼈, 닭뼈! 육즙도 풍부해요! 한번 씹어 보세요. 골라 봐요. 뼈 빌려줍니다!'

첫날부터 장사는 대성공이었어요. 멀리 사는 개들까지 소문을 듣고 와서 뼈를 빌려 갈 정도로요. 우린 빌리고 싶어 하는 기간에 따라 요금을 받았어요. 예를 들면, 돼지뼈를 하루 빌리는 데는 촛대나 머리빗, 3일 빌리는 데는 바이올린이나 우산, 일주일 내내 빌리는 데는 옷 한 벌을 요금으로 내야 했어요.

한동안 우리 사업은 정말 잘 됐어요. 우리가 개들에게 받은 물건들은 거지가 돈을 받고 팔아서 그걸로 생계를 유지했죠.

하지만 우리는 개들이 그 물건들을 어디서 구해 오는지까지는 생각하지 못했어요. 솔직히 말하자면, 그건 우리와 별 상관없는 일이라고 여겼지요. 그런데 우리가 대박을 터뜨리고 나서 일주일쯤 지나자, 거리에 뭔가를 찾으며 돌아다니는 사람들이 눈에 많이 띄었어요. 공터에 있는 우리 가게를 보고 사람들이 우리한테 와서 수군거리기 시작했죠. 그때 레트리버 한 마리가 돼지뼈를 빌리려고 나한테 금시계와 목걸이를 입에 물고 온 걸 그 사람들이 봤어요.

그날 얼마나 큰 소동이 일어났는지 여러분도 봤어야 하는데. 그

시계랑 목걸이의 주인이 왔다가 그걸 보고 노발대발한 거예요. 개들이 뼈를 빌리기 위해 주인 물건을 훔쳐 온 거라는 게 드러났죠. 사람들은 경악했어요. 뼈다귀 가게는 폐쇄되었고, 장사도 더는 할 수 없게 되었어요. 하지만 우리가 번 돈이 거지에게 갔다는 건 아무도 알아차리지 못했어요.

우리는 그 거지가 오래도록 편안하게 살 수 있을 만큼 돈을 버는 데 실패했고, 거지는 얼마 못 가 전보다 더 가난해졌어요. 가뜩이나 엉망이던 그 사람 그림은 전보다 더 형편없어졌고요.

그러던 어느 날, 마을 밖 시골을 쏘다니다 아주 거만한 스패니얼 한 마리를 만났어요. 녀석이 너무 건방진 태도로 내 옆을 지나가는 바람에 나도 한마디 해 줄 수밖에 없었죠. '너 뭔데 이렇게 건방 떠는 거니?'

'우리 주인이 왕자의 초상화 주문을 받았거든.' 녀석은 온갖 고상한 척은 다하며 말했어요.

내가 물었어요. '네 주인이 누군데? 네 꼴을 보면 초상화를 네가 직접 그리는 줄 알겠다.'

'우리 주인은 고명한 화가셔.'

나는 '이름이 뭔데?' 하고 물어봤어요.

그러자 녀석이 대답했어요. '조지 몰런드.'

나는 깜짝 놀라 소리쳤어요. '조지 몰런드라고? 그 사람이 지금 여기 있다는 거야?'

녀석이 말했어요. '응, 우린 지금 로열 조지에 묵고 있어. 주인님

레트리버 한 마리가 금시계와 목걸이를 입에 물고 왔다.

은 지금 시골 풍경을 그리고 있는데, 다음 주에는 런던으로 돌아가 왕자의 초상화를 그리기 시작할 거야.'

그런데 난 조지 몰런드란 사람을 전에 만난 적이 있었어요. 그 사람은 아마도 전원 풍경을 그리는 화가 중에 가장 유명한 사람이었을 거예요. 아니, 지금도 그래요. 역사상 가장 위대한 화가죠. 그 사람을 내가 개인적으로 안다고 말하는 게 자랑거리가 될 정도예요. 그 사람은 마구간에 있는 말, 우리에 있는 돼지, 부엌문 근처를 돌아다니는 닭이랑 개, 이런 것들을 특히 잘 그렸어요.

난 그 스패니얼이 어디로 가는지 몰래 뒤따라 갔어요.

녀석은 언덕 위에 있는 외딴 농가로 갔어요. 거기서 난 덤불에 숨어 대화가 몰런드가 그 유명한 농장 그림 중 하나를 그리는 모습을 구경했어요.

그런데 그가 붓을 놓고 혼자 중얼거리기 시작했어요. '개가 한 마리 있었으면 좋겠군… 저기 물통 옆에… 저 멍청한 스패니얼이 5분 정도 움직이지 않고 누워 있을 수 있으려나… 여기야, 스팟, 스팟, 이리 와!'

몰런드의 개 스팟이 주인에게 달려갔어요. 몰런드는 그림을 그리다 말고 스팟을 물통 옆에 눕힌 다음 몸을 누르며 움직이지 말라고 말했어요. 나는 몰런드가 원하는 건 개가 햇볕을 받으며 잠자고 있는 모습이라는 걸 알 수 있었어요. 몰런드는 햇볕을 받으며 자고 있는 동물을 그리는 걸 좋아했거든요.

하지만 돌머리 스패니얼은 단 1분도 가만히 있지 않았어요. 꼬리로 파리를 쫓다가, 귀를 긁기도 하고, 고양이를 보고 짖어 대기도 했어요. 한순간도 가만히 있지 않았죠. 물론 몰런드는 녀석을 전혀 그릴 수 없었어요. 화가 난 몰런드는 녀석에게 붓을 던졌어요.

그때 좋은 수가 생각났어요. 내가 지금까지 생각해 낸 것 중에 최고였죠. 나는 덤불에서 나와 꼬리를 흔들며 몰런드한테 천천히 걸어갔어요. 그때 내가 얼마나 자랑스러웠는지 알아요? 그 위대한 화가 몰런드가 날 알아본 거예요. 그가 전에 나를 딱 한 번 본 적이 있다고 내가 말한 거 기억하죠? 그것도 1802년에 말이에요.

몰런드가 큰 소리로 말했어요. '지프, 지프구나. 착하지. 이리 오렴. 마침 너 같은 개가 필요했어.'

몰런드는 스패니얼에게 던졌던 것들을 다시 집어 든 다음 나한테 말했어요. 알잖아요, 사람들이 개들한테 하는 말투로요. 물론 내가 자기 말을 알아듣는다는 건 그 사람은 몰랐어요. 하지만 난 전부 알아들었죠.

'지프, 여기 와서 저 옆에 있으렴. 움직이지 않고 가만히 있으면 돼. 원하면 잠을 자도 좋아. 하지만 10분 동안 움직이거나 꼼지락거리면 안 돼. 할 수 있겠지?'

몰런드는 날 물통 옆으로 데려갔고, 그가 그림 속에 나를 그려 넣는 동안 난 꼼짝도 하지 않고 누워 있었어요. 그 그림은 지금 국립미술관에 걸려 있죠. 제목은 〈농장의 저녁〉이에요. 해마다 수백 명이 그 그림을 보러 와요. 하지만 물통 옆에서 자고 있는 똑똑한 개가 바로 나라는 건 아무도 몰라요. 박사님만 빼고요. 언젠가

"지프, 여기 와서 저 옆에 있으렴."

우리가 런던에 있을 때 물건을 사러 나간 적이 있는데, 그때 내가 모시고 가서 그 그림을 보여 드렸거든요.

그런데 내가 그렇게 한 건 생각이 있었기 때문이에요. 조지 몰런드를 위해 내가 뭔가를 해 주면 그 사람도 날 위해 뭔가를 줄 거라고 기대한 거죠. 물론 개의 말을 모르는 그에게 내 의도를 전하는 건 어려운 일이었어요. 난 그가 그림 도구들을 챙기는 동안 내가 다른 데로 가 버린 것처럼 잠시 거기서 사라져 있었어요. 그러다가 마치 무슨 일이라도 생긴 양 컹컹 짖으며 뛰어 돌아왔어요. 뭔가 문제가 생겼다는 걸 알려 주는 것처럼 말이에요.

'지프, 무슨 일이니, 집에 불이라도 난 거니?' 그가 물었어요.

난 더 크게 짖으며 시내 방향으로 뛰어갔다가 다시 그에게 돌아와 함께 가 달라고 하는 것처럼 행동했어요.

'얘가 왜 이러지?' 그가 혼잣말을 했어요. '근처에 강이 있는 것도 아니니 누가 물에 빠졌을 리도 없고… 알겠다. 지프, 내가 따라가마. 잠깐만 기다려, 이 붓들 좀 닦고.'

나는 그를 데리고 마을로 갔어요. 가는 내내 그는 혼잣말을 했어요. '무슨 일인지 모르겠군. 뭔가 나쁜 일이 생긴 거야. 분명해. 아니면 얘가 이럴 리 없어.'

나는 그를 데리고 큰길을 지나 거지가 그림을 그리고 있는 곳까지 갔어요. 몰런드는 그림들을 보자마자 뭐가 잘못된 건지 금방 알아차렸죠.

그가 소리쳤어요. '하느님 맙소사! 끔찍한 전시회야! 지프가 이

걸 보고 흥분한 것도 당연해.'

우리가 도착했을 때, 다리가 하나뿐인 그 거지는 자기 개 옆에서 새 그림을 그리고 있었어요. 그는 돌로 된 보도에 앉아 분필로 젖을 먹고 있는 고양이를 그리고 있었어요. 위대한 화가 몰런드가… 누가 뭐라든 늘 친절한 이 남자가… 거지의 형편없는 그림을 보면 자기가 직접 그림을 그려 보여 줄 거라는 걸 나는 알고 있었어요. 그리고 내 생각이 맞았죠.

몰런드는 거지가 그리고 있던 그림을 가리키면서 말했어요. '맙소사! 고양이 등뼈는 이렇게 구부러져 있지 않습니다. 분필을 주시면 제가 한번 그려 보겠습니다.'

몰런드는 그림을 전부 지운 후 자기 방식으로 다시 그렸어요. 어찌나 똑같은지, 고양이가 젖을 먹는 소리가 들릴 것 같았어요.

거지는 이렇게 말했어요. '와! 저도 이렇게 그릴 수 있다면 좋겠군요. 정말 빠르고 쉽게 그리시네요. 이런 건 아무것도 아니라는 듯이 말이에요.'

몰런드가 말했어요. '글쎄요, 별거 아닙니다. 그렇다고 뭐 대단한 비결이 있는 것도 아니고요. 그런데 이걸로 돈벌이는 되나요?'

거지가 대답했어요. '그저 그래요. 하루 종일 2펜스 벌었어요. 솔직히 말씀드리면 제 그림 실력이 부족해서죠.'

거지가 이렇게 말할 때, 나는 몰런드의 표정을 봤어요. 그 사람 표정을 보고 내가 이 위대한 사람을 여기 괜히 데려온 게 아니라는 생각을 했죠.

몰런드는 거지에게 이렇게 말했어요. '그러면 제가 여기 있는 그림을 전부 다시 그려 드려도 되겠습니까? 판석에다 그린 것들은 파시지 못했지만, 지우면 됩니다. 제 가방에 여분의 그림이 있습니다. 아마 몇 점은 파실 수 있을 겁니다. 저는 런던에서라면 언제든 팔 수 있습니다. 제가 거리 예술가였던 적이 한 번도 없어서 어떨지 모르겠지만, 아무튼 어떻게 되는지 한번 보기로 하죠.'

몰런드는 마치 어린 학생처럼 흥분해서 벽에 기대어 놓은 거지의 분필 그림들을 다 지운 다음, 그 위에 제대로 그리기 시작했어요. 그림을 그리는 데 너무 열중한 나머지 사람들이 몰려와 구경하고 있다는 것도 알지 못할 정도였죠. 사람들이 그가 그린 고양이와 개와 소와 말의 아름다움에 넋을 잃을 정도로 그의 그림들은 훌륭했어요. 사람들은 거리 예술가를 위해 판석에 그림을 그리는 이 낯선 사람이 누군지 서로 묻기 시작했어요.

사람이 점점 더 많이 모여들었어요. 그리고 얼마 지나지 않아, 전에 몰런드의 그림을 본 적이 있던 누군가가 이 거장의 작품을 알아봤죠. 이 사실은 구경꾼들 사이로 소곤소곤 퍼져 나갔어요. '몰런드예요. 그 유명한 화가 몰런드라고요.' 그리고 누군가가 화상, 아, 화상은 그림을 사고파는 사람이에요. 아무튼 하이 스트리트에 가게가 있는 화상에게 달려가서 말해 주었어요. 시장에서 몰런드가 외다리 거지에게 그림을 그려 주고 있다고 말이에요.

화상이 달려왔죠. 시장도 왔고요… 부자에서 가난한 사람까지 다 왔어요. 마침내 온 도시 사람이 다 모였을 때, 사람들이 그림을 사겠다며 거지에게 얼마면 팔겠냐고 물었어요. 물정 모르는 노인이 한 점당 6펜스에 팔겠다고 하려는 순간, 몰런드가 그에게 속삭였어요.

'20기니라고 해요. 20기니에서 한 푼도 더 깎아 줄 수 없다고 말하세요. 그래도 팔릴 거예요.'

아니나 다를까, 화상하고 부자 몇 명이 작품당 20기니에 그림을 모두 사 갔어요.

그날 밤 나는 참 좋은 일을 했다는 뿌듯함에 젖어 집으로 돌아왔어요. 내 친구의 주인인 외다리 거지는 이제 평생 편안히 살 수 있을 만큼 부자가 되었어요.

투투의 이야기

올빼미 투투와 푸시미풀류를 뺀 나머지 동물들은 이제 모두 이야기를 마쳤다. 다음 날인 금요일에 동물들은 동전(박사의 동전에는 구멍이 뚫려 있었다.)을 던져서 둘 중 누가 먼저 이야기를 할지 결정하기로 했다. 1페니짜리 동전의 앞면이 나오면 푸시미풀류가, 뒷면이 나오면 투투가 하기로 했다.

박사가 1페니 동전을 던졌고 뒷면이 나왔다.

얼굴이 동그스름하고 몸집이 작은 투투가 말했다. "좋아요. 내 차례인 것 같군요. 나는 시간에 대해 이야기할게요. 내 인생에서 유일한 시간, 그러니까 내가 요정이라는 오해를 받았던 때 이야기예요." 투투는 이렇게 말하며 빙긋이 웃었다. "음, 어떤 일이었냐 하면… 10월 어느 날 저녁, 난 숲속을 날아다니고 있었어요. 공

박사가 1페니짜리 동전을 던졌다.

기엔 겨울처럼 싸한 기운이 감돌고 있었고, 작은 털짐승들은 부스럭거리는 나뭇잎 사이로 바쁘게 오가며 눈 올 때를 대비해 열매랑 씨앗을 모으고 있었어요. 나는 땃쥐를 쫓고 있었죠. 당시 내가 아주 좋아하는 먹잇감이었거든요. 먹이를 찾아 정신없이 돌아다니는 녀석들을 잡는 건 아주 쉬웠어요.

숲속을 날아다니는데, 어린아이 소리랑 개 짖는 소리가 들려왔어요. 보통 때 이런 소리가 들리면 숲 깊숙이 들어갔을 거예요. 하지만 젊은 시절의 나는 호기심이 많은 새였기 때문에 모험에 휘말리는 일이 많았죠. 난 도망가지 않고 소리가 나는 쪽으로 날아갔어요. 나무와 나무 사이로 조심스럽게 움직이면서 날았기 때문에 들키지는 않았어요.

그러다 소풍 나온 아이들을 만났어요. 떡갈나무 숲에서 아이들이 도시락을 먹고 있었어요. 다른 아이들보다 유달리 큰 남자애가 하나 있었는데 그애는 개한테 장난을 치고 있었어요. 옆에 있던 두 아이는, 한 아이는 작은 여자애였고, 또 한 아이는 작은 남자애였는데, 큰 아이에게 그건 나쁜 짓이라며 괴롭히지 말라고 부탁했어요. 하지만 큰 아이는 아랑곳하지 않고 계속 개를 괴롭혔어요. 그러자 그 작은 아이 둘이 몸집 큰 그 아이에게 주먹질과 발길질을 해 댔어요. 작은 아이들의 완승이었죠… 큰 아이는 깜짝 놀랐어요. 그 사이에 개는 집으로 도망쳤어요. 이 작은 아이들은, 나중에 안 거기는 하지만, 남매였는데… 남매는 소풍 나온 다른 아이들과 떨어져 버섯을 찾으러 나섰어요.

난 자기들보다 훨씬 큰 아이를 벌준 그 남매의 용기에 감탄했어요. 둘이서만 더 깊은 숲으로 들어가는 걸 본 나는 또 호기심이 발동해 그애들을 따라갔죠. 그런데 남매는 다른 아이들과 아주 멀리 떨어진 곳까지 갔어요. 이윽고 해가 떨어지고 숲에 슬그머니 어둠이 찾아들었어요.

아이들은 왔던 길을 되돌아가면 친구들과 다시 만날 거로 생각했어요. 하지만 불쌍하게도 아이들은 방향을 잘못 잡았어요. 시간이 지나면서 주위는 점점 더 어두워져 갔고, 그 바람에 아이들은 나무 뿌리에 걸려 뒹굴기도 했어요. 아무것도 제대로 보이지 않았죠. 길을 잃은 아이들은 지쳐 갔어요.

나는 들키지 않게 조용히 날며 계속해서 따라갔어요. 마침내 아이들은 바닥에 주저앉고 말았어요. 여동생이 말했어요.

'윌리 오빠, 우리 길을 잃었나 봐! 이제 우리 어떻게 해? 밤이 오고 있는데. 난 깜깜한 게 너무 무서워.'

오빠가 말했어요. '나도 그래. 에밀리 이모가 전에 해 준 '찬장 속 괴물' 이야기가 생각나. 나도 깜깜한 게 죽을 것처럼 무서워.'

사실 난 그때 놀라 자빠지는 줄 알았어요. 여러분은 내가 어둠을 무서워하는 사람이 있다는 걸 그때 처음 알았단 걸 알아야 해요. 여러분은 그게 무슨 말도 안 되는 소리냐고 생각할 수도 있지만, 적어도 나는… 쨍쨍하고 밝은 낮보다는 서늘하고 고요한 밤을 더 좋아하는 나로서는 단지 해가 졌다는 이유만으로 무서워한다는 게 도저히 믿기지 않았어요.

그런데 박쥐나 올빼미는 뭔가 특별한 눈을 가지고 있어서 어둠 속에서도 잘 볼 수 있다고 믿는 사람들도 있는 것 같아요. 그렇지 않아요. 우리에게 있는 건 특별한 건 귀예요… 눈이 아니에요. 우리가 어둠 속에서 볼 수 있는 건 연습을 했기 때문이에요. …그건 연습의 문제예요. 피아노 연습 같은 거랑 똑같은 거예요. 우리는 다른 사람이나 동물들이 잠자리에 들 때 일어나요. 어둠을 더 좋아하니까요. 놀라시겠지만, 여러분도 습관이 들면 그게 훨씬 좋아질 거예요. 물론 우리는 아주 어릴 때부터 엄마 아빠한테 깜깜한 밤중에도 볼 수 있는 훈련을 받았어요. 그래서 어둠 속에서도 쉽게 볼 수 있는 거예요. 하지만 누구든 할 수 있어요. 어느 정도는 말이에요. 노력만 한다면…

이제 다시 아이들 이야기로 돌아갈게요. 아이들은 집에 돌아가지 못할까 봐 걱정하며 겁에 질린 채 바닥에 주저앉아 울면서 어떻게 해야 할지 궁리했어요. 그때 아까 개의 일이 생각난 나는 동물에게 친절한 이 아이들을 도와주기로 마음먹었어요. 그래서 아이들 머리 위에 있는 나무 위로 날아올라 최대한 친절하고 온화한 목소리로 '후…우, 후…우!' 하고 말했어요. 여러분도 알겠지만, 그건 올빼미 말로 '안녕! 괜찮니?'라는 말이에요.

가련한 아이들이 벌떡 일어나는 광경을 여러분도 봤어야 해요.

여자아이가 남자아이의 목에 매달리며 말했어요. '어! 무슨 소리지, 유령이야?'

남자아이가 말했어요. '나도 모르겠는데, 무서워! 깜깜한 건 정

말 무서워.'

나는 아이들을 달래려고 올빼미 말로 친절하게 두세 번 더 말을 걸어 보았어요. 하지만 아이들은 오히려 더 무서워하는 것 같았어요. 아이들은 처음에는 날 괴물로, 그다음에는 사람을 잡아먹는 거인으로, 그다음에는 숲속의 거인으로 생각했어요. 자기들 주머니에 넣을 수도 있는 날 말이에요! 와, 사람들은 아이들을 너무 무식하게 키우는 것 같아요! 여기 숲이든 아니면 어디든 괴물이나 식인 거인 같은 게 있다면 내가 지금까지 한 번도 못 봤을 리가 없잖아요.

나는 내가 울음소리를 계속 내면서 숲속을 천천히 날아가면 아이들이 내 뒤를 따라오고, 그럼 내가 아이들을 숲에서 나오게 해 집까지 인도할 수 있지 않을까 생각했어요. 그래서 한번 시도해 봤죠. 하지만 나를 따라오지 않았어요. 가엾은 것들… 날 마녀나 얼토당토않은 악마로 여겼나 봐요. 내가 올빼미 말을 하며 아이들 위로 나는 동안, 멀리 떨어져 있던 다른 올빼미 한 마리가 내가 자기를 부르는 줄 알고 잠에서 깨어난 게 다였어요.

아이들을 도와줄 방법을 도저히 모르겠길래, 나는 다른 올빼미한테 가서 뭔가 좋은 수가 있는지 물어보았어요. 그 올빼미는 속이 텅 빈 자작나무 그루터기에 앉아 아직 잠이 덜 깬 눈을 비비고 있었어요.

나는 인사부터 했어요. '안녕? 좋은 밤이야!'

그 올빼미가 말했어요. '아직 완전히 깜깜해진 것도 아닌데 왜

"무슨 소리지?"

벌써부터 시끄럽게 난리니? 제대로 깜깜해지지도 않았는데 벌써 깼잖아!'

내가 말했어요. '미안해, 그런데 저기에 길을 잃은 아이들 둘이 있어. 불쌍하게도 해가 졌다고 무서워하며 울고 앉아 있어. 뭘 해야 하는지 모르겠나 봐.'

그 올빼미가 말했어요. '뭐라고! 무슨 그런 말도 안 되는 소리를. 네가 숲 밖으로 인도해 주면 되잖아? 저기 사거리 근처 농가 중 하나에 살 텐데.'

내가 대답했어요. '이미 해 봤어. 그런데 너무 무서운지 날 따라오려고 하질 않아. 내 목소리가 맘에 안 들거나 아니면 뭐… 날 사악한 괴물 같은 거로 여겼나 봐.'

'그럼 다른 동물 소리를 흉내 내 봐. 걔들이 무서워하지 않는 동물로. 흉내 낼 수 있는 소리 있어? 개처럼 짖을 수 있니?'

내가 말했어요. '아니, 하지만 고양이 소리라면 좀 낼 수 있어. 내가 작년 여름을 났던 마구간의 새장 안에서 사는 개똥지빠귀한테 배웠어.'

그 올빼미가 말했어요. '좋아, 무슨 일이 생기는지 한번 해 봐.'

그래서 난 아이들이 있는 곳으로 돌아왔어요. 아이들은 아까보다 더 크게 울고 있었어요. 난 덤불로 가려진 근처 땅에 내려앉아 몸을 숨긴 다음 진짜 고양이처럼 소리를 냈어요. '야…옹, 야아옹!'

동생이 오빠에게 말했어요. '오빠! 우리, 살았어!('살았어!'라고 했어요. 그렇게 위험한 데 있었던 것도 아닌데 말이에요.) 우리 고양이 터피가 오나 봐. 걔가 집으로 가는 길을 알려 줄 거야. 고양이들은 집을 잘 찾아가잖아, 그렇지 오빠? 우리 따라가자.'

자신이 이야기 중인 그 장면이 떠올라 혼자서 조용히 킥킥대느라 투투의 오동통한 옆구리가 잠시 들썩였다.

투투가 이야기를 이어 갔다. "그때 난 들키지 않기 위해 조심하면서 조금씩 숲 밖으로 나가며 고양이 소리를 냈어요.

동생이 말했어요. '저기 있어! 우릴 부르고 있어. 윌리 오빠 얼른 와!'

그런 식으로 나는 고양이 소리를 내며 그 아이들을 앞서 나갔어요. 마침내 아이들을 숲 밖으로 제대로 인도하게 된 거죠. 아이들은 여러 번 넘어지고, 또 여자아이의 긴 머리카락이 덤불에 걸리기도 했어요. 그래도 난 아이들이 뒤처지지 않도록 기다렸어요. 마침내 탁 트인 들판이 나왔어요. 저기 지평선 너머로 집도 세 채 보였고요. 가운데 집에 불이 환하게 켜져 있었는데 사람들이 등불을 들고 집 주변을 뛰어다니며 사방을 뒤지고 있었어요.

내가 아이들을 집까지 잘 데려다주었을 때, 아이들 엄마와 아빠는 아이들이 아주 끔찍한 위험에서 살아 돌아오기라도 한 것처럼 껴안고 눈물을 흘렸어요. 내 생각에 사람 어른은 아이들보다 더 바보인 것 같아요. 아이 엄마와 아빠가 하는 행동을 보니 말이에요. 그들은 아이들이 한두 시간 숲속에서 즐겁게 지내다 온 것이 아니라 마치 무인도에 난파되었다가 살아 오기라도 한 것처럼 행동했어요.

엄마가 또 눈물을 닦고 환한 얼굴로 물었어요. '윌리야, 길은 어떻게 찾았니?'

여자아이가 말했어요. '터피가 집까지 데려다줬어요. 걔가 우리를 찾아와 야옹야옹거리며 앞장서서 우리를 집까지 데려왔어요.'

엄마는 혼란스러웠죠. '터피라고? 고양이는 거실 난롯가에서 잠을 잤는데… 저녁 내내…'

오빠가 말했어요. '그래요? 그럼 다른 고양이였나… 분명 여기 어딘가에 있을 거예요. 거의 문앞까지 우릴 데리고 온걸요.'

이 말을 듣고 아빠가 등불로 주위를 비추며 고양이를 찾아보았어요. 그리고 내가 미처 자리를 피하기도 전에 등불이 덤불에 앉아 있는 날 비췄어요.

여자아이가 소리쳤어요. '올빼미다!'

'야옹!' 난 그냥 한번 말해 봤어요. '후…우, 후…우! 야옹! 야옹!' 그런 다음 나는 날개를 한번 파닥거려 작별 인사를 한 후 헛간 지붕 위로 날아 어둠 속으로 사라졌어요. 하지만 나는 그 작은 여자아이가 깜짝 놀라서 외치는 소리를 들었어요.

'엄마, 요정이에요! 우릴 집으로 데려다준 건 요정이었어요. 요정이 분명해요… 올빼미로 변한! 드디어! 드디어 나도 요정을 봤어요!'

난 그렇게 처음이자 마지막으로 요정이라는 오해를 받았죠. 하지만 나는 이 아이들과 꽤 친해졌어요. 정말 좋은 남매였어요. 여자아이는 끝까지 나를 올빼미로 변신한 요정이라고 우겼지만…

나는 밤이면 쥐를 찾아 그들의 헛간 위를 날아다녔어요. 아이들은 나를 보면 그곳이 어디든 따라왔어요. 그날 밤 이 아이들을 무사히 집까지 데려다준 후로, 내가 사하라 사막까지 날아간다고 해도 아이들이 날 따라올 거라는 생각이 들기도 했어요. 그 아이들의 마음속에 내가 최고로 착한 요정으로 자리 잡은 게 분명했어요. 나한테 양고기랑 새우랑, 그것 말고도 식탁에서 맛있는 걸 많이 가져다주었어요. 나는 집에서 기르는 싸움닭 같은 생활을 했죠. 뒤룩뒤룩 살만 찌고 게을러진 나는 쥐가 목발을 짚고 다녀도 잡지 못할 정도가 되었어요.

아이들은 이제 더 이상 어둠을 무서워하지 않았어요. 여러분도 알겠지만, 언젠가 우리가 곱셈표랑 철학에 대해 토론했을 때 박사님께 말씀드린 것처럼, 두려움은 대체로 무지 때문에 생겨나는 법이에요. 일단 알고 나면, 더 이상은 두려워하지 않게 돼요. 그 어린아이들도 어둠을 알게 된 뒤로는 밤 역시 낮처럼 아무런 해를 입히지 않는다는 것을 알게 됐죠.

나는 밤에 아이들을 데리고 숲으로 가 언덕을 가로질러 갔어요. 걔들도 그걸 좋아했어요. 일종의 모험 같은 거였죠. 나는 사람들 중에 빛이 없어도 볼 수 있는 이가 있는 것도 좋겠다는 생각이 들어 아이들에게 어둠 속에서도 볼 수 있는 방법을 가르쳐 주었어요. 아이들은 내가 등불만 봐도 눈을 가린다는 것과 지나치게 밝은 곳에는 가지 않는 습관이 있다는 걸 알고 그 방법을 금방 익혔어요. 그래요, 이 아이들은 어둠 속에서도 정말 잘 보게 됐죠. 물론 박쥐나 올빼미만큼은 아니었지만 말이에요. 그래도 이런 식의 훈련을 받지 않고 자란 그 누구보다도 어둠 속에서 더 잘 볼 수 있었어요.

아이들의 이런 능력이 도움이 된 일도 있었어요. 어느 해 봄날 밤에 홍수가 났는데, 성냥이 모두 젖어 버리는 바람에 불조차 켤 수 없는 일이 벌어졌어요. 그때 이 아이들은 나와 함께 온 마을을 돌아다니며 수많은 사람의 목숨을 구했어요. 아이들은 어둠 속에서 사람들을 안전한 곳으로 대피시켰죠. 알다시피, 그 아이들은 어둠 속에서도 볼 수 있는 방법을 알지만, 다른 사람들은 그렇지 못하잖아요."

투투는 하품을 하면서 머리 위 등불을 졸린 눈으로 바라보았다.

투투는 이렇게 말하며 이야기를 끝맺었다. "어둠 속에서 보는 것은 훈련의 문제예요. 그건 피아노를 치는 것하고 똑같은 거라구요."

8장

푸시미풀류의 이야기

이제 마지막으로 푸시미풀류가 이야기할 차례가 되었다. 수줍음을 너무 많이 타는 푸시미풀류는 다음 날 밤 동물들이 이야기를 해달라고 하자 매우 예의 바른 태도로 이렇게 말했다.

"약속을 못 지키게 되어서 매우 유감스럽지만, 저는 별로 이야기할 만한 것이 없어요. 여러분을 즐겁게 해 드려야 하는데 그런 이야기가 없어요."

지프가 말했다. "거 무슨 소리, 그렇게 수줍어할 것 없어. 우리도 했잖아. 평생 아프리카 정글에서 살았는데 설마 모험을 한 번도 안 해 본 건 아니겠지? 이야깃거리가 분명히 많을 거야."

푸시미풀류가 말했다. "그렇지만 여러분도 알 듯이 전 아주 조용하게 살았어요. 우리 종족은 늘 조용히 혼자 살아요. 우리는 우리 일에만 신경 쓸 뿐, 다른 추문이나 싸움이나 모험 같은 거에 휘말리는 걸 좋아하지 않아요."

"그래도 조금만 더 생각해 봐. 뭔가 생각날 거야." 대브대브는 푸시미풀류에게 이렇게 말한 후, 동물들에게 소리 낮춰 말했다. "재촉하지 마. 혼자 생각할 시간을 좀 주자. …너희들도 알겠지만, 얘한테는 생각할 수 있는 머리가 두 개잖아. 뭔가 생각날 거야. 우리가 무슨 말을 하면 더 민망해할 거라고."

한동안 푸시미풀류는 깊은 생각에 잠긴 듯 앙증맞은 발굽으로 베란다 바닥을 긁어 댔다. 그러다 한쪽 머리를 들더니 조용한 목소리로 말하기 시작했다. 그리고 다른 한쪽 머리는 미안한 듯 탁자 아래에 숨어 잔기침을 했다.

"음… 그다지 재미있는 이야기는 아닙니다. 정말이에요. 하지만 시간을 때울 정도는 될 겁니다. 그럼, 바다모시라는 부족의 타조 사냥꾼 이야기를 들려 드리겠습니다. 하지만 먼저 아프리카 흑인들은 다양한 방법으로 동물을 사냥한다는 걸 아셔야 합니다. 그리고 그 방법은 사냥의 대상이 무엇이냐에 따라 달라집니다. 예를 들어, 기린을 잡을 때는 구덩이를 깊게 판 다음 그 위를 가벼운 나뭇가지와 풀로 덮습니다. 그런 다음 기린이 걸어가다가 구덩이에 빠지길 기다립니다. 이때 달려가서 녀석을 잡는 거랍니다. 그리고 사슴처럼 좀 멍청한 종류의 동물을 잡을 때는 나뭇가지와 잎으로 사람 크기 정도의 가림막을 만듭니다. 사냥꾼이 그 가림막을 마치 방패처럼 앞에 들고 사슴이 있는 곳 근처까지 천천히

다가가 창을 던지거나 활을 쏩니다. 물론 멍청한 사슴은 풀잎이 움직이는 걸 봐도 바람 때문에 그러려니 하고 신경 쓰지 않습니다. 사냥꾼이 아주 조심조심 조용히 다가가기만 한다면 말이에요.

사냥꾼들은 다양한 방법을 쓰는데, 그중에는 좀 비열하고 기만적인 것들도 있습니다. 하지만 타조 사냥꾼들이 고안한 방법은 그래도 점잖은 축에 듭니다. 간단히 설명하자면 이렇습니다. 여러분도 아시겠지만 타조들은 작은 무리를 이루어 다닙니다. 가축들처럼 말이에요. 그리고 좀 멍청합니다. 사람이 다가가면 녀석들은 머리를 모래 속에 박고 가만히 있는데, 그게 자기 눈에 사람이 안 보이는 것처럼 사람도 자기를 보지 못할 거라고 생각하기 때문이라는 말은 여러분도 들어 보았을 겁니다. 녀석들이 멍청하다는 게 이걸로는 잘 설명되지 않는다고요? 아니에요. 충분히 설명됩니다. 바다모시 부족이 사는 곳에는 타조들이 머리를 박을 모래가 그리 많지 않습니다. 녀석들에게는 다행스러운 일입니다. 사냥꾼이 다가오면 머리를 박는 대신 뛰어서 도망치니까요. 제 생각에는 사막을 찾아 도망가는 걸로 보이지만요. 아무튼 도망가면 항상 목숨은 구할 수 있습니다. 그래서 바다모시 사냥꾼들은 타조를 죽일 수 있을 만큼 가까이 접근할 방법을 생각해 내야 했습니다. 사냥꾼들이 생각해낸 것은 꽤 영리한 방법이었습니다. 사실 저는 사냥꾼들이 숲에서 이 방법을 연습하는 걸 우연히 목격한 적이 있습니다. 그들은 타조 가죽 하나를 교대로 머리에 뒤집어 쓰고 진짜 타조처럼 걷는 연습을 했는데, 긴 목에는 막대기가 넣어져 있었습니다. 숨어서 지켜보던 저는 그들이 뭘 하려는지 금방 알 수 있었습니다. 그들은 타조처럼 위장해서 무리 사이로 걸어간 다음, 가죽 속에 숨겨둔 도끼로 녀석들을 죽이려는 것이었습니다.

그런데 그곳 타조들은 저랑 아주 친한 친구들이었습니다. 타조들이 바다모시 부족의 테니스장을 문 닫게 했을 때부터 말입니다. 그러니까 그보다 몇 년 전에 부족의 추장이 아름다운 초원을 발견했습니다. 그곳은 제가 즐겨 풀을 뜯어 먹던 곳이었죠. 그런데 그들은 그 맛있는 풀들을 모조리 태워 버리고 그곳을 테니스장으로 만들었습니다. 추장은 백인들이 테니스를 하는 것을 보고 자기도 테니스를 치면 좋겠다고 생각했습니다. 하지만 타조들이 공을 사과로 착각하고 먹어 버리는 일이 생겼습니다. 여러분도 아시겠지만, 타조들은 정말로 먹을 거라면 뭐든 가리질 않거든요. 그래요. 타조들은 몰래 테니스장 주변 정글로 가서 공이 테니스장 밖으로 날아오면 그걸 물고 달아나 꿀꺽 삼키곤 했습니다. 이런 식으로 타조가 테니스 공을 다 먹어 버리자, 그들은 더 이상 테니스를 칠 수 없게 되었습니다. 그 덕분에 내 아름다운 풀밭에 다시 긴 풀이 자라게 되었고 나도 다시 풀을 뜯어먹을 수 있게 되었습니다. 타조들이 내 친구가 된 데에는 이런 사연이 있었던 겁니다.

그래서 타조들이 생각지도 못할 위험에 처했다는 걸 알게 된 나는 타조 무리의 대장한테 가서 말해 주었습니다. 대장은 정말 놀랄 만큼 아둔했기 때문에 나는 녀석을 이해시키느라 고생 꽤나

했습니다.

나는 떠나면서 이렇게 말해 주었습니다. 잘 '기억해 둬요. 사냥꾼이 무리 속에 들어왔을 때 다리 색깔하고 모양을 보면 쉽게 구별해 낼 수 있어요. 타조의 다리… 당신 다리를 보면 알 수 있듯이 회색이에요. 그런데 사냥꾼의 다리는 검정색이고 더 두꺼워요.' 아시겠지만, 바다모시 부족이 사용하는 가죽으로는 사냥꾼의 다리까지 가릴 수는 없었습니다. 나는 말했습니다. '다리가 시꺼먼 타조가 친구가 되려는 걸 보면 덤벼들어서 혼을 내 준 다음 잘 숨어야 한다고 부하들에게 꼭 말해 주어야 합니다. 그러면 바다모시 사냥꾼들이 다시는 그런 짓을 못 할 거예요.'

아마도 여러분은 이제 모든 게 잘되었을 거라고 생각하실 겁니다. 하지만 전 타조들이 얼마나 멍청한지 제대로 몰랐던 겁니다. 그날 밤 그 멍청한 대장은 집으로 가다 진흙탕에 빠지는 바람에 그 긴 다리에 시꺼먼 진흙이 묻었습니다. 흙투성이 다리는 까맣게 변했죠. 잠자리에 들기 전 두목은 모든 타조에게 내가 말해 준 지시 사항을 전달했습니다.

다음 날 아침, 대장은 늦잠을 잤고 다른 타조들은 먼저 언덕의 멋진 풀밭으로 가 풀을 뜯어 먹고 있었습니다. 그때 이 돌머리 대장… 멍청한 타조들 중에서도 가장 멍청한 대장이 간밤에 진흙탕에 빠져 다리에 묻은 검정 진흙을 털지도 않고 대단한 환영이라도 기대하듯 탁 트인 초원으로 왕처럼 성큼성큼 걸어갔습니다. 그래요. 진짜 대단한 환영을 받았습니다. 무식한 녀석! 대장

타조들은 공을 물고 달아나서 꿀꺽 삼켰습니다.

의 검은 다리를 보자마자 타조들은 재빨리 서로서로 알린 후, 신호와 함께 곧바로 그 불쌍한 두목을 초주검이 될 때까지 공격했습니다. 바로 이때 바다모시 부족의 사냥꾼이 나타났습니다. 그런데 이 아둔한 타조들은 자기들 대장을 사냥꾼으로 착각하고 공격하느라 바빠 흑인들이 가까이 와 있다는 것을 눈치채지 못했습니다. 만약 제가 위험하다고 소리쳐 제때 경고해 주지 않았다면 정말이지 모두 잡힐 뻔했습니다.

그래서 저는 선량하지만 어리석은 내 친구들을 파멸로부터 구하려면 내가 직접 나서서 뭔가를 하는 것이 좋겠다는 생각을 하게 되었습니다.

제가 생각해 낸 방법은 이랬습니다. 저는 바다모시 부족 사냥꾼들이 잠들었을 때 타조 가죽을 훔쳐야겠다고 마음먹었습니다. … 그들이 가지고 있는 유일한 타조 가죽을… 그러면 그 새롭고 비열한 사냥 방법도 마지막이 될 테니까요.

그래서 저는 깜깜한 밤에 몰래 정글 밖으로 나와 사냥꾼들의 오두막이 있는 곳으로 갔습니다. 저는 맞바람이 부는 방향으로 가야 했습니다. 바람 때문에 개들에게 냄새를 들키고 싶지는 않았기 때문입니다. 여러분도 아시겠지만, 저는 사냥꾼들보다 개들이 더 무서웠습니다. 사냥꾼들이라면 쉽게 도망칠 수 있지만, 냄새를 잘 맡는 개들로부터 도망치는 건 훨씬 더 어려운 일이거든요. 용케 정글로 가 숨는다고 해도 말이죠.

아무튼 맞바람이 불자 저는 타조 가죽이 어디 있는지 알아내기 위해 오두막 주변을 살펴보기 시작했습니다. 처음에는 아무 데서도 찾지 못했습니다. 저는 그들이 어딘가에 숨겨 두었을 거라 생각했습니다. 바다모시 부족도 대부분의 다른 흑인들처럼 잠자리에 들 때 오두막 밖에 보초를 한 명 세워 둡니다. 그날 밤 보초는 끄트머리 오두막 밖에 있었습니다. 물론 저는 들키지 않으려고 조심했습니다. 어떻게 하면 타조 가죽을 훔칠 수 있을까 궁리하던 중에 저는 보초가 의자에 쭈그리고 앉은 채 전혀 움직이지 않는다는 걸 발견했습니다. 아마도 자고 있을 거라는 생각이 들었습니다. 그래서 더 가까이 가 보니 그 보초는 놀랍게도 타조 가죽을 담요처럼 두르고 있었습니다. 그날 밤은 추웠거든요.

이제 어떻게 하면 보초를 깨우지 않고 가죽을 훔치느냐는 문제만 남았습니다. 저는 숨을 참아 가며 발끝으로 다가가서 보초의 어깨에 걸쳐진 가죽을 잡아당기기 시작했습니다. 하지만 보초는 가죽 끝을 엉덩이에 깔고 앉아 있었습니다. 보초가 앉아 있는 한 가죽을 훔치는 것은 무리였습니다.

절망한 저는 포기 직전까지 갔습니다. 하지만 그 가죽을 훔치지 못하면 불쌍하고 멍청한 제 친구들이 분명히 위험해질 거라고 생각한 저는 최후의 방법을 쓰기로 결정했습니다. 저는 보초의 민감한 부분을 뿔로 냅다 들이받았습니다. '악~!' 보초는 1킬로 밖에서도 들릴 정도로 큰 비명을 지르며 뛰어올랐습니다. 저는 보초가 깔고 앉아 있던 타조 가죽을 낚아챈 후 빠르게 정글로 도망쳤습니다. 이 소란에 바다모시 부족 남자들, 부인들, 개들까지 죄

"저는 보초를 들이받았습니다."

다 깨어 마치 늑대 떼처럼 저를 쫓아왔습니다."

"흠…" 푸시미풀류가 수상 우체국과 함께 흔들리는 우아한 몸의 균형을 잡으며 한숨을 내쉬었다. "제 인생에서 그날 밤 같은 그런 추격전은 다시는 없었으면 좋겠어요. 그때 일을 떠올리면 지금도 등골이 오싹해요. 개들은 짖어 대고, 남자들은 고함을 쳐 대고, 여자들은 비명을 질러 대고, 덤불은 짓밟히고… 그들은 정글을 박살이라도 낼 듯이 절 추격했어요. 제 자취를 따라서요.

저를 구해 준 건 강이었습니다. 마침 우기라서 강물이 불어 있었거든요. 지치고 겁에 질린 저는 숨을 헐떡이며 물살이 센 강가에 도착했습니다. 강은 폭이 7미터쯤 되었습니다. 강물은 엄청나게 빠른 속도로 흐르고 있었습니다. 거길 헤엄친다는 건 미친 짓이나 마찬가지였습니다. 뒤를 돌아보니 추격자들이 거의 제 등 뒤까지 쫓아와 있었습니다. 저는 다시 최후의 방법을 써야만 했습니다. 저는 뒤로 조금 물러선 다음, 타조 가죽을 입에 단단히 물고 강까지 전속력으로 내달려 뛰어올랐습니다. …제 평생 그렇게 멀리 뛰어 본 적은 한 번도 없었습니다. 그리고 무사히 반대쪽 강가로 건너는 데 성공했습니다. 강가에 닿고 나서야, 저는 제가 간신히 위험에서 벗어났다는 걸 알 수 있었습니다. 제가 뛰어오른 강가에 적이 이미 와 있었거든요. 달빛 아래서 제게 주먹질을 해 대며, 그들은 강을 건너 쫓아올 방법을 찾고 있었습니다. 개들도 광분해 있었습니다. 헤엄을 치기 위해 실제로 물에 뛰어든 녀석들도 있었습니다. 하지만 물살이 너무 세서 코르크처럼 강물에 휩쓸려 버렸습니다. 그걸 본 사냥꾼들은 겁에 질려 감히 뛰어들 엄두도 내지 못했습니다.

승리의 기쁨에 취한 저는 그 귀중한 타조 가죽을 그들의 눈앞에서 흐르는 강물에 던져 버렸고, 가죽은 순식간에 시야에서 사라져 버렸습니다. 바다모시 부족은 분노에 찬 고함을 질러 댔습니다.

그때 저는 평생 후회할 일을 하고 말았습니다. 여러분도 아시겠지만 우리 종족은 언제나 예의범절을 중시합니다. 그런데… 지금도 그때 일만 생각하면 얼굴이 붉어지는데… 그 순간 저는 너무 흥분한 나머지, 건너편에서 당황해하고 있는 적을 향해 혀 두 개를 내민 거예요. 변명거리가 되지는 않겠지만, 의도한 것은 결코 아니었습니다. 하지만 달빛밖에 없었기 때문에 바다모시 부족은 보지 못했을 거예요.

음, 도망치는 데 성공하기는 했지만, 그걸로 문제가 다 끝난 것은 아니었습니다. 바다모시 부족은 한동안 타조가 아니라 저를 잡는 데 온 정신을 쏟았습니다. 그들은 내 목숨을 원했습니다. 성가시게 구는 그들을 피해 다른 곳으로 가도, 그들은 용케 저를 찾아내 거기까지 쫓아왔습니다. 그들은 저를 잡기 위해 덫을 놓고, 함정을 파고, 개들을 풀었습니다. 간신히 도망을 다니기는 했지만, 일 년 내내 정말 고생 많이 했습니다.

그런데 보통의 원시인들처럼 바다모시 부족도 미신을 좋아했습니다. 그리고 투투가 어젯밤에 말했듯이, 자기들이 알지 못하는

"제 평생 그렇게 멀리 뛰어 본 적은 한 번도 없었습니다"

것은 두려워했습니다. 자기들이 알지 못하는 건 다 악마라고 생각했어요.

그렇게 오랫동안 근심하고 시달리던 저는, 그들의 책에 나오는 것과 같은… 그러니까 그들이 타조들에게 했던 것과 똑같은 방법을 쓰기로 마음먹었습니다. 저는 변장하기에 적당한 것을 찾기 시작했습니다. 어느 날 나무 옆을 지나던 저는 유목민이 말리려고 걸어 둔 야생 소가죽을 발견했습니다. 저는 그걸 나무에서 끌어 내린 다음, 한쪽 머리를 숙여 그쪽 뿔을 등 높이에 맞춰 평평하게 하고… 이렇게 말입니다… 몸에 뒤집어썼습니다. 그러자 머리가 한쪽만 보이게 되었습니다.

제 모습은 완전히 변했습니다. 긴 풀들 속에서 움직이면 마치 평범한 사슴처럼 보였답니다. 이렇게 변장한 저는 탁 트인 초원으로 나가 철천지원수 바다모시 부족이 나타날 때까지 풀을 뜯어 먹고 있었습니다. 그러자 금방 그들이 나타났습니다.

저는… 그들은 저를 보지 못했지만… 저는 그들을 볼 수 있었는데, 그들은 저한테 들키지 않으려고 초원 끄트머리의 나무들 사이로 접근해 오고 있었습니다. 그들이 작은 사슴을 잡을 때 쓰는 방법은 이랬습니다. 그들은 나무 위로 올라가 낮은 가지에 가만히 앉아 있습니다. 그런 다음 사슴이 그 나무 밑을 지나갈 때 사슴 엉덩이로 뛰어내려 바닥에 쓰러뜨립니다.

저는 추장이 직접 나무 위로 올라가 숨는 것을 보았습니다. 저는 아무것도 모른다는 듯이 그 나무 아래를 거닐었습니다. 그때 추장이 제 엉덩이 쪽으로 뛰어내렸습니다. …사실은 착각한 거지만… 그 순간 저는 가죽 아래 숨겨둔 다른 쪽 뿔을 곧추세워 추장에게 앞으로 평생 기억하게 될 한 방을 날렸습니다.

깜짝 놀라 비명을 지른 후, 그는 부하들을 불러 자기가 악마에게 받혔다고 말했습니다. 미신을 믿는 그들은 마치 들불처럼 순식간에 달아나 다시는 저를 괴롭히거나 귀찮게 하지 않았습니다."

이제 수상 우체국의 모든 동물들이 이야기를 마쳤고, 이로써 『월간 북극』 이야기 대회도 마감되었다. 동물들을 위한 첫 잡지의 창간호는 발행되자마자 제비 우편을 통해 동토의 땅 북극으로 배달되었다. 잡지는 대성공이었다. 감사의 편지와 대회 우승작 투표지가 바다표범, 바다사자, 순록 등 북극에 사는 온갖 동물들로부터 쏟아져 들어왔다. 수학자 투투가 편집을 맡았고, 대브대브가 엄마와 아기 꼭지를, 거브거브가 원예와 좋은 먹거리 꼭지를 썼다. 박사의 우체국이 운영되는 동안 『월간 북극』은 집, 동굴, 빙산에 행복을 가져다주었다.

4부

소포 우편

어느 날 거브거브가 박사에게 와서 말했다.

"박사님, 왜 소포 배달은 하지 않아요?"

박사가 큰 소리로 말했다. "맙소사, 거브거브! 내가 지금도 바빠 죽을 지경인 거 네 눈에는 안 보이니? 소포는 도대체 왜?"

"먹는 거 하고 관계 있는 게 분명해요." 투투가 박사 옆 의자에 앉아 계산을 하다 말고 말했다.

거브거브가 말했다. "글쎄, 잉글랜드에서 뭔가 신선한 채소를 보내 주면 좋겠다는 생각을 좀 했어."

투투가 말했다. "저렇다니까요. 머리에 온통 채소 생각뿐이라고요."

박사가 말했다. "거브거브야, 소포는 새들이 배달하기에는 너무 무거워, 새들보다 작은 소포라면 모를까."

거브거브가 말했다. "저도 알아요. 저도 생각해 봤다고요. 하지만 이번 달이면 양배추 철이에요. 아시겠지만 제가 제일루 좋아하는 채소예요. 파스닙 다음으로요. 개똥지빠귀들이 다음 주에 잉글랜드를 떠나 아프리카로 온다고 들었어요. 그러니까 걔들한테 각자 양배추 한 잎씩 물고 오라고 부탁하는 게 뭐 힘든 일인가요? 수백 마리씩 떼를 지어 날아오니까 각자 잎 하나씩만 가져와도 우리가 한 달은 충분히 먹을 수 있을 거예요. 잉글랜드의 신선한 채소를 지난 가을부터 맛도 보지 못했다고요. 여기 얌이랑 오크라랑, 아무튼 여기 아프리카 채소에는 완전히 신물이 나요."

박사가 말했다. "알았다. 그렇게 할 수 있는지 알아보마. 다음번 나가는 우편으로 개똥지빠귀들에게 편지를 보내 널 위해 양배추를 가져다줄 수 있는지 부탁해 볼게."

이렇게 해서 판티포 국제 우체국에 소포 담당 부서가 하나 새로 생겼다. 거브거브의 양배추가 도착한 후(개똥쥐빠귀는 수가 무지 많아서, 몇 톤이나 되는 양배추가 왔다.), 온갖 종류의 동물들이 자기들 먹을 게 부족해질 때마다 박사에게 와서 외국의 먹거리를 배달해 달라고 부탁했다. 새들이 이런 식으로 새들이 외국의 씨앗과 묘목을 배달해 오면, 박사는 그것들을 심어서 아프리카에서도 잘 자랄 수 있는지 실험을 거듭했다. 박사는 과일과 채소뿐만 아니라 꽃도 실험해 보았다.

얼마 안 있어, 새들이 잉글랜드에서 박사에게 가져다준 씨앗들이 꽃을 피워, 수상 우체국 창가에는 쥐손이풀, 금잔화, 백일홍이 만개한 옛날식 상자 정원이 생겼다. 오늘날 잉글랜드에서 자라는 것들과 똑같은 채소들이 아프리카 땅에서도 자라는 것을 볼 수 있게 된 것은 바로 이 때문이었다. 어릴 때부터 먹던 채소들을 먹고 싶다는 거브거브의 먹거리 열정 덕분이었다.

그리고 곧, 좀 더 큰 새들이 소포를 배달하게 되었고, 덕분에 판티포 사람들은 두 달에 한 번씩 정기적으로 소포 우편을 이용할 수 있게 되었다. 이렇게 해서 자명종 등 온갖 물건들이 잉글랜드에서 배달되었다.

코코 왕은 심지어 새 자전거까지 배달시켰다. 자전거는 분해되어 보내졌는데, 황새 두 마리가 각자 바퀴 하나씩, 독수리가 몸체를, 까마귀들이 페달, 스패너, 기름통 같은 작은 부품들을 나르는 식이었다.

그런데 우체국에서 부품들을 다시 조립하다 보니, 너트 한 개가 보이지 않았다. 하지만 그것은 소포 우체국의 실수가 아니었다. 자전거 제작자가 버밍엄에서 보낼 때 빼먹은 것이었다. 그래서 박사가 항의 편지를 보냈고, 곧 새 너트를 받을 수 있었다. 왕은 이를 기념해 이날을 휴일로 정하고, 우쭐거리며 판티포 마을을 자전거를 타고 돌아다녔다. 왕이 전에 타던 자전거는 동생 월라 볼라의 차지가 되었다. 거브거브 덕분에 시작된 소포 우편은 대성공을 거두었다.

몇 주 후, 박사는 링컨셔의 한 농부로부터 이런 편지를 받았다.

왕의 자전거를 다시 조립했다.

안녕하십니까? 선생의 탁월한 일기 예보에 감사드립니다. 덕분에 올해 링컨셔에서 제 양배추 농사가 풍작을 이뤘습니다. 그런데 시장에 내다 팔려고 수확을 하러 밭에 나가보니, 양배추가 밤새 사라져 버렸습니다… 단 한 포기도 남지 않고 말입니다. 이게 어떻게 된 건지 알 수가 없군요. 아마도 선생이라면 이게 어떻게 된 일인지 제게 알려주실 수 있을 거라고 생각됩니다.

니콜러스 스크로긴스 올림

박사가 말했다. "맙소사! 무슨 일인지 알다가도 모르겠군."

투투가 대답했다. "거브거브가 다 먹어 치웠잖아요. 그 양배추가 틀림없어요. 개똥지빠귀들이 가져온 거 말이에요."

박사가 말했다. "거참! 난처한 일이군. 내가 그 농부에게 어떻게든 변상해 줄 방법을 찾아야겠구나."

한편 어머니 같은 살림꾼 대브대브는 전부터 우체국 일에서 손을 떼고 좀 쉬라고 오래전부터 박사에게 권해 왔었다.

대브대브가 말했다. "박사님, 그러시다 병에 걸려요…. 분명 병에 걸리실 거라고요. 지난 몇 달 동안에 박사님이 일하신 것처럼 일하고도 아무렇지도 않을 사람은 아무도 없을 거예요. 이제 우체국 일도 잘 돌아가는데 왜 왕의 우체국 직원들에게 일을 넘기고 쉬시지 않는 거죠? 그건 그렇고, 왜 퍼들비에 돌아갈 생각을 안 하시는거죠?

박사가 말했다. "그래, 알았다. 적당한 때가 되면 가야지."

"잠시 우체국 일에서 손을 떼세요. 퍼들비 집으로 지금 당장 가지는 못하더라도, 바닷가로 나가 카누를 타고 여행이라도 하셔서 기분 전환이라도 하세요." 대브대브는 계속 고집을 피웠다.

하지만 박사는 언젠가는 가겠다는 말만 자꾸 했다. 하지만 그러지 않았다. 그러다 자연의 역사와 관련된 중대한 사건이 하나 생기고 나서야 우체국 일에서 벗어날 수 있었다. 자초지종은 이랬다. 어느 날 박사가 자기 앞으로 온 우편물을 열어 보니 커다란 달걀 정도 되는 소포가 나왔다. 해초로 싸여 있는 겉포장을 푸니 편지와 마치 상자처럼 묶여 있는 굴 껍데기들이 나왔다.

박사가 궁금해 하면서 편지를 읽는 동안, 여전히 휴가를 가라고 조르던 대브대브도 어깨 너머로 편지를 들여다보았다. 편지에는 이렇게 적혀 있었다.

둘리틀 박사님께,

여기 동봉한 이 예쁘고 작은 돌들은 제가 전에 굴을 까다 발견한 것입니다. 저는 평생 바닷가에서 조개를 먹으며 살아 왔지만, 이런 돌은 단 한 번도 본 적이 없습니다. 제 남편은 굴의 알이라고 합니다. 하지만 저는 그 말을 믿을 수 없습니다. 이것들이 뭔지 가르쳐 주실 수 있나요? 그리고 아이들이 이 돌을 장난감으로 갖고 싶어 하고 저도 주겠다는 약속을 했으니 꼭 돌려주시길 부탁드립니다.

대브대브도 어깨 너머로 편지를 들여다보았다.

박사는 편지를 내려놓고, 굴 껍데기들을 묶은 해초 끈을 칼로 잘랐다. 굴 껍데기가 열렸을 때 박사는 너무 놀라 숨이 멎는 줄 알았다.

박사가 큰 소리로 외쳤다. "대브대브, 정말 예뻐! 봐, 이것 좀 봐!"

대브대브도 박사의 손바닥에 놓인 것들을 내려다보면서 감탄하듯 나지막한 소리로 말했다. "진주네요! 분홍 진주!"

"멋져! 예쁘지 않니?" 박사가 중얼거렸다. "너, 이렇게 큰 걸 본 적 있니? 대브대브, 이건 한 개만 있어도 부자가 될 거야. 그런데 도대체 나한테 이걸 보낸 게 누굴까?"

이렇게 말하고 박사는 고개를 돌려 다시 편지를 보았다.

대브대브가 말했다. "저어새예요. 전 저어새들의 필적을 알아요. 걔들은 한적한 바닷가를 돌아다니면서 조개랑 벌레 같은 것들을 잡아먹는 걸 좋아해요."

박사가 물었다. "음… 어디서 보낸 걸까? 편지지 위에 적힌 주소 좀 읽어 줄래?"

대브대브가 눈을 가늘게 뜨고 뚫어져라 글씨를 들여다보았다.

대브대브가 대답했다. "이렇게 적혀 있는 것 같아요. 하르마탄 바위…"

박사가 물었다. "그게 어디 있는 건데?"

대브대브가 말했다. "저도 모르겠는데요. 하지만 빠르미라면 알 거예요."

대브대브는 이렇게 말하고 빠르미를 부르러 갔다.

그랬다. 빠르미는 알고 있었다. 빠르미는 하르마탄 바위가 서아프리카 북쪽으로 100킬로미터쯤 떨어진 바다에 있는 작은 섬들이라고 했다.

박사가 말했다. "재미있는 걸… 이 진주가 남쪽 바다의 섬들에서 발견된 나온 거라면 그리 놀랄 일이 아니야. 하지만 서아프리카 바다에서 이렇게 크고 예쁜 진주가 발견되었다는 건 흔한 일이 아니야. 아무튼 이것들은 저어새의 아이들에게 돌려주어야 겠어… 물론 등기 우편으로 보내야겠지. 그런데 솔직히 말하자면 돌려주기가 좀 그렇기는 하구나… 너무 예뻐서 말이야. 그런데 내일이나 되어야 보낼 수 있을텐데. 그 동안 어디에 두어야 할까? 이런 값진 보석은 잘 보관해야 하는데. 대브대브, 이 진주에 대해서는 비밀로 해야 한다… 지프하고 푸시미풀류한테는 괜찮아. 걔들은 밤새 교대로 문을 지켜야 하니까. 아무튼 비밀 지키고, 내일 아침에 곧바로 돌려보내기로 하자."

말을 하던 도중에 박사는 책상 위로 그림자가 어른거리는 모습을 보았다. 박사가 위를 올려다보았다. 그러자 지금까지 한 번도 본 적이 없는 못생긴 남자가 아직 박사의 손바닥 위에 그대로 있는 진주를 뚫어져라 보고 있었다.

너무 놀라 당황한 박사는 우체국을 시작한 후 처음으로 예의를 갖추는 걸 깜빡했다.

박사는 진주를 주머니에 넣으며 말했다. "당신, 무슨 일이오?"

남자가 말했다. “10실링을 우편환으로 보내려고요. 아픈 아내에게 돈을 좀 보내려고 합니다.”

박사는 우편환을 준 후, 남자가 창문으로 건네는 돈을 받았다.

박사가 말했다. “여기 있습니다.”

박사는 우체국을 나가는 그의 모습을 지켜보았다.

“이상한 손님이야, 너도 그렇게 보이지?” 박사가 대브대브에게 말했다.

대브대브가 말했다. “정말 그렇네요. 난 아내가 병에 걸렸다는 말 하나도 놀랍지 않아요. 저런 얼굴을 한 남자가 남편이면 말이에요.”

박사가 말했다. “누굴까? 백인이 여길 오는 일은 거의 없는데. 아무튼 저 남자 얼굴 별로 마음에 들지 않는구나.”

다음 날 박사는 진주를 처음 받았을 때와 똑같이 포장한 다음, ‘돌멩이들’이 뭔지 설명하는 편지와 함께 하르마탄 바위의 저어새에게 등기 우편으로 보냈다.

이 우편물의 배달을 맡게 된 새는 잉글랜드에서 양배추를 가져온 개똥지빠귀 중 한 마리였다. 개똥지빠귀들은 아직 근처에 있었다. 개똥지빠귀들은 소포를 배달하기에는 몸집이 작았지만, 크기가 작은 소포인데다 달리 배달을 부탁할 새도 없었다. 박사는 집배원은 등기 우편물을 아주 신중하게 다뤄야 한다고 주의를 준 다음 진주를 배달시켰다.

그런 다음 박사는 여느 때처럼 코코 왕을 만나러 갔다.

이야기를 나누던 중에 박사는 우편환으로 바꾸러 수상 우체국에 왔던 낯선 백인 남자를 아는지 왕에게 물어보았다.

박사가 그 못생긴 사팔뜨기 남자의 생김새를 설명해 주자, 왕은 자기가 아주 잘 아는 사람이라고 말했다. 그는 진주조개 잡이가 활발한 태평양에서 대부분의 시간을 보내는 진주잡이 어부였다. 하지만 왕은 그자가 여기에 자주 나타나 쏘다니는데, 진주나 돈을 손에 넣기 위해서라면 어떤 나쁜 짓도 서슴지 않고 하는 악당으로 유명하다고도 했다. 그 자의 이름은 잭 윌킨스였다.

이 말을 들은 박사는 분홍색 진주를 주인에게 등기 우편으로 안전하게 돌려주기를 잘했다고 생각했다. 박사는 왕에게 자기가 일을 너무 과로를 해 휴식이 필요하니 잠시 휴가를 가야겠다고 말했다. 어디로 갈 거냐는 코코 왕의 말에 박사는 카누를 타고 일주일쯤 하르마탄 바위에 다녀올 거라고 말했다.

그러자 코코 왕이 말했다. "음. 거기 가고 싶으시면, 내 오랜 친구 니암니암 추장을 찾아가 보시오. 그곳 땅, 그리고 하르마탄 바위도 모두 그가 가지고 있소. 추장과 그의 백성들은 아주아주 가난합니다. 하지만 정직한 사람들이라오… 나는 당신이 추장을 맘에 들 것이라고 생각합니다."

박사가 말했다. "알겠습니다. 그분을 찾아 뵙고 폐하의 칭찬도 전하겠습니다."

다음 날, 빠르미와 치프사이드, 지프에게 우체국 일을 맡기고 대브대브와 함께 카누를 타고 휴가를 떠났다. 중간에 박사는 진

박사는 닭들을 보고 늙고 지친 몸으로 마차를 끌던 말의 모습이 생각났다.

주잡이 잭 윌킨스의 범선이 판티포 부두 입구에 닻을 내리는 모습을 보았다.

그날 저녁, 박사는 초가집들이 있는 니암니암 추장의 작은 마을에 도착했다. 코코 왕의 소개장을 들고 간 덕분에 박사는 친절한 대접을 받았다. 하지만 니암니암 추장이 다스리는 마을은 역시나 아주 가난했다. 지난 몇 년 동안 이 나라의 양쪽에 있는 큰 나라들이 늙은 추장에게 전쟁을 걸어, 마을의 농토를 빼앗은 탓에 먹을 것을 거의 재배할 수 없는 바위투성이의 좁고 긴 바닷가에 모여 살고 있었다. 모이를 쪼며 거리를 돌아다니는 닭들이 비썩 마른 것을 보고 박사는 마음이 아려 왔다. 늙고 지친 몸으로 마차를 끌던 말의 모습이 생각난 것이다.

추장(친절해 보이는 노인이었다.)과 이야기를 나누고 있을 때, 빠르미가 몹시 흥분해 오두막 안으로 날아 들어왔다.

빠르미가 소리쳤다. "박사님, 우편물을 도둑맞았습니다. 개똥지빠귀가 우체국으로 돌아왔는데, 도중에 소포를 잃어버렸답니다. 진주가 사라졌답니다!"

2장

우편물 도난 사건

박사가 깜짝 놀라 일어서며 소리쳤다. “맙소사! 소포가 사라졌다고? 등기로 보낸 건데 말이니?”

빠르미가 말했다. “네, 여기 개똥지빠귀도 왔습니다. 어떻게 된 일인지 적접 말씀드릴 겁니다.”

빠르미는 문밖으로 나가 등기 소포 배달을 맡았던 개똥지빠귀를 안으로 데리고 들어왔다.

개똥지빠귀가 속상해 숨도 제대로 쉬지 못하며 말했다. “박사님, 제 잘못이 아닙니다. 전 소포에서 한시도 눈을 떼지 않았어요. 하르마탄 바위를 향해 곧장 날아갔다고요. 하지만 지름길로 가려면 육지 위를 날아가야 해요. 도중에 아래쪽 정글에서 오랫동안 보지 못했던 여동생이 나무에 앉아 있는 게 눈에 띄었어요. 동생이랑 잠깐 이야기하는 정도는 별 문제 없을 거라고 생각했죠. 그래서 아래로 내려가니, 동생이 정말 반가워했어요. 그런데 소포끈을 입에 물고는 제대로 말을 할 수 없어서, 제 뒤쪽 나뭇가지 위에 소포를 내려놓았어요. 바로 근처예요. 그 정도는 이해해 주시겠죠? 그런데 동생이랑 이야기를 한 후 다시 집으려고 고개를 돌려보니 사라지고 없었어요."

박사가 말했다. "나무에서 미끄러져 덤불 속에 떨어졌을 수도 있겠군."

개똥지빠귀가 말했다. "그럴 리 없어요. 나뭇가지에 난 작은 구멍 안에다 넣어 두었거든요. 미끄러지거나 떨어졌을 리 없어요.누군가가 가져간 게 틀림없어요."

둘리틀 박사가 말했다. "음, 우편물 도난이라… 이건 심각한 문제인데. 도대체 누가 그런 짓을 했을까?"

대브대브가 속삭이듯 말했다. "잭 윌킨스가 틀림없어요. 사팔뜨기 진주잡이 말이에요. 그 사람 얼굴을 보면 뭐든 다 훔칠 것처럼생겼잖아요. 그 사람밖에 없어요. 우리랑 빠르미 말고는 그 소포가 진주라는 걸 아무도 모르잖아요. 윌킨스 그자 짓이 분명해요."

박사가 말했다. "그럴까? 사람들 말로는 잭은 파렴치한 자라고 하던데… 아무튼 지금 즉시 판티포로 돌아가서 잭을 찾아보는 거 말고는 방법이 없을 것 같군. 등기 우편물 분실은 우체국에 책임이 있거든. 만약 잭이 훔친 거라면, 되찾아야 해. 그리고 앞으로

“나뭇가지 위에 소포를 내려놓았어요.”

등기 우편을 담당하는 집배원은 업무 중에는 형제건 누구건 아는 사람을 만나더라도 이야기를 나누지 못한다는 규칙도 만들어야겠어."

이미 늦은 시간이었지만, 박사는 서둘러 니암니암 추장에게 작별인사를 하고 달빛에 의지해 판티포 항을 향해 떠났다.

그 사이 빠르미와 개똥지빠귀는 지름길을 택해 우체국으로 돌아갔다.

"박사님은 윌킨스한테는 뭐라고 할 생각이세요?" 달빛을 받으며 바다를 미끄러져 가는 카누 안에서 대브대브가 물었다. "안타깝지만, 박사님한테는 총 같은 무기가 없잖아요, 그자를 상대하기 힘들 거예요. 윌킨스는 앞뒤 가리지 않는 사람이니까 싸우지 않고는 진주를 포기를 하지 않을 거예요."

박사가 말했다. "나도 그자에게 뭐라고 말해야 좋을지 모르겠다. 일단 가서 만나 봐야겠다. 하지만 들키지 않고 배에 접근해야 해. 닻을 올리고 도망가 버리면 이 카누로는 절대 따라잡을 수 없으니까."

대브대브가 말했다. "박사님, 제가 먼저 가서 정탐하고 알려 드려도 될까요? 뭔가 알아내면 갔다 와서 알려 줄 게요. 윌킨스는 지금 배 안에 없을지도 몰라요. 없다면 다른 곳을 찾아봐야 할 거구요."

박사가 말했다. "알았다. 그렇게 하자. 이 배 속도로는 판티포까지 네 시간은 더 도착할테니까."

그래서 대브대브는 바다 위로 날아갔고, 둘리틀 박사는 용감하게 노를 저어 앞으로 나아갔다.

한 시간쯤 후, 머리 위 높은 하늘에서 부드러운 날갯짓 소리가 들리며, 박사의 충실한 살림꾼 대브대브가 돌아왔다. 이어서 깃털을 흔드는 소리를 내며 대브대브가 박사의 발치에 내려앉았다. 표정을 보니 뭔가 엄청난 소식을 가져왔다는 것 같아 보였다.

대브대브가 말했다. "박사님, 아직 배에 있어요… 그자가 훔친 게 맞아요. 창문으로 들여다봤더니, 촛불 아래서 진주를 세며 작은 상자에서 다른 상자로 옮기고 있는게 보였어요."

"악당 녀석! 놈이 도망가기 전에 우리가 먼저 판티포에 도착해야 하는데…" 박사가 온힘을 다해 속도를 높이면서 화난 목소리로 말했다.

찾으려는 배는 아직 보이지도 않는데, 날이 밝기 시작했다. 이제 들키지 않고 범선에 접근하는 일은 몹시 어려워졌다. 그래서 박사는 '사람 것이 아닌 섬'을 한 바퀴 돌아서 갔는데, 그렇게 하면 탁 트인 바다를 가로지르지 않고 반대쪽에서 배에 다가갈 수 있기 때문이었다.

박사는 천천히, 천천히 노를 저어 가까스로 범선의 뱃머리 아래쪽에 카누를 붙일 수 있었다. 그는 물살에 떠내려가지 않게 카누를 묶어 둔 다음 닻줄을 잡고 올라가 무릎으로 기어 범선으로 숨어들었다.

아직 날이 완전히 밝아지지는 않았지만, 다행히도 선실로 이어진 계단에 램프 하나가 희미하게 빛나고 있었다. 박사는 발끝을 들고 마치 그림자처럼 계단을 내려가 절반쯤 열려 있던 문틈을 통해 안을 들여다보았다.

사팔뜨기 어부 윌킨스는 대브대브의 말대로 책상 앞에 앉아 아직도 진주를 세고 있었다. 그리고 또 다른 두 남자가 선실 옆 침대에서 잠을 자고 있었다. 박사는 문을 와락 열어젖히며 안으로 뛰어들어 갔다. 그러자 윌킨스가 자리에서 벌떡 일어나 허리춤에서 총을 빼어 들고 박사의 머리에 겨누었다.

"꼼짝 마, 움직이면 죽여 버리겠어!" 윌킨스가 소리쳤다.

깜짝 놀란 박사는 총구를 바라보며 이제 어떻게 해야 할지를 궁리했다. 윌킨스는 박사에게서 눈을 한시도 떼지 않고, 진주가 든 상자의 뚜껑을 왼손으로 닫아 주머니에 넣었다.

대브대브는 그 사이에 아무한테도 들키지 않고 탁자 아래에 숨었다. 그리고 단단한 부리로 윌킨스의 다리를 있는 힘껏 물었다.

윌킨스는 신음 소리를 내며 허리를 굽혀 대브대브를 때리려 했다.

대브대브가 소리쳤다. "지금이에요. 박사님!"

총구가 아래로 처지는 순간, 박사는 그자의 등 뒤로 덤벼들어 목을 잡았고, 요란한 소리와 함께 두 사람은 선실 바닥에 뒹굴었다.

격렬한 싸움이 시작되었다. 사방의 물건들이 쓰러뜨리며 두 사람은 선실 바닥을 뒹굴고 또 뒹굴었다. 윌킨스는 총을 든 손을 빼내려고 몸부림쳤고, 박사는 그걸 막기 위해 온힘을 다했고, 그 사이 대브대브도 이리저리 뛰어다니며 기회가 생길 때마다 윌킨스

윌킨스는 박사의 머리에 총을 겨누었다.

의 코를 물었다.

몸집은 작아도 레슬링 선수처럼 힘이 센 박사는 결국 진주잡이 어부를 꼼짝 못하게 제압했다. 하지만 박사가 적의 손에서 총을 빼앗으려는 바로 그 순간, 두 사람이 싸우는 소리에 무리 중의 한 명이 잠에서 깼다. 그는 박사 뒤쪽의 침상에서 몸을 내밀어 병으로 박사의 머리를 힘껏 후려쳤다. 박사는 의식을 잃고 기절하며 쿵 하고 바닥에 큰 대자로 뻗었다.

그러자 세 남자가 달려들어 박사를 순식간에 밧줄로 양팔과 다리를 묶었고, 그것으로 싸움도 끝이 났다.

깨어나 보니 박사는 카누 안에 누워 있었고, 대브대브는 박사의 손과 발에 묶인 끈을 풀려고 애쓰고 있었다.

"윌킨스는 어디 있니?" 박사가 멍한 표정으로 대브대브에게 물었다.

대브대브가 말했다. "가 버렸어요. 진주를 갖고. 악당놈들! 박사님을 카누에 던지더니 닻을 올리고 돛을 편 다음 도망쳤어요. 허둥지둥 도망치면서 망원경으로 바다를 살피며 밀수감시선 얘기만 했어요. 나쁜 짓을 하도 많이 해서 정부가 수배에 나선 것 같아요. 이렇게 난폭한 놈들은 내 평생 처음 봐요. 이제 손목에 묶은 끈은 다 풀었어요. 나머지는 박사님이 푸세요. 아직도 머리가 아픈가요?"

"응, 조금 어지럽구나. 하지만 곧 나아질게다." 박사가 발목에 묶인 끈을 마저 풀면서 말했다.

잠시 후, 박사는 발에 묶인 끈도 마저 푼 다음 일어서서 바다를 보았다. 하지만 저 멀리 동쪽 수평선 위로 사라지는 범선의 돛만 간신히 보였다.

"나쁜 자식들!" 박사가 이를 악물고 혼잣말을 했다.

3장

진주와 양배추

무척 실망한 박사와 대브대브는 돌아가기 위해 노를 젓기 시작했다.

둘리틀 박사가 말했다. "니암니암 추장에게 돌아가기 전에 우체국에 들러야겠다. 소포에 관해서는 내가 더 할 수 있는 일이 없는 것 같구나. 아무튼 우체국이 제대로 돌아가고 있는지 살펴봐야겠어."

대브대브가 말했다. "지금쯤 윌킨스를 잡았을 수도 있어요. 관리들이요. 그러면 소포도 돌려 받을 수 있을 거예요."

박사가 말했다. "내 생각에 그럴 가능성은 별로 없어 보이는구나. 그자는 진주를 손에 넣자마자 바로 팔았을 거야. 그자가 원하는 게 그거잖아. 돈 받고 파는 것. 저어새들은 그저 그 진주가 얼마나 예쁜지 보려 했을 뿐인데 말이다. 저어새들의 진주를 분실한 건 정말 부끄러운 일이야… 내 책임이기도 하고. 흠, 이미 엎지른 우유를 놓고 울어 봐야 소용 없지. 진주는 이미 사라진 거고.그게 다야."

수상 우체국에 가까이 가자, 주위에 카누들이 떼로 모여 있는 게 보였다. 오늘은 나가는 우편도 들어오는 우편도 없는 날이라 박사는 무슨 일이 또 생긴 건지 걱정이 되었다.

박사는 카누를 묶어 두고 우체국 안으로 들어갔다. 안에는 사람들이 모여 있었다. 박사가 대브대브와 함께 인파를 헤치고 등기 우편 취급대로 가자 작고 검은 다람쥐 한 마리 주위에 동물들이 죄다 모여 있는 게 보였다. 우체국에서 쓰는 빨간 테이프로 다리가 묶인 그 다람쥐는 겁에 질린 채 불쌍한 모습을 하고 있었다. 그리고 빠르미와 치프사이드가 양옆에 서서 지키고 있었다.

"이게 대체 무슨 일이니?" 박사가 물었다.

빠르미가 말했다. "박사님, 우리가 진주 도둑을 잡았습니다."

투투도 큰 소리로 말했다. "진주도 되찾았어요. 진주는 우표 서랍에 두었고, 지프가 지키고 있어요."

박사가 말했다. "이해가 안 되는걸, 나는 윌킨스가 훔친 줄 알았는데."

"박사님, 그건 다른 데서 훔친 진주인가 봐요. 지프가 지키고 있다는 진주를 꺼내 보세요." 대브대브가 말했다.

서랍을 열어 보니, 그 안에 박사가 등기 우편으로 보낸 진주 세

개가 들어 있었다.

"이걸 어떻게 찾았지?" 박사가 빠르미를 돌아보며 물었다.

빠르미가 말했다. "박사님이 카누를 타고 떠나신 후, 저랑 개똥지빠귀가 여기로 돌아오다가 개똥지빠귀가 진주를 분실했다고 한 그 나무에 가 보았습니다. 그런데 너무 껌껌해서 아침에 다시 찾아보려고 나무에 앉아 밤을 새웠습니다. 날이 새자 여기 있는 이 못된 다람쥐가 분홍색 진주를 하나 입에 물고 나뭇가지들 사이로 돌아다니는 걸 봤습니다. 제가 달려들어 녀석을 잡고, 개똥지빠귀가 진주를 빼앗았고요. 그리고 나머지 진주 두 개를 어디에 감췄는지 말하게 했습니다. 세 개 모두 되찾은 다음 이 다람쥐를 체포해서 여기 데리고 왔습니다."

"저런!" 박사는 빨간 테이프에 꽁꽁 묶여 있는 불쌍한 범인을 보면서 물었다. "진주는 왜 훔친 거지?"

다람쥐는 너무 놀라 아무 말도 하지 못했다. 박사는 다람쥐의 몸에 감긴 테이프를 가위로 잘라 주었다.

박사가 다시 물었다. "왜 그런 짓을 한 거니?"

다람쥐가 희미한 목소리로 대답했다. "양배추인 줄 알았어요. 몇 주 전에 저랑 제 아내가 나무에 앉아 있을 때, 갑자기 서쪽에서 양배추 냄새가 아주 진하게 났어요. 우리는 채소를 좋아하기 때문에 냄새가 나는 곳을 찾아보았어요. 그러다 위를 쳐다보니까 개똥지빠귀 수천 마리가 입에 양배추를 물고 날아가는 모습이 보였어요. 우리는 걔들이 내려오면 조금 얻어먹을 수 있을 줄 알

"'쉿!' 저는 아내에게 속삭였어요."

았어요, 하지만 그냥 가 버렸어요. 우린 며칠 내로 다른 개똥지빠귀들이 또 올 거라 생각했어요. 근처 나무 위에서 기다리기로 했어요. 우리 예상대로 오늘 아침에 개똥지빠귀 한 마리가 소포를 물고 나무 위에 내려앉는 게 보였고요. 난 아내에게 속삭였어요. '쉿! 양배추를 또 가지고 온 거야. 한눈 파는 사이에 소포를 슬쩍하자.' 나는 소포를 슬쩍했어요. 그런데 열어 보니까 하지만 겉만 번드르하고 쓰잘데 없는 것들만 있었죠. 어쩌면 새로 나온 사탕일지도 모른다는 생각이 들어 그걸 부술 돌멩이를 찾아 돌아다니다가 이 새가 제 목을 붙잡고 여기로 데려 온 거예요. 이런 고약한 진주를 원했던 게 아니라구요."

박사가 말했다. "그랬구나. 고생시켰다니 미안하다. 대브대브한테 집까지 데려다주라고 하마. 하지만 너도 알겠지만, 등기 우편을 훔치는 건 심각한 일이야. 양배추가 먹고 싶으면 나한테 편지했어야 했어. 아무튼 새들이 널 붙잡아 온 걸 탓하면 안 돼."

치프사이드가 끼어들었다. "훔친 과일이 제일 맛있다는 말도 있는 걸요. 박사님이 온실에서 재배한 포도 1톤을 준다고 해도 이 다람쥐는 훔친 과일 반만큼의 맛도 없다고 생각할걸요. 내가 박사님이라면 이 녀석에게 2년 정도는 중노동을 시키겠어요. 우편물에 손대면 안 된다는 걸 분명히 배워야 하니까요."

박사가 말했다. "흠, 신경쓰지 마. 이 일은 이제 잊기로 하자. 이건 그저 어린아이의 장난 같은 거니까."

치프사이드가 투덜댔다. "어린아이 장난이라고요? 대가족의 가장인걸요… 이 녀석은 천성이 소매치기꾼이에요. 난 공원에서 많이 봤어요. 새치름하게 돌아다는 이 녀석들을, 사람들은 그걸 '귀엽다'고 하죠. 세상에서 가장 뻔뻔한 녀석들이었어요. 바로 코 앞에서 순식간에 빵부스러기를 훔쳐서 구멍 속으로 도망간다니까요. 어린아이가 한눈판 거라나!"

대브대브가 이 가엾은 범인을 커다란 물갈퀴가 달린 발로 들어 올리며 말했다. "이리 와, 내가 집으로 데려다줄게. 하지만 이 우체국을 맡고 계신 분이 박사님이란 걸 정말 행운으로 알라구. 원래대로라면 넌 철창행이었어."

"음, 서둘러 갔다 와라. 준비되는 대로 니암니암 추장 나라에 가 봐야 하니까." 박사가 대브대브의 등 뒤에 대고 말했다. 대브대브는 무거운 짐을 들고 날개를 퍼덕이며 창문을 통해 바다 위로 날아갔다.

박사가 빠르미에게 말했다. "이번에는 내가 저어새에게 직접 전해 줘야겠다. 또다시 문제가 되면 안 되니까."

정오 무렵 박사는 다시 카누를 타고 두 번째 휴가를 떠났다. 거브거브, 지프, 흰쥐도 함께 가겠다고 사정하는 바람에 카누가 가득 찼다.

저녁 6시쯤 그들이 니암니암 추장의 마을에 도착하자, 추장은 손님들을 위해 식사를 준비했다. 하지만 먹을 것이 별로 없었다. 박사는 이들이 얼마나 가난한지 다시 한번 느꼈다.

박사는 늙은 추장과 이야기를 하다가, 이 나라의 가장 나쁜 적

아마존 부족의 완패

이 다호메이 왕국이라는 걸 알게 됐다. 힘 있고 거대한 다호메이 왕국은 니암니암 추장을 공격해 땅을 빼앗는 바람에 때문에 이 늙은 추장의 백성들은 갈수록 가난해졌다. 다호메이의 병사들은 아마존들이었다. 그것은 병사들이 모두 여자들이었다는 말이다. 여자들이기는 했지만 덩치도 크고 힘도 센 데다 숫자도 무시무시하게 많았다. 그래서 이들은 이웃의 작은 나라로 쳐들어가서 원하는 것을 마음껏 빼앗을 수 있었다.

마침 박사가 추장 집에 머물던 그 날 밤에도 아마존들이 쳐들어왔다. 밤 10시 무렵, 잠들어 있던 사람들이 고함소리에 모두 깨어났다. "전쟁이다! 전쟁이야! 아마존이 왔다!"

곧이어 끔찍한 혼란이 발생했다. 달이 떠오를 때까지 어둠 속에서 누가 아군인지 적군인지도 모른 채 치고 쓰러뜨리는 싸움이 계속되었다.

마침내 앞을 볼 수 있게 되었을 때, 박사는 니암니암 추장의 백성들이 대부분 밀림 속으로 도망쳤다는 것을 알게 되었다. 그리고 수천 명의 아마존들이 마을을 돌아다니며 자기들이 원하는 물건을 약탈하고 있었다. 박사가 아마존들을 설득해 보았지만, 그들은 박사를 비웃기만 했다.

그러자 박사의 어깨 위에서 이 소동을 지켜보던 흰쥐가 박사의 귀에 속삭였다.

"박사님, 아마존이 여자들로만 된 부대라면 물리칠 방법이 있어요. 박사님도 아시겠지만. 여자들은 쥐를 끔찍하게 무서워하잖아요. 제가 마을의 쥐들을 조금 불러와 뭔가 해 볼게요."

흰쥐는 밖으로 가서 200마리쯤 되는 쥐 부대를 이끌고 왔는데, 녀석들은 오두막집의 짚벽이나 바닥에 살던 쥐들이었다. 쥐들이 아마존 부족을 기습해 다리를 깨물기 시작했다.

그러자 살찐 여전사들은 기겁해 비명을 지르며 훔친 것들을 내팽개치고 허둥지둥 자기들 땅으로 도망갔다. 이 유명한 다호메이의 아마존 전사들이 이렇게 허둥지둥 도망친 것은 전대미문의 일이었다.

박사는 흰쥐에게 자랑스러워 해도 된다고 말해주었다. 전투를 승리로 이끈 쥐는 역사상 네가 유일하다고 하면서.

4장

진주 캐기

다음 날 아침 일찍 잠에서 깬 박사는 아침 식사를 간단히 마친 후 (사실 이 가난한 마을에서는 식사를 간단히 할 수밖에 없었다.) 니암니암 추장에게 하르마탄 바위로 가는 길을 물어보았다. 추장은 카누를 타고 바다로 한 시간 반쯤 가면 된다고 알려 주었다.

박사가 바닷새에게 안내를 부탁하는 것이 좋겠다고 말하자, 대브대브가 나가서 할 일 없이 바닷가를 어슬렁거리던 도요새 한 마리를 데리고 왔다. 도요새는 자기가 하르마탄 바위를 가장 잘 아는 새라며, 박사를 모시고 가게 되어 영광이라고 말했다. 박사는 지프, 대브대브, 거브거브, 흰쥐와 함께 카누를 타고 하르마탄 바위로 출발했다.

상쾌한 아침이라 모두들 즐거운 마음으로 여행을 했다. 하지만 거브거브 때문에 배가 뒤집힐 뻔한 일도 몇 번 있었다. 거브거브가 물 위에 떠내려오는 해초를 보고 그것을 잡겠다며 몇 번이나 배 밖으로 몸을 내민 것이다. 결국 무사히 가기 위해 거브거브를 아무것도 보이지 않는 카누 바닥에 눕혀 놓아야 했다.

11시 무렵, 작은 바위투성이 섬들이 보이자 안내를 맡은 도요새가 그곳이 하르마탄 바위라고 했다. 바로 아프리카 대륙이 뒤쪽 수평선 뒤로 사라져 보이지 않게 되었다. 일행이 도착한 섬에는 수천 종의 바닷새들이 살고 있는 게 보였다. 카누가 가까이 접근하자 갈매기, 부비새, 앨버트로스, 가마우지, 바다쇠오리, 바다제비, 청둥오리 같은 바닷새들이 낯선 이방인에 대한 호기심에 가득 차 날아들었다. 저어새가 이 키 작고 뚱뚱한 사람이 바로 그 유명한 의사 둘리틀 선생이라고 알려 주자 바닷새들은 이 말을 바위섬들에 전했다. 잠시 후 카누 주변의 하늘은 태양빛을 받아 빛나는 새들의 날개로 뒤덮였다. 박사를 진심으로 환영하는 바닷새들의 소리가 어찌나 큰지 만약 여러분이 그곳에 있었다면 자기 소리도 제대로 들리지 않았을 것이다.

바닷새들이 왜 이곳을 집으로 삼았는지는 쉽게 알 수 있었다. 해변은 반쯤 물에 잠긴 바위들로 둘러싸여 보호를 받고 있었고, 파도는 바위에 우레와 같은 소리를 내며 부딪혀 무시무시하게 갈라졌다. 덕분에 배들이 이곳으로 와 바닷새들을 괴롭힐 일은 거의 없어 보였다. 실제로 얕은 물에서도 충분히 갈 수 있을 만큼 가벼운 카누를 탄 박사조차 그곳에 상륙하기 어려울 정도였다. 하

"여기 정말 대단한데요."

지만 박사를 반갑게 맞이한 바닷새들은 가장 큰 섬의 뒤쪽 주변으로 조심스럽게 안내했는데 그곳은 수심이 깊은 만처럼 되어 있어 마치 장난감 항구 같았다.

박사는 이 섬이 어떻게 아직도 니암니암 추장의 땅으로 남아 있는지 알게 되었다. 이웃의 그 어떤 나라도 빼앗을 생각을 할 만한 곳이 아니었다. 접근하기 힘들 뿐만 아니라 곡식을 재배할 만한 땅도 거의 없고 게다가 평평해서 온갖 바람에 노출되어 있었고, 척박하고 외져서 추장의 적 중 어느 누구도 탐낼 만한 곳이 아니었다. 덕분에 이토록 오랫동안 니암니암 추장과 그 마을 사람들의 땅으로 남아 있었던 것이다. 물론 니암니암 추장과 마을 사람들도 여기까지는 거의 오지 않았지만 말이다. 하지만 하르마탄 바위는 이 부족이 지금까지 빼앗긴 그 어떤 땅보다 귀한 땅으로 밝혀지게 된다.

"여기 정말 대단한데요. 파도랑 바위 말고는 아무것도 없어요. 박사님 대체 여기는 왜 오신 거예요?" 일행이 카누에서 내리자 거브거브가 물었다.

박사가 말했다. "여기서 잠시 조개를 잡을 생각이야. 하지만 우선 저어새에게 이 등기 우편을 전해 주어야 해. 대브대브, 저어새 좀 찾아 데리고 올래? 바닷새들이 너무 많아 어떻게 찾아야 할지 모르겠어."

대브대브가 말했다. "알겠어요. 하지만 시간이 걸릴 수도 있어요. 섬도 많고, 저어새도 너무 많아요. 누가 박사님께 진주를 보낸 건지 하나하나 물어봐야 하니까요."

대브대브는 저어새를 찾으러 갔다. 그 사이에 박사는 바닷새 대장들과 이야기를 나눴다. 그 대장들은 지난번 '사람 것이 아닌 섬' 회의 때 박사와 만난 적이 있는 새들이었다. 대장들은 이 훌륭한 분과 개인적으로 알고 지내는 사이라는 걸 동료 새들에게 자랑하기 위해 줄지어 박사를 찾아왔다. 박사는 바닷새들이 말해 주는 것 중에 우편 배달과 관련된 새로운 제안들을 공책에 받아 적었다.

박사의 뒤를 졸졸 따라다니던 새들도 그다지 박사의 도착이 더 이상 새로울 것이 없어 보이자 각자 자신들의 일상으로 돌아갔다. 대브대브가 돌아와 그 저어새가 좀 더 작은 바위섬에 살고 있다고 말해 주자 박사는 다시 카누를 타고 대브대브가 알려 준 바위로 노를 저어 갔다.

저어새는 섬의 해변에서 박사를 기다리고 있었다. 그 새는 직접 마중을 나오지 못해 죄송하지만, 주변에 바다독수리가 있을 때는 걱정이 되어 새끼들을 혼자 두고 나갈 수 없으니 이해해 달라고 했다. 저어새는 작고 기름기가 많은 새끼 두 마리를 데리고 있었는데, 걸을 수는 있지만 아직 날지는 못했다. 박사는 소포를 풀어서 귀한 장난감을 새끼들에게 돌려주었다. 새끼들은 소리를 꽥꽥 지르며 평평한 바위 위에서 커다란 진주들을 놀기 시작했다.

박사는 자랑스러운 얼굴로 새끼들을 바라보고 있던 어미 저어새에게 말했다.

"아이들이 정말 귀엽군. 아이들에게 무사히 장난감을 돌려줄

새끼들은 어미와 함께 있었다.

수 있게 되어 기뻐. 어떻게든 돌려주고 싶었거든."

저어새가 말했다. "예. 우리 아이들이 이 돌들에 푹 빠져 있어요. 그건 그렇고, 이 돌맹이가 뭔지 말씀해 주실 수 있나요? 편지에 쓴 그대로 이것들은 굴에서 발견했어요."

박사가 말했다. "이건 진주라는 거다. 그것도 엄청나게 비싼. 도시에 사는 여인네들은 이걸 목에 걸고 다니지."

저어새가 말했다. "정말요? 그런데 농촌 여인들이 왜 이걸 걸고 다니지 않는 건가요?"

박사가 말했다. "그건 나도 잘 모르겠다만,… 아마 너무 비싸서 그런게 아닐까… 이 정도 진주라면 한 개만 있어도 정원 딸린 집을 살 수 있거든."

저어새가 물었다. "그렇다면, 이것들을 가져가시겠어요? 아이들한테는 다른 장난감을 구해 주면 되니 신경쓰지 마시고요."

"아니야. 고맙기는 하지만 나는 집도 있고 정원도 있어." 박사가 말했다.

대브대브가 끼어들었다. "맞아요. 박사님, 하지만 진주가 있으면 그 돈으로 집을 한 채 더 살 수 있다는 생각은 안 드시나요?. 아니, 뭔가 다른 일에 유용하게 쓸 수도 있잖아요."

박사가 말했다. "저어새 아이들이 진주를 갖고 싶어해. 내가 어떻게 그걸 뺏을 수 있겠니?"

대브대브가 코를 씰룩거리며 말했다. "분홍색 진흙으로 공처럼 만들어 주면 아이들에게는 그게 그거일 거예요."

박사가 말했다. "진흙은 독해. 이 아이들도 이 진주가 얼마나 예쁜지 안다고. 그러니 아이들이 가지게 하자." 박사가 저어새 어미에게 물었다. "그런데… 혹시 진주가 있는 곳을 알려 줄 수 있니?"

어미 저어새가 말했다. "저는 몰라요. 이 진주가 어떻게 내가 먹은 굴 안에서 나왔는지도 모르겠는 걸요."

박사가 말했다. "진주는 굴 안에서 만들어져. 전부 다 그래….하지만 아주 드물어. 내가 가장 궁금한 것도 바로 그 점이야. 그러니까 진주가 어떻게 생기는가 하는 거. 굴 껍데기 안에 모래 알갱이가 우연히 들어가면 그 주위에 진주가 만들어진다고는 하는데, 확실한 건 몰라. 너희들은 굴을 먹고 사니까 뭔가 알고 있지 않을까 했는데…"

저어새가 말했다. "전 아무것도 몰라요, 사실대로 말하자면 다른 새가 바위 위에 산더미처럼 남겨두고 간 굴 가운데서 구한 거예요. 제 생각에는 그 새는 배를 채우고 나서 그냥 돌아간 것 같아요. 거기로 가서 몇 개 더 깨 보기로 해요. 어쩌면 그것들 안에 진주가 있을 수도 있잖아요."

그래서 그 작은 섬 반대쪽으로 가서 굴을 깨 보았다. 하지만 진주는 단 한 개도 나오지 않았다.

"이 근처에 굴이 있는 곳이 어디니?" 박사가 물었다.

"이 섬하고 저 섬 사이에요. 저는 깊은 데까지 들어갈 수 없어서 굴을 직접 잡지는 못해요. 하지만 다른 바닷새들이 거기서 굴을 잡는 건 보았어요…. 이 섬하고 저기 작은 섬 중간쯤에서요." 저어

거브거브가 진주를 캐러 물속으로 뛰어들었다.

새가 대답했다.

대브대브가 말했다. "박사님, 제가 애랑 다녀올게요. 제가 한번 들어가서 굴을 잡아 볼게요. 저도 깊숙이 잠수하지는 못하지만, 그렇다고 아주 잠수를 못하는 것도 아니니까요. 박사님께 굴 몇 개 정도는 잡아 드릴 수 있을 거예요."

대브대브는 저어새와 함께 가서 굴을 잡기 시작했다.

이 충직한 살림꾼은 한 시간 반 정도 계속해서 굴을 잡아 섬에 있는 박사에게 가져다 주었다. 박사와 동물들은 아주 재미있어 하면서 굴을 깠다. 어디서 진주가 어디서 나올지 전혀 알 수 없었기 때문이었다. 하지만 껍데기들 안에서는 진주가 단 한 개도 나오지 않았다. 그저 굴이 큰가 작은가의 차이만 있을 뿐이었다.

박사가 말했다. "물이 아주 깊지 않으면 나도 한번 해 보고 싶은데… 어렸을 때 수영장 바닥에서 동전 찾는 걸 아주 잘했거든."

박사는 옷을 벗고 동물들과 함께 굴이 있는 곳까지 카누를 저어갔다. 맑고 푸른 물속으로 박사가 뛰어들자 지프와 거브거브는 흥미진진하게 지켜보았다.

하지만 물개처럼 물을 내뿜으며 물 밖으로 나온 박사의 손에는 단 하나의 굴도 들려 있지 않았다. 가지고 나온 것이라고는 해초뿐이었다.

지프가 말했다. "이번에는 내가 해 볼게요." 또 진주잡이 어부가 카누에서 물속으로 뛰어들었다.

그때 누가 말릴 틈도 없이 거브거브도 뛰어들었다. 하지만 거브거브는 너무 급하게 뛰어드는 바람에 바닥 진흙탕에 코를 부딪히고 말았고 덕분에 박사는 숨 돌릴 틈도 없이 다시 물속으로 들어가 거브거브를 구해야만 했다. 그때는 모두들 흥분해 있었기 때문에 만약 거브거브가 사고를 당하지 않았다면 흰쥐마저도 물속으로 뛰어들었을지 몰랐다.

지프는 간신히 굴 몇 개를 가지고 나왔지만, 그것들 안에도 진주는 없었다.

박사가 말했다. "우린 정말 형편없는 어부인 것 같군. 물론 이곳에 진주가 더 이상 없을 수도 있는 거지만."

대브대브가 말했다. "아니에요. 아직 포기하기는 일러요. 여기에는 진주가 분명히 많을 거예요…. 굴이 살 만한 바닥이 엄청 넓어요. 제가 바닷새들 있는 데 가서, 저어새가 발견한 진주들을 누가 잡아다 둔 건지 알아볼게요. 굴을 산더미처럼 잡아다 쌓아 둔 새는 분명 굴잡이 선수일 거예요."

박사가 옷을 입고, 거브거브가 귀에 들어간 진흙을 털어내는 동안, 대브대브는 섬 여기저기를 탐문하며 돌아다녔다.

20분쯤 후, 대브대브가 머리에는 술이 달리고 모양은 오리 비슷하게 생긴 검은 새 한 마리를 데리고 돌아왔다.

대브대브가 말했다. "박사님, 이 가마우지가 그 굴들을 잡았대요."

박사가 말했다. "그래? 그럼 이제 뭔가를 알 수도 있겠구나. 진주를 어떻게 구했는지 나한테 말해 줄 수 있니?"

가마우지가 말했다. "진주요? 그게 무슨 말씀이세요?"

가마우지에게 보여 주기 위해 대브대브가 저어새의 아이들한테 가서 장난감을 빌려 왔다.

가마우지가 말했다 ."아, 이거요? 이건 상한 굴에서 나왔어요. 나는 그런 굴은 절대로 잡지 않아요, 가끔 우연히 잡을 때도 있기는 하지만요… 하지만 그런 걸 굳이 힘들여서 까는 일은 없어요."

박사가 물었다. "그럼 그런 굴이랑 다른 굴은 어떻게 구별하니?"

가마우지가 말했다. "냄새를 맡으면 돼죠. 이런 게 안에 들어 있는 굴은 냄새가 신선하지 않아요. 굴에 대해서는 제가 아주 많이 까다롭거든요."

"그 말은 넌 진주가 있는 굴과 없는 굴을 물속에서 구별해 낼 수 있다는 거니…. 냄새만 맡고도?"

"물론이죠, 가마우지라면 다 알 수 있어요."

대브대브가 말했다. "됐어요, 박사님. 방법을 찾았어요. 박사님은 원하시는 만큼 진주를 얻을 수 있어요."

박사가 말했다. "하지만 굴들이 사는 이 해역은 내 것이 아니야."

대브대브가 한숨을 내쉬었다. "후우, 맙소사. 부자가 될 수 있다는데도 이렇게 토를 다는 사람을 보신 적 있으세요? 그럼 도대체 누구 거예요?"

"그거야 당연히 니암니암 추장하고 부족 사람들 거지. 이 하르마탄의 소유자는 추장 소유야." 박사는 이렇게 대답하고 가마우지 쪽으로 고개를 돌려 물었다. "이런 종류의 굴을 몇 마리 잡아다 줄 수 있겠니?"

"영광으로 알고 기꺼이 해 드릴게요." 가마우지가 말했다.

그러더니 굴이 사는 곳까지 날아가 돌맹이처럼 힘차게 바닷물 속으로 뛰어들었다. 그리고 채 일분도 되지 않아 굴 세 마리를 잡아 되돌아 왔다. 두 마리는 발에 한 마리는 입에… 박사가 굴을 까는 동안, 동물들은 주위에 모여 숨을 죽이고 있었다. 첫 번째 굴에서는 작은 회색 진주가, 두 번째 굴에서는 중간 크기의 분홍색 진주가, 그리고 마지막 굴에서는 엄청나게 큰 검은 진주가 나왔다.

"우와, 정말 예뻐요." 거브거브가 속삭였다.

"돼지 목에 진주라더니, 킥킥!" 흰쥐가 키득키득 거리며 말했다.

거브거브가 코를 벌름거리며 흰쥐를 노려보았다. "교양머리하고는! 숙녀에게는 신사, 돼지에게는 진주라고!"

5장

오봄보의 반역

그날 저녁, 박사는 니암니암 추장의 마을로 돌아갔다. 박사는 대브대브와 자신의 동물들뿐만 아니라 가마우지도 데리고 갔다.

초가집들이 옹기종기 모여 있는 마을에 도착하자, 뭔가 소란이 벌어지고 있는 것 같았다. 마을 사람들이 모두 추장 집 앞에 모여 있었다. 그리고 누군가 연설을 하고 있었는데 모두 흥분한 모습이었다. 문 앞에 서 있던 늙은 추장은 사람들 틈 사이로 박사가 걸어오는 모습이 보이자, 집 안으로 들어오라고 손짓했다. 박사가 들어가자마자 추장은 문을 닫고 걱정거리를 털어놓기 시작했다.

"나이 든 저는 지금 어려운 시련에 처해 있습니다. 오, 백인이여. 저는 50년 동안 추장으로 지내며 존경을 받았고 부족민들은 저를 따랐습니다. 그런데 제 사위 오봄보가 추장이 되겠다고 떠

박사는 추장의 어깨를 가볍게 두드려 주었다.

벌이고 나서자 많은 부족민이 그의 편에 섰습니다. 우리에게는 빵이 없습니다. 그렇다고 다른 먹을 것이 있는 것도 아닙니다. 그런데 오봄보는 그게 다 제 탓이라고 부족민들에게 말합니다. 오봄보는 자기가 추장이 되면 호사스러운 생활을 하고, 마을도 번창하게 해 주겠다며 떵떵거리고 있습니다. 저는 추장 자리에 연연하지 않지만, 이 새파랗고 건방진 오봄보가 내 자리를 차지하면 부족민들을 전쟁으로 몰고 갈 것이라는 건 압니다. 전쟁을 해서 도대체 어쩌자는 겁니까? 전쟁을 하면 부족민의 배를 채울 수 있답니까? 우리는 늘 전쟁에서 패했습니다. 우리를 더 비참하게 만들었을 뿐입니다. 우리는 큰 부족들에 둘러싸여 있지만 우리는 서아프리카에서도 가장 작은 부족입니다. 그래서 강탈당하고 또 강탈당한 것이고 지금도 제 집문 앞에서 이렇게 아우성을 치는 것입니다. 아아! 이 나이에 이 꼴을 당하다니!"

늙은 추장은 말을 마친 후 의자에 깊숙이 기대 눈물을 쏟았다. 박사는 추장 옆으로 가서 어깨를 가볍게 두드려 주었다.

박사가 말했다. "니암니암 추장님, 오늘 제가 당신과 당신의 부족민을 앞으로 부자로 만들어 줄 수 있는 방법을 찾아낸 것 같습니다. 밖으로 나가셔서 부족민들에게 이야기하세요. 제 이름을 걸고 약속드립니다…. 그리고 제가 코코 왕의 추천을 받고 온 사람이라는 것도 알려 주십시오. 그리고 앞으로 일주일만 당신을 평화롭게 당신을 따라 주면 니암니암 추장의 부족민들은 큰 부자가 되고 나라도 번창해질 거라고 제가 약속했다고 말하십시오.

늙은 추장은 문을 열고 밖으로 나가 아우성치는 군중 앞에서 연설을 했다. 연설이 끝나자 사위 오봄보가 일어나 늙은 추장을 정글 속으로 쫓아내야 한다고 연설했다. 하지만 오봄보의 연설이 채 반도 끝나기 전에 부족민들이 웅성거리기 시작했다.

"저 어린 녀석 말은 듣지 않는 게 좋겠어. 저 백인의 약속을 믿고 그게 이루어지는지 지켜보는게 훨씬 나을 것 같아. 저 분은 말보다는 행동으로 보여주잖아. 자기 주머니 속에 사는 마법의 쥐로 아마존 부족을 쫓아냈어. 저 백인하고 신망 높은 추장님 편이 되어 드리자고, 게다가 추장님은 오랫동안 우리를 자비롭게 다스려 오셨잖아. 오봄보는 우릴 전쟁으로 밀어넣을 거고 그럼 우린 지금보다 훨씬 더 가난해질 거야."

잠시 후, 군중 사이에서 야유와 불평이 터져나오며, 사람들이 돌을 집어들어 오봄보를 향해 던지기 시작했기 때문에 오봄보는 더 이상 연설을 계속할 수 없었다. 결국 그는 성난 사람들을 피해 정글로 뛰어 달아났다.

흥분이 가라앉고 마을 사람들이 평화롭게 집으로 돌아가자 박사는 늙은 추장에게 하르마탄 바위에 사는 굴들 속에 사람들을 부자가 되게 해 줄 것이 당신을 기다리고 있다고 말해 주었다. 그리고 돈과 먹을 것이 절실한 이 마을 사람들을 위해 가마우지가 동료들을 데리고와 진주 캐는 일을 도와주겠다고 자신과 약속했다는 말도 덧붙였다.

그 다음 주 내내 박사는 추장을 카누에 태우고 하루에 두 번씩 하르마탄 바위를 오갔다. 박사는 가마우지들이 잡아온 많은 굴에서 진주를 꺼내 작은 상자에 담은 후 사람들에게 그걸 팔게 했다. 박사는 늙은 추장에게 이 일을 비밀에 붙여야 하니 진주를 옮기는 일은 믿을 만한 사람들에게만 맡겨야 한다고 말했다.

박사가 시작한 진주잡이 사업 덕분에 이 나라에는 돈이 쏟아져 들어오기 시작했고 사람들은 부자가 되어 먹고 싶은 것을 마음껏 살 수 있게 되었다.

실제로 그 주가 채 끝나기도 전에 박사는 자신의 약속을 지켰다. 서아프리카 바닷가 전역에서 니암니암 추장의 부족은 부자 나라로 유명해졌다.

하지만 돈이 많고 장사가 잘 되는 곳에는 돈을 벌려는 이방인들도 꼬이는 법이다. 얼마 지나지 않아, 지금까지 아주 가난해서 아무도 거들떠보지 않던 이 작은 마을은 갑작스럽게 이웃 왕국 상인들이 몰려들어 장사를 하는 바쁜 시장통으로 변했다. 당연히 그들은 이 나라가 어떻게 이렇게 갑자기 부자가 된 건지 궁금해 했다. 추장은 박사의 말을 충실히 따라 믿을 만한 몇몇 사람에게만 진주잡이의 비밀을 알려 주었지만, 카누들이 니암니암 추장의 집과 하르마탄 바위를 자주 오간다는 사실을 사람들이 눈치채고 말았다.

그러자 시도 때도 없이 이 나라에 전쟁을 걸고 약탈을 하던 이웃 나라에 보낸 첩자들이 몰래 카누를 타고 하르마탄 바위 주변을 정탐하기 시작했다. 결국 비밀은 곧 탄로 나고 말았다.

이윽고 이웃에 있는 크고 강한 나라인 엘레부부의 에미르 왕이 하르마탄 바위를 차지하기 위해 군대를 소집해 전투용 카누에 태워보내 바위로 쳐들어갔다. 왕은 마을도 동시에 공격해 주민을 모두 쫓아내고 박사와 추장은 생포해 자기 나라 감옥에 가뒀다. 이제 니암니암 사람들에게는 아무 땅도 남지 않게 되었다.

한편 마을 사람들이 겁에 질려 숨을 곳을 찾아들어간 정글에서는, 오봄보가 소규모로 뿔뿔이 흩어진 장인의 사람들을 찾아다니며 자신의 말을 들었다라면 모든 게 잘되었을텐데 그러지 않고 백인의 말을 들은 게 얼마나 어리석은 짓이냐고 선동하고 있었다.

엘레부부의 에미르 왕은 박사를 감옥에 가둘 때, 대브대브, 지프, 거브거브가 박사와 함께 있는 것을 허락하지 않았다. 화가 난 지프는 에미르 왕에게 달려들어 다리를 물었다. 하지만 돌아온 것은 짧은 사슬에 묶인 것 말고는 아무것도 없었다.

둘리틀 박사가 갇힌 감옥에는 창이 하나도 없었다. 전에도 아프리카의 감옥에 갇혀 본 적이 있지만, 신선한 공기를 특히 좋아하는 박사는 자신의 신세가 그때보다 처량하게 느껴졌다. 게다가 양손은 등 뒤로 돌려진 채 튼튼한 밧줄에 묶여 있었다.

박사는 자신을 도와줄 동물이 하나도 없는 상태에서 뭘 해야 할지를 궁리하며 어두컴컴한 감옥 바닥에 처량하게 앉아 중얼거렸다. "후우, 이거 정말 비참한 휴가군!"

그런데 바로 그때, 주머니 안에서 뭔가 부스럭거리는 소리가 들렸다. 그러더니 곤히 잠들어 있던 흰쥐가 주머니 밖으로 나와 박사의 무릎에 앉자 박사는 무척이나 기뻐했다. 쥐가 있었다는 것을 까맣게 잊고 있었던 것이다.

박사가 소리쳤다. "이렇게 운이 좋을 수가! 내가 찾던 친구가 바로 너야. 내 등 뒤로 가서 이 빌어먹을 밧줄 좀 갉아서 풀어 줄래? 손목이 아파."

"물론이죠." 흰쥐는 이렇게 말하고 곧바로 밧줄을 갉아 대기 시작했다. "그런데 왜 이렇게 깜깜해요? 내가 밤이 제가 이렇게 한밤중까지 잠을 잔 건가요?"

박사가 말했다. "그래, 아직 대낮일 거야. 우리는 지금 갇혀 있어. 엘레부부 왕국의 에미르 왕이 니암니암 추장을 상대로 전쟁을 일으켰고, 날 감옥에 가둔 거지. 내가 어쩌다 이렇게 감옥에나 들락거리는 신세가 되었는지! 가장 난처한 건 그자가 대브대브랑 지프를 나와 함께 가두지 않았다는 거야. 내가 특히 더 약 오르는 건 대브대브에게 연락할 길이 없다는 거야. 어떻게든 대브대브에게 연락할 방법을 찾아야 하는데 말이다."

흰쥐가 말했다. "제가 손에 묶인 밧줄을 끊을 때까지 잠깐 기다리세요. 그런 다음 우리가 뭘 할 수 이는지 궁리해 볼게요. 이제 됐어요. 한 가닥 끊었어요. 이제 손을 좀 움직이시면 다 풀어질 거예요."

팔과 손목을 꼼지락거리자 양손이 자유로워졌다.

박사가 말했다. "아휴, 살았다, 널 주머니에 넣고 있었다니! 정말 불편했어. 너무너무 불편했었어. 그런데 니암니암 추장은 어느

정글에서는 오봄보가 사람들을 선동했다.

감방에 갇힌 거지? 여긴 지금까지 내가 본 감옥 중에 최악이야."

한편 자신의 궁전에서 승리를 축하하고 있던 에미르 왕은 '엘레부부 왕립 진주 채취장'이라 이름 붙인 하르마탄 바위를 자기만의 개인 재산으로 삼을 것이니 아무도 무단출입하지 못하게 하는 명령을 내렸다. 그런 다음 부하 여섯을 보내 섬의 진주를 전부 자기에게 가져올 것도 명령했다.

가마우지들은 전쟁이 났다는 것도, 박사에게 어떤 불행이 닥쳤는지도 까마득히 모른 채, 에미르 왕의 부하들을 니암니암 추장의 신하로 여기고 그들에게 굴을 캐내 주었다.

지프와 대브대브는 박사에게 가기 위해 온갖 궁리를 다 해 보았지만 마땅한 방법이 없었다.

한편 감옥 안에서는 박사가 뻣뻣해진 팔을 풀기 위해 팔운동을 하고 있었다.

"박사님, 대브대브에게 전할 말씀이 있을 것 같은데요." 감옥 한쪽 깜깜한 구석에서 흰쥐의 목소리가 들려왔다.

박사가 말했다. "그래. 급하게 전할 말이 있기는 하지만 어떻게 전해야 할지 모르겠어. 여기는 돌로 되어 있고 문도 아주 두껍잖아."

흰쥐가 말했다. "걱정하지 마세요. 박사님, 제가 가서 전할게요. 여기 구석에서 오래된 쥐구멍을 발견했어요. 그래서 몰래 한번 들어가 봤더니 감옥 밖 길 건너에 있는 나무뿌리로 이어져 있었어요."

"다행이다!" 박사가 소리쳤다.

흰쥐가 말했다. "저한테 말씀해 주세요. 제가 대브대브한테 금방 전할게요. 걔는 쥐구멍 밖 나무에 앉아 있어요."

박사가 말했다. "그래. 대브대브에게 지금 곧바로 하르마탄 바위로 날아가 가마우지들한테 진주잡이 일을 당장 그만두라고 지시하라고 전해줘."

"알겠어요." 흰쥐가 말했다. 그러고 나서 쥐구멍으로 나갔다.

이 말을 전해 들은 대브대브는 곧바로 진주 채취장으로 날아가 가마우지에게 박사의 지시를 전했다.

대브대브는 제때 딱 맞춰 도착했다. 마침 에미르 왕의 부하 여섯이 두 번째 진주를 운반하기 위해 섬에 올라오고 있었던 것이다. 대브대브와 가마우지들은 잡아 온 굴을 전부 바닷속으로 던져 버렸다. 그래서 에미르 왕의 부하들이 왔을 때에는 이미 아무것도 없었다.

에미르 왕의 부하들은 한동안 그곳을 돌아다니다 카누를 타고 돌아가 굴이 없다고 보고했다. 에미르 왕은 다시 부하들을 보냈다. 하지만 이번 보고도 지난번과 똑같았다.

에미르 왕은 어떻게 된 일인지 어리둥절해하면서 화를 냈다. 니암니암 추장은 하르마탄 바위에서 진주를 캘 수 있는데, 자기는 왜 못 하는지 도저히 알 수가 없었던 것이다. 그때 그의 장군 중 한 명이 진주를 처음 발견하고 채취하기 시작한 게 그 백인이니 그자라면 뭔가 알 수 있을지도 모른다고 말했다.

"감히 내게 그딴 식으로 말하다니!"

이 말을 들은 에미르 왕은 가마꾼들에게 박사가 갇혀 있는 감옥으로 가자고 명령했다. 문을 열고 안으로 들어간 왕이 박사에게 말했다. "못된 녀석! 도대체 내 진주 채취장에 무슨 짓을 한 거야?"

박사가 말했다. "그건 네 녀석 게 아니야, 이 불한당 같은 녀석아. 그건 새들이 잠수해서 캐낸 거야. 하지만 새들은 정직해, 그리고 정직한 사람들을 위해서만 일해. 그런데 감옥엔 왜 창문이 없는 거지? 넌 창피한 줄 알아야 해."

그러자 에미르 왕은 길길이 날뛰었다.

"감히 나한테 그딴 식으로 말하다니! 나는 엘레부부의 에미르 왕이라구!" 왕은 천둥처럼 고함쳤다.

박사가 말했다. "넌 창피한 줄 모르는 악당일 뿐이야! 너 같은 인간과는 말 섞고 싶지 않아!"

에미르 왕이 말했다. "만약 새들이 날 위해 일하게 만들지 않는다면, 네 놈에게 먹을 걸 주지 말라고 명령하겠다. 그럼 넌 굶어 죽고 말걸!"

박사가 말했다. "내가 분명히 말했다, 너 같은 놈하고는 더 이상 말을 섞고 싶지 않다고. 넌 하르마탄 채취장에서 나오는 진주를 단 한 개도 캘 수 없어."

에미르 왕이 고함쳤다. "새들이 일을 하기 전에는 넌 한 입도 먹을 수 없을 거다!"

그런 다음 에미르 왕은 감옥을 지키는 부하에게 다른 명령이 있을 때까지 박사에게 먹을 것을 주지 말라고 지시한 뒤 거만한 태도로 감옥에서 나갔다. 잠시나마 신선한 공기를 마실 수 있었던 박사는 철커덕 감옥 문이 닫히는 소리와 함께 다시 답답한 지하 감옥의 어둠 속에 갇히게 되었다.

감옥에서 풀려난 박사

에미르 왕은 2, 3일쯤 둘리틀 박사를 굶기면, 자기가 원하는 것은 무엇이든 들어줄 거라고 여기고 궁전으로 돌아갔다. 왕은 자기 말을 듣지 않으면 도저히 견딜 수 없도록 하기 위해 먹을 것은 물론이고 물도 주지 말라고 명령했다.

하지만 에미르 왕이 떠나자마자, 흰쥐는 구석의 쥐구멍을 통해 밖으로 나가기 시작했다. 흰쥐는 밤낮을 가리지 않고 분주히 움직이며 마을에 있는 집들을 오가며 음식물을 모아 왔다. 빵부스러기, 치즈 조각, 얌 부스러기, 마 조각, 감자 조각, 그리고 뼈를 바른 고기 조각 같은 것들이었다. 흰쥐는 이것들을 감옥 구석에 있는 박사의 모자 안에 조심스럽게 모았다. 덕분에 밤이 되면 꽤 배불리 먹을 분량이 모였다.

훗날 박사는 자기가 먹고 있는 게 뭔지 전혀 알 수 없었지만, 아무튼 소화도 잘되고 영양가도 많아서 흰쥐는 박사에게 물을 가져다 주기 위해 호두를 구해 이빨로 갈아 껍질 한쪽에 구멍을 뚫은 다음 흔들어 안에 든 것들을 밖으로 빼냈다. 그런 다음 빈 호두 안에 물을 채우고 나무에서 구한 송진으로 구멍을 막았다. 물이 든 호두는 생쥐가 옮기기에는 좀 무거워서 강에서 쥐구멍까지는 대브대브가 가져다주었고, 거기서부터는 생쥐가 구멍에 굴려 넣어 감옥 안으로 옮겼다.

흰쥐는 마을 친구들을 전부 모아 물이 든 호두 수백 개를 감옥 안으로 날랐다. 박사는 목이 마를 때면 호두 한 개를 입에 넣고 이로 깬 다음 차가운 물로 목을 축인 후 껍질은 뱉어 냈다.

흰쥐는 박사가 수염을 깎을 수 있도록 비누 조각도 가져다주었고, 흰쥐 덕분에 박사는 감옥 안에서도 깔끔한 외모로 지낼 수 있었다.

이렇게 나흘이 지난 후, 에미르 왕은 부하를 감옥으로 보내 박사가 이제 자기 말을 따를지 알아보게 했다. 하지만 둘리틀 박사와 이야기를 하고 온 부하는 그가 여전히 건강하며 항복할 의사가 전혀 없어 보인다고 보고했다.

"좋아!" 에미르 왕은 화가 나서 발을 구르며 말했다. "그럼 굶겨. 멍청한 자식, 앞으로 열흘만 지나면 굶어 죽을 테니까. 그때 가서 내가 마음껏 비웃어 줄 테다. 불쌍한 놈. 감히 나, 에미르 왕의 말을 거역하다니!"

흰쥐는 호두를 굴려서 구멍 안에 넣었다.

다시 열흘이 지난 후, 에미르 왕은 박사의 비참한 운명을 비웃어 주기 위해 직접 감옥으로 갔다. 왕의 신하와 장군들도 박사를 비웃어 주러 뒤를 따랐다. 그런데 감옥 문을 열자, 시체가 바닥에 널브러져 있는 게 아니라 수염까지 깨끗하게 깎은 건강한 모습의 박사가 문턱에 앉아 미소짓고 있었다. 달라진 게 있다면 감옥에 갇혀 있어 운동을 하지 못해 살이 조금 더 쪘다는 점 정도였다.

에미르 왕은 깜짝 놀라 말도 제대로 못 하고 입만 멍하니 벌린 채 박사를 바라보았다. 바로 전날 박사가 전에 아마존을 물리쳤다는 말을 듣기는 했지만 믿지 않았었다. 하지만 이제는 박사와 관련된 소문이 모두 다 사실일지도 모른다는 생각이 들기 시작했다.

"저것 보십시오." 한 신하가 왕의 귀에 대고 속삭였다. "저 마법사는 물도 비누도 없이 수염까지 깎았습니다. 폐하, 악마의 마법을 가지고 있는 게 분명합니다. 불행한 일이 생기기 전에 저 자를 풀어 주십시오. 여기서 내쫓아야 합니다."

겁에 질린 그 신하는 박사의 악마 같은 눈길을 피해 얼굴을 가리고 뒤로 물러나 사람들 사이로 숨었다.

그러자 에미르 왕도 겁을 먹었다. 그는 박사를 즉시 석방하라고 명령했다.

하지만 박사는 문 앞에 똑바로 서서 말해다. "넌 여기서 나가지 않겠다, 네가 이 감방에 창을 달 때까지. 창문도 없는 곳에 사람을 가두다니 창피한 줄 알아야 해."

에미르 왕이 경비병에게 말했다. "감옥에 지금 당장 창문 달아!"

박사가 말했다. "그래도 나가지 않겠다. 니암니암 추장도 풀어 주고 추장의 땅과 하르마탄 바위에서 네 부하들을 모두 나가게 하고, 그리고 빼앗은 농지도 돌려줄 때까지 말이다."

"그렇게 할 테니 빨리 나가기나 해!"

에미르 왕은 이를 갈면서 말했다.

박사가 말했다. "난 간다! 하지만 또 이웃 나라를 괴롭히면 반드시 돌아올테다. 명심해!"

박사가 성큼성큼 감옥 문을 나와 햇빛이 비치는 거리로 들어서자 사람들이 얼굴을 가린 채 길가로 피하며 수군거렸다.

"마법사야! 눈 마주치지 않게 얼굴 가려!"

한편 박사의 주머니 안에 있던 흰쥐는 이 모습을 보고 앞발로 얼굴을 가린 채 웃음을 참았다. 이렇게 해서 박사는 니암니암 추장과 동물들을 데리고 자기가 갇혔던 나라를 떠나 마을로 돌아갔다. 가는 길에 일행은 아직도 정글에 숨어 있던 부족 사람들을 만나 에미르 왕에게 약속을 받아 냈다는 기쁜 소식을 전해 주었다. 자기들 땅을 되찾고 앞으로는 안전하게 살 수 있게 되었다는 것을 안 부족 사람들은 마을로 돌아가는 박사 일행과 합류했다. 아직 마을에 도착하려면 한참을 더 가야 하는데도 어찌나 많은 사람이 일행에 합류했는지 박사가 마치 병사들을 이끌고 귀국하는 개선장군처럼 보일 정도였다.

그날 밤, 추장의 마을에서는 성대한 축하 잔치가 벌어졌고, 박사는 일찍이 이 나라를 방문한 사람 중에 최고 귀빈으로 열렬한 환영을 받았다. 가장 무서웠던 두 나라를 이제는 더 이상 두려워하지 않아도 되었기 때문이다. 박사와 한 약속을 지킬 수밖에 없는 처지가 되었고, 지난번 마지막 공격 때 받은 충격으로 겁에 질린 아마존들도 이제 더 이상 니암니암 부족을 괴롭힐 리가 없었다. 진주 채취장은 원래대로 니암니암 부족의 재산이 되었다. 이제 그들의 앞에는 번영과 행복만 펼쳐질 것 같았다.

다음 날, 박사는 가마우지들을 만나 감사 인사를 하기 위해 하르마탄 바위로 갔다. 늙은 추장과 추장이 믿는 부하 네 명도 함께 갔다. 지난번과 같은 실수를 되풀이하지 않기 위해 박사는 이 부하들을 가마우지에게 소개한 다음, 진주가 든 굴은 이 사람들에게만 주라고 했다.

박사 일행이 하르마탄 바위에 있을 때, 엄청나게 크고 아주 예쁜 진주가 든 굴이 나왔다. 지금까지 캐낸 그 어떤 진주보다 크고 예뻤다. 게다가 모양도 완벽한데다 상처도 하나 없고 색도 고왔다. 추장은 짧게 연설을 한 다음, 박사가 지금까지 자신들을 위해 해준 일에 대한 작은 보답으로 그 진주를 박사에게 선물했다.

"이렇게 감사할 수가!" 대드대브가 지프에게 속삭였다. "너 저 진주가 우리한테 무슨 의미인지 아니? 박사님은 동전 한 닢 없는 빈털터리셔. 교회에 사는 쥐처럼 말이야. 저 진주가 없었다면 푸시미풀류랑 다시 서커스를 하러 돌아다녀야 할지도 몰라. 아 정말 기뻐. 이제 한동안은 집에서 편히 살 수 있게 되어서 정말 기빠. 일단 돌아가게만 되면….”

거브거브가 말했다. “나는 잘 모르겠어. 난 서커스가 좋아. 잉글랜드이기만 하면 여행하는 것도 나쁘지는 않아. 그것도 서커스를 하면서라면 말이야.”

지프가 말했다. “어쨌든 박사님이 진주를 받으신 건 잘된 일이야. 박사님은 항상 돈에 쪼들리셨잖아. 대브대브 네 말대로 이 진주만 있으면 누구든 평생 부자로 살 거야.”

하지만 박사가 추장의 선물을 받고 고맙다는 인사를 채 끝내기도 전에, 전령 퀴프가 편지 한 통을 물고 날아왔다.

퀴프가 말했다. “박사님, 붉은색 잉크로 긴급이라고 적혀 있어요. 그래서 빠르미가 박사님께 특급으로 배달하라고 했어요.”

박사는 봉투를 뜯어 보았다.

대브대브가 물었다. “누가 보낸 거예요?”

“이런!” 박사가 편지를 읽으며 중얼거렸다. “이건 링컨셔 주의 농부가 보낸 편지야. 우리가 거브거브를 위해 가지고 온 그 양배추 재배 농민 말이다. 답장을 보낸다는 걸 깜빡했군. 너희도 기억하지? 자기 양배추가 사라진 이유를 설명해 달라고 부탁했던 사람… 그런데 너무 바빠서 까맣게 잊고 있었네. 맙소사! 불쌍하게 된 이 농부에게 어떻게든 변상을 해야 할 텐데. 어쩌지… 아, 이게 있었지. 이 진주를 농부한테 보내야겠다. 이거라면 양배추 값을 갚고도 남을 테니까. 좋은 생각이야.”

대브대브는 끔찍이 싫어했지만, 그래도 박사는 농부가 보낸 편

"너 저 진주가 우리한테 무슨 의미인지 아니?"

지에서 깨끗한 부분을 찢어 내 거기에 답글을 쓴 다음 그걸로 진주를 싸서 퀴프에게 건네주었다.

박사가 말했다. "이걸 바로 배달하라고 빠르미한테 말해 줄래? 꼭 등기 우편으로 보내야 한다. 나는 내일 판티포로 돌아갈게. 조심해서 가, 특급 우편으로 배달해 준 것 고맙고."

전령 퀴프가 박사의 귀한 진주를 가지고 떠나자, 대브대브는 지프를 보며 중얼거렸다.

"박사의 재산이 또 날아가 버렸어. 박사님 손에 돈이 붙어 있는 게 이상한 일이긴 하지!"

그러자 한숨을 내쉬며 말했다. "휴… 우리한테 서커스가 있잖아. 괜찮아."

거브거브가 혼잣말을 했다. "쉽게 벌면 쉽게 나간다고 했지. 걱정하지 마. 나도 부자가 된다고 다 재미있게 사는 건 아니라고 생각해. 부자가 되면 부자연스러운 행동도 해야 하거든."

7장

수수께끼 같은 편지

그런데 한 가지 이상한 일이 일어났는데, 그것은 아마도 박사가 제비 우편을 시작하면서 생긴 일들 중에서도 가장 신기한 일이었을 것이다.

무척 짧고 바빴던 휴가를 마친 박사 일행이 수상 우체국으로 돌아오자 푸시미풀류, 투투, 치프사이드, 빠르미가 반갑게 마중을 나왔다. 최근에 소포 우편으로 런던에서 구한 쌍안경(값은 10실링 6펜스였다.)으로 카누가 도착하는 것을 본 코코 왕도 친구를 환영하기 위해 나왔다. 우체국장이 자리를 비운 사이 오후에 차를 마시며 잡담 섞인 사교 활동을 할 기회가 없어 섭섭해하던 판티포 왕국의 주요 인사들도 카누를 타고 왕을 따라 국제 우체국으로 왔다.

도착한 지 세 시간이 넘게 흘렀다… 날도 어두워졌다. 하지만 박사는 사람들과 악수하고, 휴가가 어땠는지, 어디를 다녀왔는지, 무얼 했는지를 묻는 질문에 일일이 답하느라 다른 일은 아무것도 할 수 없었다. 박사는 그래도 여행에서 돌아온 자신을 반겨주는 사람들과 아늑한 수상 우체국, 창가의 화단을 보니 이제야 집에 돌아온 것이 실감난다고 대브대브에게 말했다.

살림꾼 대브대브가 말했다. "그래요, 하지만 퍼들비에 다른 집, 아니 진짜 집이 있다는 걸 잊으시면 안 돼요."

박사가 말했다. "물론이지. 이제 조만간 잉글랜드로 돌아가야만 할 것 같구나. 하지만 판티포 사람들이 우릴 진심으로 환영해주는 걸 너도 봤지? 여기 아프리카도 꽤 괜찮은 곳 같은데, 그렇지 않니?"

대브대브가 말했다. "맞아요. 잠깐 휴가를 즐기기에는 그렇게 나쁘지 않죠."

저녁 식사를 마치고 함께 사는 동물들에게 진주를 찾은 이야기를 다시 한번 들려준 후 박사는 산더미같이 쌓인 채 자신을 기다리는 편지를 읽기 시작했다. 그 편지들은 여느 때와 마찬가지로 세계 곳곳의 동물들로부터 온 것이었다. 박사는 몇 시간에 걸쳐 편지를 정성스레 읽고 답장을 썼다. 박사가 막힘없이 술술 쏟아내는 말을 옆에서 빠르미가 비서 역할을 하며 동물 말로 받아 적었다. 하지만 가끔씩 박사가 너무 빠르게 말하는 바람에, 기억력이 뛰어난 투투를 불러와 외우게 한 다음 이어서 받아 적어야 할 때

코코 왕은 박사의 카누가 도착하는 걸 보았다.

도 있었다.

산더미 같은 우편물들을 정리하는 일이 끝나갈 무렵, 진흙이 잔뜩 묻은 두툼한 봉투 하나가 보였다. 아무도 편지에 적힌 글자를 단 한 글자도, 심지어는 누가 보낸 것인지 알아내지 못했다. 박사는 금고에서 공책을 꺼내 거기 적어 둔 여러 동물의 글자와 대조해 가며 몇 시간 동안이나 살펴보며 궁리했다. 편지는 잉크가 아니라 진흙으로 쓰여져 있었다.

하지만 새로 베껴 적기도 하고, 추측도 해보고, 논의도 하는 등 엄청난 고생 끝에 드디어 이 괴상한 편지의 내용이 짜맞출 수 있었다. 편지의 내용은 다음과 같았다.

둘리틀 박사님께.

박사님 우체국 이야기를 듣고 최선을 다해 이 편지를 씁니다. 이 편지는 제가 태어나서 처음 쓰는 편지입니다. 박사님께서 우체국과 관련해 기상대도 운영하시고 있고, 애꾸눈 앨버트로스가 예보국장을 맡고 있다고 들었습니다. 지금 저는 제가 이 세상에서 가장 오래된 기상예보자라는 걸 박사님께 알려드리기 위해 이 편지를 쓰고 있습니다. 저는 '대홍수'를 예언했는데, 날짜와 시간까지 정확하게 맞았습니다. 저는 걸음이 아주 느립니다. 그렇지 않다면 박사님을 찾아뵐 수 있었을 거고 그러면 박사님께서 제 관절염을 치료해 주실 수 있었을 거라고 생각합니다. 저는 관절염 때문에 300년 동안이나 큰 고생을 하고 있습니다. 하지만 박사님께서 저를 찾아와 주신다면 날씨에 대해 많은 걸 알려드리겠습니다. 그리고 노아의 방주 갑판 위에서 제 눈으로 직접 목격한 '대홍수'에 관해서도 말해 드리겠습니다.

진흙얼굴 올림.

추신) 저는 거북입니다.

마침내 이 진흙투성이 편지를 다 읽은 박사는 엄청나게 기뻐하며 흥분했다. 박사는 다음날 바로 거북을 만나러 가겠다며 떠날 준비를 그 즉시 시작했다.

하지만 맙소사! 주소를 확인하기 위해 편지를 다시 살펴보니, 거북이 어디 사는지를 알 수 있는 단서가 전혀 없었다. 대홍수와 노아의 방주를 목격했다는 편지를 쓴 이 수수께끼 같은 거북이 주소 쓰는 것을 깜빡한 것이다!

박사가 말했다. "빠르미야, 이 편지를 보낸 곳을 꼭 찾아야 해, 온 세계에 있는 돌을 다 뒤집어서라도 이 귀중한 편지가 어디서 온 건지 꼭 알아내야 해. 우선 우리 편지를 누가 배달했는지 우체국에 있는 동물들에게 다 물어보자."

박사와 빠르미는 푸시미풀류, 치프사이드, 투투, 전령 퀴프, 그리고 근처에 사는 제비들, 심지어는 수상 우체국을 집 삼아 사는 쥐들까지 죄다 찾아다니며 물어보고 재확인했다.

하지만 그 편지가 도착하는 걸 본 동물은 아무도 없었다. 박사에게 온 산더미 같은 편지들 틈에 그게 어떻게 끼어들어 가게 되

엄청나게 큰 뱀이 머리를 불쑥 들이밀었다.

었는지 아는 동물도 전혀 없었다. 아무리 업무 처리가 잘 되는 우체국에서라도 이런 소소한 우체국 수수께끼는 늘 생겨나게 마련이다.

박사는 매우 실망했다. 지금까지 박사는 자연과학을 연구하면서 노아의 방주와 관계 있는 온갖 일들을 조사해 왔다. 박사는 노아가 기념할 만한 그 항해가 끝났을 때 상당히 위대한 자연학자가 되어 있었을 것이 분명하다고 생각했다. 그런데 지금 노아를 알고 노아와 함께 항해를 했다는 목격자가 우연히 나타나 그 위대한 이야기를 들을 수 있는 기회가 생겼는데, 주소를 쓰지 않았다는 사소한 실수 때문에 이 엄청난 기회를 놓치게 된 것이다.

거북의 주소를 알아내려고 백방으로 노력했지만 아무런 성과도 없이 이틀이란 시간이 흘렀다. 박사는 다른 바쁜 일에 매달리느라 그다음 주가 되자 그 일을 까맣게 잊어버리게 되었다.

그러던 어느 날, 박사가 산더미처럼 쌓인 편지를 정리하기 위해 밤늦도록 일하고 있을 때, 누군가가 수상 우체국 창문을 두드리는 소리가 들렸다. 박사는 책상에서 일어나 창문을 열었다. 그 순간 엄청나게 큰 뱀이 입에 물고 머리를 불쑥 들이밀었다. 두툼하고 진흙투성이인 편지를 말이다.

박사가 소리쳤다. "깜짝이야! 이렇게 갑자기 나타나면 어떻게 하니? 들어와, 편히 들어와 있어."

뱀은 창문을 넘어 천천히 그리고 부드럽게 넘어 수상 우체국 바닥으로 내려왔다. 1미터, 또 1미터, 엄청나게 긴 뱀이 책상 옆 박사의 발치에 똬리를 틀었다.

박사가 물었다. "미안한데, 아직도 밖에 몸이 남아 있니?"

뱀이 말했다. "예, 아직 반밖에 들어오지 못했습니다."

박사가 말했다. "그럼 문을 열어야겠다. 그러면 복도에도 똬리를 틀 수 있을 거야. 이 방은 너무 좁아."

큰 뱀이 완전히 안으로 들어오자, 녀석의 굵은 꽈리는 우체국 바닥에 가득 채우고도 남아 몸의 일부가 바깥 복도까지 넘쳐났다.

박사가 창문을 닫으며 말했다. "그런데 무슨 일로 날 찾아온 거니?"

뱀이 말했다. "박사님께 이 편지를 가지고 왔습니다. 거북이가 보낸 겁니다. 처음 보낸 편지에 왜 답장이 없는 지 궁금해하고 있습니다."

박사가 뱀에게서 진흙투성이 봉투를 받으며 말했다. "그렇지만 주소를 쓰지 않았어. 거북이 주소를 알려고 온갖 곳에 다 수소문해 보았어."

뱀이 말했다. "그랬습니까? 늙은 거북은 편지를 쓴 경험이 별로 없습니다. 그래서 자기 주소도 써야 한다는 걸 몰랐던 것 같습니다."

박사가 말했다. "아무튼 편지를 다시 받게 되어 정말 기쁘다. 거북을 다시 만나는 걸 영영 포기하고 있었는데 말이다. 거북이한테 어떻게 가는지 알려줄 수 있니?"

뱀이 말했다. "물론입니다. 저는 거북하고 같은 호수에 살고 있습니다. 중가니이카 호수요."

박사가 말했다. "그럼 넌 물뱀이겠구나?"

"예."

"알겠다. 여기까지 오느라 피곤하겠구나. 뭣 좀 먹을래?"

뱀이 말했다. "그럼, 우유 한 잔 주세요."

박사가 말했다. "여긴 염소젖밖에 없어. 하지만 꽤 신선하단다."

박사는 부엌으로 가 살림꾼을 깨웠다.

박사는 몹시 흥분해 숨도 제대로 못 쉬는 목소리로 말했다. "대브대브, 무슨 일 같니? 거북이한테 편지가 또 왔어, 그리고 거북이를 만날 수 있게 안내까지 해 준대."

대브대브가 염소젖을 가지고 우체국장실에 들어갔을 때, 박사는 편지를 읽고 있었다. 하지만 바닥을 본 순간 대브대브는 끔찍한 광경에 꽥꽥 소리를 질러댔다.

대브대브가 외쳤다. "여동생이 여기 있지 않아 다행이네요. 박사님 사무실 상태 좀 보세요… 뱀 천지잖아요."

8장

맹그로브 습지의 땅

판티포에서 중가니이카 호수까지 가는 여정은 길었지만, 그래도 매우 재미있었다. 그 거북이 사는 곳은 아프리카에서도 가장 깊숙한 정글 한가운데인데다, 바닷가에서도 몇 킬로미터나 더 들어간 곳이었다.

박사는 이번 여행을 떠날 때, 거브거브는 집에 남겨두고 지프, 대브대브, 투투, 치프사이드만 데리고 갔다. 치프사이드는 이제는 자기가 없어도 다른 참새들이 시내 배달을 잘할 수 있다며 자기도 휴가를 내 함께 가고 싶다고 했었다.

큰 물뱀은 일행을 데리고 바닷가를 따라 남쪽으로 70킬로미터쯤 떨어진 곳까지 갔다. 그들은 그곳에서 강 어귀로 들어가 내륙으로 여행을 시작했다. 강에 물만 충분하다면 카누(뱀이 옆에서 헤엄을 쳤다.)야말로 이런 여행에 최고이다. 하지만 강을 거슬러 올라가다 보니 강줄기가 점점 좁아져 갔다. 열대 지방의 강이 대부분 그렇듯, 이 강도 곧 말라 비틀어진 바닥이 드러났고 곳곳에 작은 웅덩이들만 겨우 보였다.

머리 위에 우거진 나무가 초록색으로 덮여 있어 마치 굴 같은 이 정글은 그 어떤 양산보다도 햇빛을 잘 막아 주어 한낮에는 참 좋았다. 하지만 강바닥이 드러난 곳에서는 박사가 직접 만든 썰매 위에 실어 옮겨야 했는데, 너무 힘들어서 그럴 때는 정글이 오히려 더 방해가 되었다.

첫날이 끝나 갈 무렵 박사는 카누를 안전한 곳에 두고 걸어가는 게 더 낫겠다는 생각이 들었다. 하지만 뱀은 조금만 더 가면 물이 많이 있고 늪도 건너야 하니 카누를 꼭 가지고 가야 한다고 말했다.

앞으로 나갈수록 정글은 더 빽빽해졌다. 하지만 강바닥에는 물줄기가 흘렀던 흔적이 분명하게 남아 있었다. 그리고 물줄기가 이리저리 꽤 많이 휘어지기는 했지만 따라가는 데는 큰 무리가 없었다.

박사는 지금까지 한 번도 본 적 없는 새로운 땅과 다양한 색의 난초, 나비, 양치식물, 새, 원숭이 등을 볼 수 있었다. 덕분에 박사의 수첩은 그가 쓴 글과 그림, 그리고 이미 알고 있는 내용을 덧붙인 것들로 빼곡해져 갔다.

사흘째 되는 날, 강바닥을 따라가다 보니 완전히 새로운 땅이

나왔다. 맹그로브로 둘러싸인 늪지대를 본 적이 없는 사람이라면, 그곳이 어떤 모습인지 상상하기 어려울 것이다. 그것은 슬픔을 불러일으키는 풍경이었다. 물웅덩이나 작은 물줄기가 여기저기 펼쳐져 있는 늪지대에는 풀과 옹이투성이 나무뿌리가 서로 얽힌 채 몇 킬로미터나 사방으로 뻗어 있었다. 이걸 본 박사는 대홍수가 나서 물에 잠긴 관목림을 생각해 냈다. 강 하류 정글에서 보았던 큰 나무들은 이제 더 이상 보이지 않았다. 머리 위 2~3미터 높이로 뻗어 있는 맹그로브의 가는 가지에는 걸레 같은 회색 이끼가 길게 늘어져 있었다.

눈에 보이는 것마다 다 특이했다. 보통 숲에 사는 화려한 새들은 절반은 땅이고 절반은 물인 이런 습한 곳을 좋아하지 않는다. 대신 이 늪지대에는 대체로 부리가 크고 목이 긴 특이한 늪지새들이 살고 있었다. 그 새들은 늘어진 어린 나뭇가지들 사이로 일행을 엿보았다. 왜가리, 따오기, 논병아리, 사다새 그리고 심지어는 그 위풍당당한 뱀목가마우지도 있었다. 물속으로 자맥질해 들어갈 수 있는 이 새들은 늪을 헤치며 걸어다니거나 풀이 거의 없는 작은 섬에 둥지를 틀고 지내고 있었다. 옹이투성이 나무뿌리에 난 구멍에서는 반은 물고기이고 반은 도마뱀처럼 생긴 수중 생물들이 급하게 달리기도 하고, 색이 화려한 게와 싸움을 하기도 했다.

보통 사람은 맹그로브로 둘러싸인 이런 늪지대를 보기만 해도 등골이 오싹해지고 악몽처럼 느낄 것이다. 모든 동물들의 생활에

친근감을 느끼고 애정을 가진 박사의 눈에 이 땅은 가장 흥미로운 곳으로 보였다.

일행은 뱀이 왜 카누를 가지고 가야 한다고 했는지 그제야 알 수 있었다. 이곳은 발을 디딜 때마다 허리까지 물이 찼기 때문에 카누가 없었다면 박사와 지프 모두 엄청나게 고생했을 것이다. 하지만 카누가 있어도 앞으로 나가는 일은 힘들고 느리기만 했다. 맹그로브의 뿌리가 이리저리 꼬이고 얽혀서 앞으로 나갈 수 없었던 것이다. 사람이 살 수 없고 찾아오기도 힘든 이 고요하고 음울한 땅의 비밀을 지키려고 결심이라도 한 듯 보였다.

사실, 맹그로브 늪이 가장 움직이기 편한 이 거대한 물뱀이 없었다면 박사 일행은 한발짝도 앞으로 나갈 수 없었을 것이다. 물뱀은 카누가 지나기 쉽도록 물이 깊은 곳을 찾아 몇백 미터나 앞장서서 안내했다. 무성하게 우거진 나뭇가지나 숲에 가려져 물뱀의 머리가 보이지 않을 때도 있었지만, 카누가 가기 힘든 곳이 나타나면 언제나 돌아와 꼬리로 카누의 앞부분을 꽉 잡고 끌고 갔다. 그리고 카누가 진흙탕에 빠져 움직일 수 없게 되면 그때마다 길고 힘센 몸으로 카누를 낚아채 앞으로 빼내 주었다.

물론 대브대브, 투투, 치프사이드는 굳이 카누에 앉아 마음 졸이지 않았다. 새들은 이 나무에서 저 나무로 날아다니며 여행하는 것이 훨씬 더 편했기 때문이다. 한번은 물뱀이 카누를 꼬리로 확 감아 끄는 바람에, 박사와 지프가 진흙탕에 엉덩방아를 찧는 일이 생겼다. 그런데 마침 그들 머리 위 맹그로브 나무 위에 앉아 있다

그 순간 카누가 뒤집어졌다.

가 치프사이드가 이 광경을 보고는 큰 소리로 경망스럽게 웃어 대는 바람에 쥐죽은 듯이 고요하던 습지의 정적이 깨지기도 했다.

"오, 맙소사, 박사님, 지금 코미디 하시는 거예요? 습지 옆 퍼들비에 거주하는 고명하신 의학박사 존 둘리틀 박사님이 길이가 200미터나 되는 뚱보 뱀에게 밀려 미지의 아프리카의 진흙탕에 나뒹굴다니요! 지금 모습이 얼마나 웃긴지 정작 박사님 본인은 모르실걸요!"

"야. 그 멍청한 자식, 그만해! 너한테나 쉬운 일이겠지. 하늘을 날 수 있으니까." 머리부터 발끝까지 온통 흙투성이 된 지프가 간신히 카누로 기어오르면서 으르렁거렸다.

치프사이드가 투덜댔다. "여긴 축구 경기장으로 딱이겠다. 난 아프리카 사람들이 왜 축구를 하지 않는지 신기해. 난 이렇게 큰 진흙탕이 어딘가 또 있었다는 걸 몰랐어. 휴일에 비가 와도 경기를 하는 잉글랜드의 축구장 말고. 그런데 대체 언제쯤 도착하는 건지 궁금하군. 세계의 끝에 들어와 있는 것 같아… 아니 어쩌면 세계의 한가운데일지도. 바닷가를 떠난 뒤로 사람 얼굴이라고는 코빼기도 보지 못했어. 우리 거북 선생은 사람을 싫어하는 성격인가? 난 우리가 지금 늙은 노아를 만나러 가고 있다고 해도 놀라지 않을 것 같아, 난파한 방주에 앉아 있는… 아무튼… 지프 박사님을 도와드려. 봐, 박사님 빰이 나무에 끼였다구."

치프사이드가 떠드는 소리를 듣고 뱀이 무슨 일이 생긴 것 같아 되돌아왔다. 뱀은 머리를 뒤로 돌려 무슨 일이 일어났는지 보았다. 덕분에 잠시 여행 중 잠시 짬이 생겼고, 그 사이에 박사와 지프는 몸을 씻었다. 그리고 진흙탕에 떨어졌던 귀한 공책들을 집어 안전한 곳에 보관했다.

"이곳에는 사람이 아무도 살지 않니?" 박사가 뱀에게 물었다.

물뱀이 말했다. "아무도 살지 않습니다. 사람들이 사는 곳은 벌써 오래전에 지나쳤습니다. 이런 늪지대에는 새들이나 수중 생물, 아니면 물뱀들만 살 수 있습니다."

"앞으로 얼마나 더 가야 하지?" 물웅덩이에서 박사가 모자에 묻은 진흙을 씻으며 물었다.

뱀이 대답했다. "하루 정도만 더 가면 됩니다. 이 늪지대는 비밀의 호수 중가니이카를 사방에서 넓은 띠처럼 둘러싸고 있습니다. 그 넓은 호수 근처까지 가면 길이 좀 편해질 겁니다.

박사가 물었다. "그럼 우리가 이미 그 호숫가에 도착한 거니?"

뱀이 대답했다. "그렇습니다. 하지만 정확하게 말씀드리자면 비밀의 호수에는 딱히 호숫가가 있다고 할 수도 없습니다… 정확히 말하자면, 보시는 것처럼 사람이 서 있을 수 있는 곳이 없으니까요."

"그런데 너는 왜 이 호수를 비밀의 호수라고 부르지?" 박사가 물었다.

"대홍수 이후로 여기에는 사람이라고는 한 명도 온 적이 없기 때문입니다. 박사님이 이 호수를 보는 첫 번째 사람입니다. 이 호수에 살고 있는 우리는 대홍수 때 바로 그 물로 매일 목욕을 할 수 있다는 걸 자랑으로 여기고 있습니다. 40일 동안 큰 비가 내리기 전까지는 이곳에는 호수가 없었기 때문입니다. 하지만 대홍수가 끝난 뒤로도 이곳은 물이 마른 적이 한 번도 없었습니다. 그 이후로 이 드넓은 맹그로브 늪의 보호를 받으며 지금까지 그대로 남아 있는 겁니다."

박사가 물었다. "그럼 대홍수가 나기 전에는 뭐였는데?"

뱀이 대답했다. "농작물과 햇볕이 가득한 언덕이 굽이굽이 이어지는 기름진 땅이었습니다. 다른 동물들한테 전해 들은 것입니다. 저는 그때 이곳에 살지 않았거든요. 자세한 이야기는 거북이 진흙얼굴이 해 드릴 겁니다."

박사가 외쳤다. "멋진 이야기겠어! 자 가자. 거북이 보고 싶어 참을 수가 없군…. 비밀의 호수도 그렇고."

9장

비밀의 호수

뱀이 말한 것처럼 다음날이 되자, 앞이 점점 더 넓게 트이기 시작했다. 섬도 점점 줄어들어 갔고, 무성한 맹그로브 숲도 전보다 덜 울창했다. 여전히 음침하기는 했지만, 그래도 땅은 점점 줄어들고 물은 많아졌다. 앞으로 나가기가 수월해졌다. 덕분에 물뱀의 도움을 받지 않고도 혼자서 카누를 저어 갈 수 있었다. 물은 꽤 깊어 보였다. 위를 쳐다보면 머리 위로 끝없이 펼쳐졌던 늪지대의 빽빽한 나무들 대신 맑게 갠 하늘이 가끔 드러날 정도로 풍광이 변해 있었다. 그리고 기러기와 들오리가 날개를 퍼덕이며 하늘을 가로질러 동쪽으로 날아가는 모습도 보였다.

대브대브가 말했다. "저건 근처에 탁 트인 물이 있다는 증거예요."

뱀이 맞장구를 쳤다. "그래. 저 새들은 중가니이카로 날아가는 거야. 거긴 엄청나게 많은 기러기 떼가 먹이를 먹는 땅이야."

일행이 작은 섬들의 끝 부분과 진흙 언덕에 도착한 것은 오후 5시쯤이었다.

탁 트인 호수면 위로 카누가 힘들이지 않고 미끌어지며 나가던 중 일행은 문득 자신들이 드넓은 내해를 건너고 있다는 걸 알게 되었다.

비밀의 호수를 처음 본 박사는 대단한 감동을 받았다. 늪지대의 모습도 음침했지만, 이 호수는 그보다 훨씬 더 음침했다. 그 누구의 눈에도 건너편이 보이지 않았다.

호숫가는 마치 바다 같았다. 하늘과 땅이 맞닿은 수평선만 보일 뿐이었다. 더 동쪽으로 가자 해가 지기 시작한 하늘은 더 어두웠다. 수평선조차 제대로 보이지 않을 정도였다. 어두운 물과 깊어가는 노을이 하나로 합쳐져 보였다. 박사의 왼쪽과 오른쪽 모두 늪지대 나무들이 호수 주위를 따라 서 있었고, 남쪽과 북쪽의 경계마저 사라져가고 있었다.

드넓은 호수 위로는 회색 안개가 일렁이며 하나로 합쳐졌다가 나뉘었다 했고, 바람은 마치 울음소리 같은 소리를 내며 호수면 여기저기를 스치고 지나갔다.

"맙소사! 이곳은 아직도 대홍수가 끝나지 않았다고 해도 믿을 것 같아." 박사가 나지막이 중얼거렸다.

카누 뱃머리에서 거만한 치프사이드의 목소리가 들렸다. "대단한 곳이군요, 그렇지 않아요? 런던에서 안개가 아무리 심한 날이라도…. 여기보다는 나을걸요. 여기는 뱀장어들의 천국이에요. 안개 그림자가 호수 위를 달리고 있는 거 보이나요. 노아 할아버지랑 그 가족들이 잠옷을 입고 둥글게 둥글게 놀이를 하는 것 같아요. 안개가 마치 살아 있는 것처럼 보여요."

뱀이 말했다. "여기는 항상 안개가 껴 있어… 옛날에도 그랬고. 그 속에서 첫 번째 무지개가 빛났어."

치프사이드가 말했다. "하지만 저게 내 거라면, 아주 싼값이라도 받고 통째로 팔아 버렸을 거야… 안개하고 전부 다…. 거북 선생에게 도착하라면 이 아리따운 호수를 안개 속에서 얼마나 더 가야 하는 거야?"

뱀이 말했다. "얼마 남지 않았어. 거북은 북쪽으로 몇 킬로 떨어진 호숫가에 살고 있어. 자, 서두르자. 그러면 해 떨어지기 전에 거북 집에 도착할 수 있을 거야."

다시 뱀이 앞장서고 일행이 그 뒤를 따랐지만, 이번에는 속도가 전보다 빨라졌다.

날이 어두워지자 밤새들이 우는 소리가 왼쪽 맹그로브 덤불에서 들려왔다. 투투는 대체로 올빼미 소리이기는 한데 지금까지 한 번도 들어 본 적이 없는 종류의 소리라고 박사에게 말했다.

박사가 말했다. "그래, 여기에는 다른 지역에서는 볼 수 없는 특별한 종류의 동물이 많이 있을 것 같구나."

마침내 앞이 간신히 보일 만큼 어두워졌을 때, 뱀은 왼쪽으로

엄청나게 큰 거북의 모습이 박사의 눈앞에 나타났다.

박사의 무게 때문에 나무들의 줄기가 아래로 처졌다.

방향을 틀더니 다시 맹그로브 늪지대 쪽으로 향했다. 희미한 빛에 의지해 어렵사리 뱀을 따라가자 후미진 장소가 나타났다. 그때 카누의 앞부분이 뭔가 단단한 것에 부딪혔다. 박사가 뭔지 알아보기 위해 몸을 내밀려 할 때, 아주 가까운 곳에서 깊고 낮은 목소리가 들려왔다.

"환영합니다, 존 둘리틀 박사님. 중가니이카 호수에 잘 오신 걸."

고개를 들자, 작은 언덕 같은 섬 위로 엄청나게 큰 거북의 모습이 박사의 눈앞에 나타났다. 등껍질의 길이가 3미터도 넘어 보이는 거북이었다. 거북은 검푸른 하늘을 배경으로 서 있었다.

마침내 긴 여행이 끝났다.

박사는 여행을 할 때 짐을 많이 가지고 다니는 것을 좋아하지 않았다. 이번 여행에도 박사가 가지고 온 것은 담요로 싼 물건 몇 가지가 다였다. 물론 약이 든 작은 검정가방도 있지만 말이다. 하지만 양초가 두 개 있었던 건 정말 다행이었다. 만약 그게 없었다면 카누에서 내려 섬으로 안전하게 올라가느라 아주 고생했을 것이다.

호수 위를 부는 바람 때문에 양초에 불을 붙이기가 어려웠다. 투투는 불이 꺼지지 않도록 얇은 나뭇잎들을 엮어서 작은 초롱 두 개를 만들었다. 초록색 불빛이 희미하기는 했지만 길을 가는 데는 별로 어려움이 없었다.

놀랍게도 거북이 사는 작은 산, 아니 작은 섬은 진흙으로 된 것이 아니었다. 섬에 진흙 발자국이 여기저기 찍혀 있기는 했지만 말이다. 섬은 돌들로 되어 있었다. 끌로 네모나게 다듬어진 돌이었다.

박사가 대단한 흥미를 보이며 돌들을 살펴보자 거북이 말했다.

"이건 옛 도시의 잔재입니다. 원래 저는 진흙탕 속에서 살았습니다. 하지만 관절염이 심해진 뒤로는 뭔가 단단하고 건조한 것 위에서 살아야겠다는 생각을 하게 되었습니다. 이 돌들은 궁전의 일부입니다."

"궁전의 일부라고요? 도시를 말하는 겁니까? 도대체 어디서 나왔다는 겁니까?" 박사는 작은 섬 주위를 감싸고 있는 축축하고 깜깜한 어둠 속을 들여다보면서 큰소리로 물었다.

거북이 말했다. "호수 바닥에 있습니다. 저기에…." 거북이 음침하게 넓게 퍼져 있는 수면쪽을 보며 고개를 끄덕였다. "수천 년 전, 저기에 샬바라는 아름다운 도시가 있었습니다. 아주 오랫동안 거기서 산 제가 어떻게 모를 수 있겠습니까? 한때 샬바는 인간이 세운 도시 중에서 가장 크고 아름다운 도시였고, 샬바의 왕 마슈투는 세상에서 자부심이 강한 왕이었습니다. 하지만 지금은 거북인 저 진흙얼굴이 폐허가 되어 버린 왕궁에 둥지를 틀고 있지만 말입니다. 하! 하!"

박사가 말했다. "좀 신랄한 말 같습니다. 마슈투 왕이 당신께 뭐 잘못한 거라도 있습니까?"

진흙얼굴이 말했다. "그렇다고도 할 수 있습니다. 하지만 그건 대홍수 이야기하고 관련 있습니다. 박사님은 먼 곳에서 오셨습니다. 피곤하고 시장하실 것 같습니다."

박사가 말했다. "아닙니다. 전 그 이야기를 듣고 싶어 죽겠습니다. 지금 말씀하시기에는 너무 긴 이야기입니까?"

치프사이드가 속삭였다. "내 생각으로는 아마 3주일은 걸릴 거예요. 거북은 뭐든 다 느리니까요. 박사님, 세상에서 가장 긴 이야기일 거예요. 그러니까 먼저 눈 좀 붙이고 난 다음 뭘 좀 먹기로 해요."

박사는 참기가 힘들었지만, 그래도 이야기를 듣는 건 일단 다음 날로 미루기로 했다. 대브대브는 저녁 식사거리를 찾아 이곳 저곳 돌아다니며 민물조개를 모아 왔고 투투는 습지대에서 자라는 딸기를 구해 왔는데 그건 후식에 딱이었다.

이제 잠을 어떻게 자느냐가 문제였다. 이 문제는 쉬운 일이 아니었는데, 왜냐하면 거북이 사는 작은 언덕은 기초는 돌이었지만 섬에는 눕기에 적당할 만큼 마른 곳이 거의 없었기 때문이다. 박사는 카누 안에 누워 보았다. 하지만 너무 좁아서 자기에는 불편했고, 게다가 대브대브와 박사 자신의 발에 묻었던 진흙으로 엉망이었다. 이 고장에서는 진흙을 없애는 것이 큰 문제였다.

거북이 말했다. "노아의 가족이 처음 배 안에서 나왔을 때는 물에 잠긴 나무와 나무 사이에 매단 작은 침대에서 잤습니다."

박사가 소리쳤다. "아, 해먹, 바로 그겁니다!"

박사는 곧바로 지프와 대브대브의 도움을 받아 버드나무 가지로 바구니 모양의 편안한 해먹을 만든 다음 두 개의 커다란 맹그로브 나무 사이에 매달았다. 박사는 해먹 위로 올라가 담요를 덮었다. 박사의 무게 때문에 나무들이 물 쪽으로 휘기는 했지만, 꽤 튼튼한데다 휜 게 오히려 용수철 작용을 해 침대로는 오히려 더 좋았다.

달이 뜨자 기묘한 중가니이카의 풍경이 온통 초록색 빛과 푸른색 그림자로 변했다. 박사가 촛불을 끄고 지프가 박사 발치에 몸을 웅크리고 눕자, 갑자기 거북이 달빛 아래서 긴 목을 좌우로 흔들며 깊고 나지막한 목소리로 콧노래를 부르기 시작했다.

박사가 물었다. "지금 부르는 노래가 뭡니까?"

거북이 말했다. "'코끼리 행진곡'입니다. 샬바의 왕실 서커스단 코끼리들이 행진할 때 항상 항상 이 노래가 연주되었습니다."

"노래가 길지 않으면 좋겠어." 치프사이드는 이렇게 중얼거리며 졸린 듯 머리를 날개 속에 묻었다.

음침한 중가니이카 호수 위로 아직 채 해가 떠오르기도 전에, 지프는 박사가 일어나기 위해 해먹에서 몸을 일으키며 부스럭거리는 바람에 잠에서 깼다.

잠시 후, 대브대브가 진흙탕이라는 악조건 속에서 아침 식사를 준비하느라 애쓰는 소리가 들려왔다.

치프사이드는 날개 속에서 얼굴을 내밀고 졸린 목소리로 투덜대다가 음침한 풍경을 보고 다시 날개 속에 얼굴을 묻었다.

하지만 다시 잠을 더 자려 해도 소용이 없었다. 주변에서 웅성

거리는 소리가 들려왔기 때문이다. 거북의 이야기를 듣고 싶어 견딜 수 없었던 박사도 이미 해먹에서 일어나 호숫물로 세수를 하며 시끄러운 소리를 내고 있었다. 치프사이드는 세차게 날개를 퍼덕인 후 런던 사투리로 몇 마디 중얼거리더니 나무에서 날아서 박사 옆으로 내려왔다.

치프사이드가 속삭였다. "박사님, 여기는 오래 머물 곳이 아니에요. 축축한 밤공기 속에서 잤더니 온몸에 경련이 나는 것 같아요. 그리고 여기서 너무 오래 어슬렁거리다 보면 발에 물갈퀴가 날지도 몰라요. 진흙얼굴이 하염없이 긴 이야기를 늘어놓기 시작하면 조심해야 해요. 내게 뭐가 떠오르는지 알죠? 늙은 인도 병사들이 생각나요. 그 사람들은 한번 자기들 추억 이야기를 시작하면 도무지 멈출 줄을 몰라요. 길고 뼈만 앙상한 거북이의 목도 그 사람들하고 똑같아요. 거북이한테 이야기를 짧고 재미있게 해 달라고 해요. 자기가 겪었던 어려운 일들은 요점만 말해 달라고 해요, 알겠죠? 여기서 발에 묻힌 진흙을 털어내고 빨리 판티포로 돌아가는 게 우리 모두에서 좋을 거예요."

아침 식사를 마친 박사는 연필을 깎고 공책을 꺼낸 후, 자기가 잘 못 들을 때를 대비해 투투에게 집중해서 들으라고 일러 둔 다음 거북에게 대홍수 이야기를 시작해 달라고 부탁했다.

치프사이드가 맞았다. 거북의 이야기는 2주까지는 아니었지만 그래도 꼬박 하루 동안 이어졌다. 동쪽에서 떠오른 해는 천천히 하늘을 가로질러 다시 서쪽으로 기울어 가고 있었다. 거북은 자기가 그 옛날에 보았던 온갖 놀라운 일들을 중얼중얼 끝없이 이어갔고, 박사의 연필은 지칠 줄 모르고 수첩 위로 움직였다. 이야기가 방해받는 일은 오직 거북이 몸을 숙여 호수의 진흙탕 물로 긴 목을 축이느라 말하기를 잠시 중단하거나 박사가 태초의 자연사에 대해 뭔가를 물으려고 말을 중단시킬 때뿐이었다.

대브대브는 방해가 되지 않도록 최대한 조용히 점심과 저녁을 준비해 가져다 주었다. 하지만 박사에게 먹는 건 그리 중요한 일이 아니었다. 이야기는 밤이 되어도 계속되었다. 이제 박사는 촛불에 의지해 거북의 말을 받아 적었다. 한편 투투를 뺀 나머지 동물들은 모두 졸고 있었다.

마침내 치프사이드가 안도의 한숨을 내쉬게 된 것은 거의 10시 반쯤이 되어서였다. 거북이 마무리 말을 한 것이다.

"존 둘리틀 박사님, 이것으로 대홍수를 직접 눈으로 목격한 자의 이야기가 끝났습니다."

거북의 이야기가 끝나자 잠시 동안 모두 아무 말도 하지 못했다. 불손한 치프사이드조차도 침묵했다. 호수 위 흑청색 하늘 위로 작은 별들이 반달 빛을 받아 희미하게 깜빡이고 있었다.

저 멀리 뒤엉켜 자란 맹그로브 나무들 사이에서 올빼미 울음소리가 들리자 투투가 재빨리 머리를 돌리고 귀를 기울였다. 검소한 살림꾼 대브대브는 박사가 공책을 덮고 연필을 치우는 곳을 보고 촛불을 껐다.

마침내 박사가 입을 열었다.

박사는 호수 물로 세수를 했다.

검소한 살림꾼 대브대브는 곧바로 촛불을 껐다.

"진흙얼굴 선생, 제 평생 언제 이렇게 재미있는 이야기를 들어 본 적이 있는지 알 수 없군요…. 당신을 찾아온게 참 기쁘군요."

"존 둘리틀 박사님, 저도 기쁩니다. 지금 이 세상에서 동물 말을 아는 사람은 박사님뿐입니다. 그러니 만약 박사님이 이곳을 찾아 주시지 않았다면, 저는 대홍수 이야기를 아무에게도 할 수 없었을 겁니다. 저는 너무 늙어서 이곳 중가니이카를 떠날 수 없으니까요."

박사가 말했다. "이 호수 밑 도시에서 뭔가 기념품 될 만한 것을 제게 가져다 달라고 부탁드리면 큰 실례가 될까요?"

거북이 말했다. "전혀 그렇지 않습니다. 지금 즉시 호수로 내려가 뭐든 가져다 드리겠습니다."

지난 날 한때 자신이 믿을 수 없을 정도의 괴물이었음을 기억이라도 하듯, 거북은 거대한 몸으로 작은 섬을 느리고 부드럽게 가로질러 첨벙거리는 소리나 거슬리는 소리 없이 호수로 미끄러져 들어갔다. 오직 수면에 생긴 물결만이 거북이 그곳으로 들어갔다는 것을 알려 주었다.

모두 아무 말도 하지 않고 기다렸다. 동물들도 이때만큼은 졸음에서 완전히 깨어나 기대에 찬 눈빛으로 호수를 지켜보았다. 박사는 자신의 거대한 친구가 수백 년 동안 호수 바닥에 쌓인 진흙 사이로 움직이며 대홍수 때 휩쓸린 유물을 찾는 모습을 상상했다. 박사는 거북이 책이나 아니면 뭔가가 적힌 것을 가져오기를 바랐다.

하지만 거북이 달빛 아래 젖은 몸을 드러냈을 때 등에 지고 가져온 것은 무게가 1톤은 넘어 보이는 석제 창틀이었다.

치프사이드가 투덜거렸다. "맙소사! 저 거북은 피아노 운반일을 하면 딱이겠어! 충분히 할 수 있겠어. 박사가 저걸 시계줄에 묶어서 가져갈 거라고 생각하나?

"제가 찾은 것 중에 가장 가벼운 겁니다." 거북이 이렇게 말하며 등에 짊어지고 있던 물건을 바닥에 내려놓자 섬 전체가 쿵하고 흔들렸다. "뭔가 박사님이 가지고 돌아가실 수 있는 꽃병이나 접시 같은 물건을 찾고 싶었습니다, 하지만 이것보다 가벼운 것들은 이제 죄다 진흙에 두껍게 덮여 있는 모양입니다. 이건 궁전 2층 그러니까 여왕의 침실 창문에서 떼내 온 겁니다. 집으로 가져가실 수는 없겠지만 제 생각에는 아무튼 박사님이 보고 좋아하실 것 같습니다. 조각이 아주 아름답게 되어 있습니다. 제가 진흙을 털어 낼 때까지 기다려 주세요."

양초에 다시 불이 켜지자 박사는 조각상에 묻은 진흙을 깨끗이 털어 낸 다음 꼼꼼이 살펴보면서 그 모양을 공책에 그렸다.

박사의 조사가 끝나갈 때쯤, 투투를 뺀 다른 동물들은 모두 잠에 빠졌다. 박사는 해먹에서 잠이 든 지프가 갑작스럽게 코를 고는 소리를 듣고서야 시간이 너무 늦었다는 것을 알게 되었다. 박사가 다시 촛불을 끄자 주위는 칠흑 같은 어둠에 잠겼다. 달도 저물어 보이지 않았기 때문이다. 박사는 해먹으로 올라가 담요를 덮었다.

우체국장의 마지막 지시

다음날 아침 대브대브가 일행을 깨웠을 때, 해는 호수 위 안개 사이로 빛을 내며 근처의 황량한 풍경을 밝혀 주고 있었다.

불쌍한 진흙얼굴은 관절염으로 인한 극심한 통증으로 잠에서 깨어났다. 박사가 이곳에 온 뒤로는 증세가 심하지 않았다. 하지만 지금은 조금만 움직여도 통증이 심했다. 진흙얼굴이 누워 있는 곳까지 대브대브가 아침을 가져다주어야 할 정도였다.

박사는 지난밤 거북에게 호수로 가 기념품을 가져오라고 부탁한 것을 자책했다.

박사는 카누에서 작은 가방을 꺼내 약을 만들며 말했다. "무엇 때문에 병이 도졌는지 잘 모르겠습니다. 하지만 이렇게 습기 많은 곳을 떠나 기후가 좀 더 건조한 곳으로 옮겨야 한다는 건 아셔

박사는 거북에게 줄 약을 만들었다.

야 합니다. 물론 거북들은 끔찍할 정도로 습기가 많은 곳에서도 견딜 수 있다는 건 저도 잘 압니다. 하지만 선생처럼 연세가 많으신 분은 조심하셔야 합니다."

진흙얼굴이 말했다. "하지만 여기만큼 좋은 곳은 없습니다. 그리고 요즘에는 사람들의 방해를 받지 않을 만한 곳을 찾기도 힘듭니다."

"우선 이 약 좀 드세요. 이 약을 드시면 뻣뻣한 앞발이 곧 나어질 겁니다." 박사가 찻잔에 갈색 약을 가득 담아 주며 말했다.

거북은 그 약을 먹었다. 그리고 1~2분쯤 지난 후, 거북은 훨씬 나아진 것 같고 앞발을 움직여도 아프지 않다고 했다.

거북이 말했다. "놀라운 약이군요. 박사님은 정말 대단한 의사십니다. 이 약 좀 더 있습니까?"

박사가 말했다. "여길 떠나기 전에 대여섯 병 더 만들어 드리겠습니다. 하지만 어디든 바닥이 좀 더 높은 땅으로 가셔야 합니다. 진흙투성이 이 작은 언덕은 선생이 사시기에 적당한 곳이 아닙니다. 이 호수에 집으로 삼을 만한 적당한 섬이 있습니까? 혹시 여기 중가니이카 지방을 절대로 떠나지 않겠다고 결심하신 게 아니라면 말입니다."

거북이 말했다. "한 곳도 없습니다. 여기서 몇 킬로를 가든 진흙하고 물밖에는 없습니다. 하지만 저는 이곳이 마음에 들었습니다. 사실 지금도 그렇구요. 이 몹쓸 관절염만 아니라면 여기만큼 좋은 곳도 없고요."

박사가 말했다. "적당한 섬이 없다면, 저희가 하나 만들어 드리겠습니다."

거북이 소리쳤다. "만드신다고요? 어떻게 말입니까?"

박사가 말했다. "금방 보여드리겠습니다." 그러고 나서 박사는 치프사이드를 불렀다.

"치프사이드, 판티포에 가서 빠르미에게 말 좀 전해 줄래? 빠르미에게 모든 우체국 지국장들한테 이렇게 전해 달라고 해. 국제 우편은 이제 곧 중단된다고… 앞으로 한동안은 모든 업무가 다 중단될 거야. 난 퍼들비로 돌아가야 하는데, 그리고 '사람의 것이 아닌 섬'도 떠나야 하고 그러면 지금 같은 방식으로는 우체국 업무를 유지할 수 없어. 그동안 이 일을 기꺼이 도와준 새들, 우편집배원들, 직원들 모두에게 감사의 말도 전하고 싶고. 그리고 마지막으로 힘든 부탁을 하나 더 해야겠어. 날 위애 모두들 합심해서 이 일을 도와주었으면 해. 중가니이카 호수 한가운데 섬을 하나 만들었으면 해. 세상에서 가장 나이가 많은 동물인 거북이를 위한 일이야. 사람과 동물들을 위해 큰 일을 많이 했거든… 그래 전 세계를 위해… 지구가 거쳐온 가장 어두운 시대에 말이야. 빠르미에게 가서 이 말을 전세계 모든 새들의 대장들에게 전하라고 해. 이 용감한 거북이 긴 여생을 편하게 지낼 수 있는 건강한 집을 만들려면 새들이 지금 당장 그것도 아주 많이 필요하다고도 말해 줘. 이건 수상 우체국 직원들에게 내가 마지막으로 하는 부탁이니, 날 위해 모두들 최선을 다해 주길 바래."

치프사이드는 전할 말이 너무 길어서 다 외울 자신이 없다고 말했다. 그러자 박사는 새들 말로 받아 적을 수 있도록 다시 말해 주었다.

치프사이드는 위대한 우체국장이 직원들에게 한 마지막 지시가 담긴 이 편지를 오랫동안 소중히 간직했다. 치프사이드는 편지를 세인트 폴 대성당의 성단소 남쪽 성 에드먼드의 왼쪽 귀에 튼 자기의 지저분한 둥지 아래에 보관했다. 치프사이드는 영국 박물관 정문에 사는 제비가 언젠가 편지를 박물관에 가져갈 거라고 기대했다. 하지만 바람이 심하게 불던 어느 날, 사람들이 대성당 외부를 청소하고 있을 때 성 에드먼드의 귀에서 바람에 날려가 치프사이드가 채 잡기도 전에 집 지붕을 넘어 강물에 떨어지고 말았다.

치프사이드는 그날 오후 늦게 중가니이카로 돌아왔다. 치프사이드는 빠르미가 박사의 전갈을 받자마자 곧바로 모든 지역의 대장 새들에게 지시를 전했다고 보고했다. 그리고 다음 날 아침이면 이곳에 새들이 도착하기 시작할 거라고도 했다.

다음 날 새벽 박사를 깨운 새는 빠르미였다. 아침을 먹으면서 빠르미는 자기가 취한 조치들을 박사에게 설명했다.

빠르미는 자기가 보기에 이 일이 사흘쯤 걸릴 거라고 말했다. 새들은 이곳으로 오는 도중에 바닷가에서 돌, 자갈, 모래를 주워 오라는 지시를 받았다. 큰 새들(돌을 운반한다.)이 가장 먼저 도착하고, 다음에는 중간 크기의 새들, 마지막으로 작은 새들이 모래

커다란 새들의 끝없는 행렬이 끝없이 이어졌다.

를 가지고 도착한다.

이윽고 호수 위 하늘이 앨버트로스, 왜가리, 가마우지들로 가득 차자, 빠르미는 박사 곁을 떠나 그들과 합류했다. 빠르미는 호수 한가운데 바로 위쪽 하늘에 자리잡고, 돌을 떨어뜨릴 곳을 새들에게 가르쳐 주었다. 작업은 그렇게 시작되었다.

열두 마리씩 줄을 맞춰 날아오른 커다란 새들이 하루종일 바다와 중가니이카 호수를 오갔다. 수많은 새들이 부리부터 꼬리까지 촘촘히 줄지어 날아오는 모습은 마치 검정색 리본 같았다. 새들은 빠르미가 있는 곳까지 열두 마리씩 날아와 돌 열두 개를 물에 떨어뜨렸다. 새들의 행렬이 끝없이 날아와 돌을 떨어뜨리는 모습은 마치 하늘에서 우박이 떨어지는 것처럼 보였다. 그리고 하늘에서 돌들이 물 위로 떨어지는 굉음은 몇 킬로미터 밖에서도 들렸다.

호수 한가운데는 꽤 깊었다. 새 섬을 수면 위로 보이게 하려면 엄청나게 많은 돌을 떨어뜨려야 했다. 이번에 모인 새들의 수는 지난번 '사람 것이 아닌 섬' 분지에 모인 새들의 수보다 훨씬 많았다. 일찍이 한 번도 본 적 없는 엄청난 수의 새들이 모인 것이다. 새들의 대장들만이 아니라 수억 마리의 새들이 날아왔기 때문이다. 박사는 몹시 흥분해서 카누로 뛰어가 작업장 근처로 노를 저어 갔다.

섬이 아직 물 위로 모습을 드러내지 않자 조바심이 난 빠르미는 행렬의 수를 두 배로 늘리라고 지시했다. 얼마 안 있어 두 배로 늘리라는 지시가 또 내려졌고 세계 각지에서 더 많은 새들이 이 일을 도우러 날아왔다. 그러자 1초에 수천 개의 돌이 떨어지기 시작하면서 호숫물이 거칠어지는 바람에 박사는 카누가 뒤집어질지 모른다는 걱정에 어쩔 수 없이 거북의 언덕으로 돌아갈 수밖에 없었다.

작업은 밤을 지나 다음 날 오전까지 계속되었다. 그리고 점심 무렵이 되자 마침내 돌이 떨어지는 소리가 달라지기 시작했다. 호수 한가운데서 분수처럼 솟아오르던 하얀 물보라가 사라지고 대신 검은 것이 수면에 보이기 시작했다. 첨벙거리던 물소리는 돌들이 부딪히면서 나는 달그락 소리로 바뀌었다. 섬의 윗부분이 모습을 드러내기 시작한 것이다.

"대홍수가 지나가고 산들이 모습을 드러내는 것 같습니다." 거북이 박사에게 속삭였다.

빠르미는 중간 크기의 새들에게 작업 명령을 내렸다. 그러자 곧 음색이 또다시 바뀌며 고음이 울려퍼졌다. 수십 톤의 조약돌과 자갈이 아래로 퍼부어졌다.

하룻밤이 지나고 그 다음 날 새벽, 용감한 빠르미가 지친 날개를 쉬기 위해 내려와 앉았다. 이제 더 이상 작업자들에게 위치를 지정해 주지 않아도 되기 때문이었다. 호수 한가운데 이미 커다란 섬이 모습을 드러냈기 때문에 새들은 거기다 돌을 떨어뜨리면 되었다.

섬은 점점 커져 갔고 그에 따라 진흙얼굴의 새 땅도 커져 갔다.

빠르미는 또 다른 지시를 내렸다. 그러자 쿠쿠쿵 소리가 주루룩 소리로 바뀌었다. 하늘은 온통 새들로 까맣게 변했다. 자갈 비가 멈추고 모래 비가 내렸다. 새들은 마지막으로 씨앗을 가져왔다. 풀, 꽃, 도토리, 야자나무 씨앗들이었다. 거북의 새로운 집에 이제 잔디가 자라고, 정원이 생기고, 아프리카의 뜨거운 태양을 가려줄 가로수길이 생길 준비가 되었다.

빠르미가 언덕으로 와서 "박사님 이제 끝났습니다."라고 말하자, 진흙얼굴이 호수를 지그시 바라보며 혼잣말을 했다.

"그 자부심 많던 샬바가 이제 완전히 묻혔군. 이 섬은 샬바의 묘비야! 존 둘리틀 박사님, 당신은 제게 엄청나게 멋진 집을 주셨습니다… 아, 불쌍한 샬바!… 마슈투 왕은 멸망했어. 하지만 거북이 진흙얼굴은 아직 이렇게 살아 있어!

11장

안녕, 판티포!

진흙얼굴의 새집 이사는 대단한 사건이었다. 박사는 일행을 카누에 태워 거북과 나란히 섬으로 갔다. 섬에 발을 디딜 때까지도 섬이 얼마나 큰지 알 수 없었다. 섬은 폭이 500미터가 넘었다. 바닷가에서부터 완만한 경사를 이루며 호수면 위로 30미터쯤 솟아오른 이 섬의 중심부는 평평했다.

진흙얼굴은 섬이 아주 마음에 들었다. 힘겹게 섬 한가운데로 올라가자 주변의 평지도 꽤 넓어 보였다. 진흙얼굴은 이렇게 공기가 건조한 곳에서 살면 분명 금방 건강해질 것 같다고 말했다.

대브대브는 거북에게 새집이 생긴 것을 축하하기 위해 주어진 상황에서 최선을 다해 음식을 준비했다. 일행은 모두 식탁 주위에 모여 앉았다. 흥겨운 분위기 속에서 박사에게 축하의 말을 해

대브대브가 음식을 준비했다.

달라는 요청이 들어왔다.

치프사이드는 박사의 축하말이 끝난 뒤에 거북이 답사를 하겠다고 나서 다음 날까지 계속할지도 모른다는 생각에 불안해졌다. 하지만 박사가 축하말을 끝내자마자 떠날 준비를 한 덕에 치프사이드는 안도의 숨을 내쉴 수 있었다.

박사는 관절염 약을 여섯 병 만들어 거북에게 건네주면서 먹는 법을 알려 주었다. 그리고 자신은 우체국을 그만두려 하지만 그래도 퍼들비로 언제든 연락이 가능하다고도 덧붙였다. 그리고 철새 몇 마리에게 가끔 이곳에 들러, 진흙얼굴의 관절염이 심해지면 편지로 알려 달라고도 부탁했다.

늙은 거북은 몇 번씩이나 박사에게 고맙다는 인사를 했고, 이별은 정말 감동적이었다. 작별 인사가 모두 끝나자 박사 일행은 카누에 올라탄 다음 판티포로 돌아가기 위해 노를 저었다.

호수 남쪽 끝에 있는 강 어귀에서 맹그로브의 늪지대로 들어가기 전, 일행은 잠깐 카누를 멈추고 뒤를 돌아보았다. 그러자 저 멀리, 진흙얼굴이 자신의 새 섬 위에서 일행을 바라보고 있는 모습이 보였다. 알행은 거북을 향해 손을 흔든 뒤 다시 노를 저었다.

대브대브가 말했다. "거북이 우리가 처음 만났을 때랑 똑같은 모습으로 서 있어요… 기억하시죠? 하늘을 등지고 받침대 위에 조각상처럼 서 있던 모습을요."

박사가 혼잣말을 했다. "가엾은 거북! 잘 지내야 할텐데… 어쨌든 멋진 인생이야… 암 멋진 인생이야! 멋진 역사고!"

치프사이드가 말했다. "제가 말하지 않았나요?… 세상에서 가장 긴 이야기가 될 거라고요. 얘기가 하루 하고도 반나절이 더 걸렸다고요."

박사가 말했다. "그래, 하지만 그건 거북이가 아니면 그 누구도 할 수 없는 이야기였어."

치프사이드가 투덜댔다. "고마운 일일 수도 있겠죠. 하지만 만약 이 바쁜 세상에 저런 거북이 많다면 하나도 안 고마울 거예요. 게다가 난 거북이 한 얘기를 한마디도 믿을 수 없어요. 모두 꾸며낸 이야기일 거예요…. 달리 할 일도 없었을 거에요. 진흙탕에 앉아서 수백 년 동안 이야기나 궁리하는 것 말고는요."

정글을 지나 돌아오는 길에는 특별한 일이 없었다. 하지만 바다로 나가 카누를 서쪽으로 아주 이상한 곳이 나타났다. 해변에 커다란 구멍이 나 있는 것이었다. 마치 바닷가가 통째로 사라진 것처럼 보였다. 빠르미는 새들이 중가니이카로 돌과 모래를 가져온 곳이 바로 이곳이라고 박사에게 말했다. 새들은 바닷가의 땅 5천 평방미터를 그야말로 통째로 옮긴 것이다. 물론 구멍은 몇 달이 지나자 파도에 밀려온 모래로 다시 메워져 주변 바닷가와 같은 모양으로 변했지만 말이다.

몇 년 뒤, 유명한 지질학자 몇 명이 중가니이카 호수에 갔다가 그곳 섬에 바닷가에서나 볼 수 있는 자갈이 있는 것을 보고는 그 자갈들이 예전에는 그곳이 바다였다는 증거라고 주장했다. 그것은 사실이었다. 적어도 대홍수 시절에는… 하지만 돌로 만들어진 진흙거북의 섬에 아주 다른 역사가 있다는 것을 아는 과학자는 둘리틀 박사 단 한 사람뿐이었다.

우체국으로 돌아오자, 여느 때처럼 코코 왕과 판티포의 주요 인사들이 카누를 타고 마중 나와 박사를 따뜻하게 맞아 주었다.

곧바로 차가 준비되었다. 다시 차를 마시며 이야기할 수 있게 되어 아주 기뻐하는 왕을 보고 박사는 이제 곧 우체국장을 그만두고 잉글랜드로 돌아가야 한다는 말을 차마 꺼내지 못했다. 그런데 그들이 수상 우체국 베란다에서 한담을 즐기고 있을 때, 커다란 배들이 항구로 들어오는 모습이 보였다. 해안을 따라 정기적으로 오가며 아프리카의 다른 나라들과 교역을 하는 판티포의 새로운 상선들이었다. 박사는 다른 나라로 가는 편지들은 이제 이 배들에 실어 해안의 더 큰 항구로 보낸 다음 그곳에 매주 들르는 유럽의 배들을 이용해 배달하면 될 것이라고 말했다.

박사는 이 말을 기회 삼아 자기가 판티포와 판티포 사람들을 아주 사랑하지만, 잉글랜드에서 해야 할 일들이 많기 때문에 지금 고향으로 돌아갈 생각을 하고 있다는 말을 꺼냈다. 물론 판티포에는 새의 말을 할 줄 아는 사람이 한 사람도 없으니 제비 우편은 통상적인 우체국으로 대체해야 한다고도 했다.

왕은 앞으로 벌어질 일들보다도, 좋은 백인 친구를 잃게 된다는 것 그리고 이제 더 이상 수상 우체국에서 오후에 차를 마실 수 없게 된다는 사실에 더 슬퍼했다. 하지만 왕은 돌아가야 한다는 박사의 말이 진심임을 알았다. 마침내 왕은 찻잔에 눈물방울을 떨구며 우체국장의 사임을 허락했다.

둘리틀 박사가 진짜로 집으로 돌아가기로 했다는 소식이 전해지자 박사의 동물들과 참을성 많은 제비들은 엄청나게 기뻐했다. 지프와 거브거브는 수상 우체국의 마지막 업무를 보고 폐쇄 행사를 하고 국제 우편 일을 판티포 우체국에 인계할 때까지 기다리는 것도 지루해 했다. 대브대브는 아침부터 저녁까지 들떠 있었고, 치프사이드는 런던의 아름다움, 도시 생활의 안락함, 돌아가서 친구를 만나면 해야 할 일들에 대한 수다를 멈추지 않았다.

판티포를 떠날 박사 일행을 위해 코코 왕과 대신들은 셀 수 없을 정도로 많은 작별 행사를 열어 주었다. 박사가 떠나기 전, 사람들은 판티포 사람들의 고마움을 전할 선물을 카누에 싣고 마을과 수상 우체국 사이를 며칠 동안이나 계속해서 오갔다. 박사는 겉으로는 늘 미소를 띠고 있었지만, 이런 좋은 친구들과 헤어져야 한다는 사실에 점점 더 슬퍼졌다. 그래도 닻을 올리고 바다로 나설 시간이 되자 박사는 정말 기뻤다.

판티포 왕국의 역사책을 쓴 사람들은 판티포가 우편 제도, 운수, 통상, 교육 등 다양한 분야에 걸쳐 단기간에 눈부신 발전을 이뤄낸 수수께끼 같은 한 백인의 이야기에 많은 분량을 할애했다. 판티포의 역사에서 코코 왕이 다스리던 때가 황금 시대로 기억되는 것은 바로 둘리틀 박사 덕분이었다. 박사를 기리기 위해 마을 시장에 세운 목제 조각상은 지금도 그대로 서 있다.

박사가 떠난 뒤에도 우편 업무는 훌륭히 계속되었다. 그리고 코

박사의 목제 조각상은 지금도 그대로 서 있다.

코 왕의 얼굴이 그려진 우표도 전처럼 아름답고 종류도 많았다. 판티포 상단 배들의 첫 출항식이 열렸을 때도 사탕을 한쪽 눈에 대고 새 배를 살피는 코코 왕의 초상화가 그려진 2실링짜리 멋진 기념 우표가 발행되었다. 코코 왕도 직접 우표 수집을 하기 시작했는데, 자기 초상화가 들어 있는 우표가 대부분이라서 마치 가족 앨범 같았다. 박사가 힘겹게 발전시킨 우체국의 역사에 단 한 번 기묘한 일이 생겼는데, 그것은 어느 열성적인 우표 수집가가 기존의 우표의 값어치를 높이기 위해 왕을 암살하려 한 사건이었다. 다행히 음모가 실행되기 전에 발각되어 나쁜 일은 생기지 않았다.

몇 년 뒤 퍼들비로 박사를 찾아온 새들이 코코 왕이 지금도 박사를 기억하며 수상 우체국에 화단을 만들고 정성껏 돌보며 물도 직접 주고 있다는 이야기를 들려주었다. 그리고 언젠가 자신의 좋은 백인 친구가 예의 그 친절한 미소를 띠며 다시 판티포로 돌아와 수상 우체국 베란다에서 차를 마시며 유익한 대화를 나눌 수 있게 될 거라는 희망을 아직도 버리지 않고 있다는 이야기도 해 주었다.

둘리틀 박사의 우체국(컬러판)

1판 1쇄 찍음 2019년 12월 5일
1판 1쇄 펴냄 2019년 12월 20일

지은이 휴 로프팅
옮긴이 장석봉

주간 김현숙 | **편집** 변효현, 김주희
디자인 이현정, 전미혜
영업 백국현, 도진호 | **관리** 오유나

펴낸곳 궁리출판 | **펴낸이** 이갑수

등록 1999년 3월 29일 제300-2004-162호
주소 10881 경기도 파주시 회동길 325-12
전화 031-955-9818 | **팩스** 031-955-9848
홈페이지 www.kungree.com | **전자우편** kungree@kungree.com
페이스북 /kungreepress | **트위터** @kungreepress

ISBN 978-89-5820-624-8 04840
978-89-5820-625-5 04840(세트)

값 15,000원